SV

Ulf Erdmann Ziegler

Eine andere Epoche

Roman

Suhrkamp

Erste Auflage 2021

Satz: Satz-Offizin Hümmer GmbH, Waldbüttelbrunn
Druck: CPI books GmbH, Leck
Printed in Germany
ISBN 978-3-518-43015-6

Eine andere Epoche

»Den Tüchtigen bieten wir immer eine Chance!«, kräht Florian Janssen, und seine Stimme ist in jedem Büro zu hören, sofern der Hausruf eingeschaltet ist, ein Lautsprecher aus weißem Plastik. Wegman Frost hat den Ton aufgedreht, aber nur bis zur unteren Grenze der Hörbarkeit, während er ein Thesenpapier in volkstümliche Rede umschreibt. Er könnte die laufende Debatte auch auf einem Bildschirm verfolgen, aber muss den Sprecher nicht sehen, er kann ihn sich vorstellen. Der lässt seine Augen etwas starr werden hinter der randlosen Brille. Sein Mund ist zu einem Dauerlächeln gefroren, das auch die Vorstufe des Beißens darstellen könnte. Und mit dem rechten Zeigefinger fuchtelt er über dem Rednerpult, um anzuzeigen, dass er im Besitz der Wahrheit sei.

Gerade kommt der Abgeordnete ins Zimmer, um ein weiteres Papier auf seinem Tisch abzulegen. »Dieses neoliberale Gekeife ist wirklich unerträglich«, spricht er, stehend, in Wegmans Nacken. »Völlig abgehoben«, antwortet Wegman ruhig. »Aber du kennst doch Flo.« Er schaltet den Hausruf ab, um sich mit Andi Nair zu beraten, und als er ihn Minuten später wieder anknipst, hört er den Applaus der Konservativen und der Liberalen. Er könnte schwören, dass man den vom Applaus der Opposition unterscheiden kann, obwohl der Hausruf keinen Stereoton hergibt. Einfach durch den Klang. Aber das ist etwas jenseits der Politik, das behält Wegman Frost für sich.

Zwei Jahre nach der Wahl und zwei Jahre vor der nächsten fühlt sich fast an wie Stillstand. Die Sozialdemokraten sind nicht an der Regierung. Sie verfassen Entwürfe, die nicht weit kommen, bereiten Anfragen vor, über die sich Minister lauthals amüsieren, sie halten Würde-hätte-sollte-Reden im Bundestag. Analysten sagen, dass die Sozialdemokratie nie mehr das sein wird, was sie einmal war. Aber das haben sie vor Gerhard Schröder auch schon gesagt. Vielleicht wäre Warten-auf-ein-Wunder die angemessene Beschreibung für den mentalen Zustand der Fraktion zur Mitte der Legislaturperiode. Der schlierig graue Himmel an einem irgendwie windigen, aber auch nicht wirklich kalten Novembertag in Berlin befördert das Gefühl der angehaltenen Zeit. Aber nur, wenn man nicht regiert. Für die, die regieren, gelten andere Regeln. Die merken das gar nicht.

Andi Nair schnappt sich die überarbeiteten Papiere und verlässt das Büro im Eilschritt. Wegman klickt sich über den Fernsehsender Phoenix in den Plenarsaal und schaut zu, wie Andi unterhalb der Regierungsbank vorbeihastet und gerade dabei ist, seinen Platz einzunehmen, bevor umgeschnitten wird auf den Redner, einen Hinterbänkler aus Bayern. Wieso sind die Sitze im Bundestag noch einmal blau? Wegman macht sich eine Notiz auf einem dottergelben Post-it. Das sind die Sachen, die Schüler aus dem Wahlkreis einen fragen, wenn sie zu Besuch kommen. Und die aus Schaumburg-Lippe sind keineswegs auf den Mund gefallen.

In die Politik gerät man nicht, man will das. Zuerst möchte man etwas ändern oder ist wütend über einen Vorfall, und kaum ist man bemerkt worden, denkt man, das kann nur ich; ganz viel Vorhaben und ein kleines Amt, dann die höheren Ziele und ein mittleres Amt; danach wird es schwieriger zu beschreiben. Leute mit schwerem Dialekt haben es schwerer; krumme Geschäfte rächen sich; wer seine Freunde verrät, wird verraten; sich auf Quote wählen zu lassen, heißt Sackgasse. Ein Rätsel bleibt, warum sich manche zu idealen Kandidaten auswachsen und andere als Pappfiguren vergessen werden. Wer zögert, wenn es darum geht, »Ich-hier!« zu rufen, wird bei einer ähnlichen Gelegenheit in der Zukunft übersehen. Wer nicht glaubt, berufen zu sein, wird auch nicht berufen. Wenn der sichere Wahlkreis frei wird, muss man ihn sich schnappen, denn danach passiert für ein Vierteljahrhundert nichts. Andi Nair ist ein gutes Beispiel, mit vierzig Jahren zum vierten Mal in den Bundestag gewählt, und zwar jedes Mal direkt. Er weiß, wann welche Gelegenheit kommt, für sich und sogar für andere. Andi war es, der Wegman damals zugeflüstert hat: »Jetzt musst du sagen, dass du es willst.« Immerhin Landesvorstand der Jungsozialisten. Wegman hatte sich überwinden müssen, und das dralle Bauernmädchen aus Maschen hat ihm furchtbar leidgetan, als es mit zwei Stimmen Differenz gegen ihn verlor. So fängt es eben an, dachte er damals, gewählt ist gewählt. Soll heißen: legitimiert. Ab dem Moment sprichst du mit den Stimmen der anderen. Und trotzdem hat es später nicht geklappt, nicht wirklich.

Falls ihn jemals jemand fragen würde, wäre seine Theorie die der zwei Wahlen. Man muss gewinnen, beim ersten und beim zweiten Mal. Dann darf man einmal verlieren. Eine Variante ist, beim zweiten Mal stoisch zu verlieren und beim dritten Mal zurückzukehren. Zweimal in dieselbe Position gewählt, dann geht es fast immer weiter. Wegman wurde beim zweiten Mal niedergestimmt und hat sich dann aufs Studium konzentriert. So hat er das den Genossen verklickert, nicht dass die denken, er wäre raus. Immer ein bekennender Sozialdemokrat geblieben. Deshalb sitzt er jetzt hier, als Büroleiter, wie seine Visitenkarte behauptet, obwohl es diese Position im Bundestag gar nicht gibt. Er ist wissenschaftlicher Mitarbeiter, eine Bezeichnung, die Wegman vorzieht, aber nie benutzt, weil die Menschen da draußen sich darunter nichts vorstellen können. Und das sind ja die, auf die es ankommt.

Der Bildschirm ist stumm, während er mit dem Wahlkreisbüro telefoniert. Nach der Abstimmung schaltet er den Ton wieder zu, während Andi Nair unterwegs ist zum Rednerpult. Er ist schon lange kein Hinterbänkler mehr. »Es wird immer wieder suggeriert«, sagt er, und tatsächlich hören alle zu, »die Vorstellung der Sozialdemokratie von sozialer Gerechtigkeit meine Staatsgeschenke für alle. Das ist nicht der Fall. Wir bleiben aber dabei, dass im Wettbewerb nicht alle in der gleichen Startposition sind: Arbeitslose über fünfzig, alleinerziehende Mütter, Schüler und Schülerinnen aus Familien mit Migrationshintergrund. Soziale Gerechtigkeit bedeutet, dort zu helfen, wo es notwendig ist.« Applaus. Blick in den Saal. Fasziniert beobachtet Wegman, wie ein Abgeordneter der CSU mitklatscht, zwei- oder dreimal, bis er merkt, dass er in seiner Fraktion der Einzige ist, und es dann lässt.

Wegman Frost überfällt das warme Gefühl von Sinnstiftung und Zielerfüllung. Die Sätze, die Andi Nair gerade gesprochen hat, stammen von ihm, Wegman, wörtlich.

Für Berliner Verhältnisse ist die Stadt östlich des Brandenburger Tors hell erleuchtet, eine urbane Travestie, man spürt noch, dass es einmal anders war, nur keiner weiß mehr, wie. Es will scheinen, als wäre die Stadt schwarzweiß und farbig zugleich, das kippt mit einer Drehung des Kopfes. Ist das mondäne Berlin der zwanziger Jahre noch oder wieder da? Die Nordsüdachsen haben sich schneller erholt als jene, die ostwestlich verlaufen, die Friedrichstraße schon nahezu prächtig, hier, wo es Wegman hinzieht, ohne Fahrbahnmarkierungen, ein Hauch von Main Street. Passanten überqueren die Straße an beliebigen Stellen, auch diagonal, als könnten sie es einfach nicht abwarten, auf der anderen Seite noch einmal hundert Euro auszugeben, aber es darf auch etwas mehr sein.

Wie oft ist er in der Mitte des neuen Kaufhauses stehen geblieben, um den gläsernen Trichter zu bewundern, der sich – aber das kann man wegen der vielen Spiegelungen kaum erkennen – als Kelch zum Himmel hin öffnet; jetzt aber lässt Wegman seinen Blick flüchtig über die lackierten Damenhandtaschen gleiten, bevor er über die Rolltreppe in die Gourmetabteilung abtaucht. Fast der ganze Bundestag hat Dienstschluss. Er nickt dieser und jenem in der Kassenschlange zu, eilt unten durch eine Passage mit schönen Geschäften und wenig Publikum, erscheint südlich vom Kaufhaus wieder auf der Friedrichstraße und biegt bei nächster Gelegenheit ein zum Spittelmarkt. So sieht er aus, so sehen sie alle aus, vor zehn Stunden rasiert, Bügelfalte, gesteppte Jacke und die rote Tüte mit dem weißen Schriftzug. Das ist kein Berliner, der ist zugezogen, der hat sich über einen Makler eine frisch renovierte Wohnung angemietet … Merkwürdig, denkt Wegman, der sich bisweilen mit dem Fahrrad hochkämpft auf den Berg, man müsste doch auch in der U-Bahn spüren, dass es hügelan geht, dass sie eine Steigung nimmt, aber es kommt einem vor, als wenn sie eben dahinfährt. Nicht aber ruhig fährt, nein, sie ruckelt, faucht und quietscht und vollzieht aberwitzige Bremsmanöver. Tatsächlich fahren noch die klapprigen ostdeutschen Bahnen, wenn auch seltener als vor zehn Jahren. Da mietet also einer eine Wohnung, das doppelte Fenster jetzt doppelt verglast, Induktionsherd, Überwachungskamera neben der Klingelanlage, eine Wohnung, wie Wegman nun hört, in der Arndt dreißig Jahre glücklich gewesen war, mit Familie, die Kinder inzwischen aus dem Haus, die Frau gestorben, und er hatte gedacht, da könne er gut seinen Lebensabend verbringen unter den alten Hausgenossen. Für die Miete hätte es immer gereicht, der Altbaubestand war ja eigentlich unbeliebt, wegen der Kohleöfen, das Klo auf halber Treppe und so weiter. Das sagt oder verkündet vielmehr Ilona, von der Wegman nur weiß, wie sie heißt, weil ein Mann, der ihr gegenübersitzt, sie einmal so anspricht, während er selbst namenlos bleibt. Wegman steigt nicht am Senefelderplatz aus, sondern bleibt bis zur Eberswalder Straße sitzen, um sich das anzuhören. Denn er hat keinen Zweifel, dass sie ihn meint oder eigentlich alle anderen auch, nicht nur den Kumpel, der im hinteren Segment des Wagens nicht zufällig nicht neben ihr sitzt, obwohl Wegman durchaus für ihn rüberrutschen würde. Die Fahrt mit der U-Bahn ist ihre Wandzeitung, und alle sollen es wissen, was Arndt widerfahren ist.

Das ist der Vorteil an der U-Bahn in den Osten, die sprengt die Pforten auf, Schluss mit Fraktion und Ausschuss, SPD und CDU, Rede und Protokoll. Mädchen mit lila Augenlidern und Hunde mit blinkendem Halsband, junge Männer mit kahlgeschorenen Schädeln und ältere Damen mit wie in Stein gehauenen Mienen. Ilona vertritt hier das alte Modell, weil sie sich für ihre Philippika einen leibhaftigen Adressaten sucht, einen Zufallsbekannten, einen Ex-Kollegen, jemanden, der modellhaft zuhört und laut genug zustimmt, stellvertretend für alle anderen, die so tun, als wenn sie überhaupt nichts hören. Die neue Plattform ist das Handy, das allerdings die Wandzeitung entpolitisiert hat: Egomanie und Betrug, Groll und Rache, mangelnde Einsicht und dürftige Ausreden, und dann diese Pausen, in denen jemand – hoffentlich! – am anderen Ende spricht, Pausen, in denen das Gesagte in den Köpfen der Mithörenden nachhallt, lauter wird, schmerzhaft gegenwärtig. »Siehst du, das ist eben Gesellschaft«, hat Bibi Burose kommentiert, und Wegman zu ihr: »Mensch Bibi, was du nicht sagst!«

Beide, Ilona und ihr Gegenüber, fahren weiter nach Pankow, wohin sie entweder freiwillig gegangen sind, schon als Kinder mit den Eltern, endlich eine richtige Wohnung, gut geheizt, Einbauküche mit Durchreiche ins Wohnzimmer, Müllschlucker oben auf dem Balkonumlauf, oder wohin sie, wie Arndt (der abwesend ist, weil er die U-Bahn nicht mehr braucht), verdrängt worden sind.

Dann gefiel Wegman Bibis Deutung, und er schmückte sie aus: »Ist nicht die U-Bahn die beste Darstellung von Gesellschaft überhaupt, eine Zwangsgemeinschaft von Leuten, die das gleiche Ziel haben, aber immer nur bis zur nächsten Station? Das Gegenmodell ist die Straße, da ist alles immer im Fluss, völlig undurchschaubar. Ja, fast unmöglich, jemanden anzuhalten, wenn man den Weg nicht weiß, in Berlin jedenfalls, sie gehen einfach weiter, ob mit Kopfhörern oder ohne.« Wegman selbst, übrigens, wird oft gefragt, schaut sogar Suchenden ins Gesicht, damit sie ihn ansprechen, und gibt gern Auskunft, auch auf Englisch. So kann er sich das Gefühl verschaffen, er lebe in einer offenen und freundlichen Stadt, oder jedenfalls bald, vorausgesetzt, es würden alle seinem Beispiel folgen. Es müsste sich eine Methode finden lassen, den Nachhauseweg zu verlängern. Am besten wäre, einen Besen dabeizuhaben, einen aus Weidenzweigen gebundenen, lang und elastisch. Damit würde er, hin- und herschwingend, den Bordstein reinigen, die ganze Knaackstraße hinunter bis zum Kollwitzplatz, den Bordstein und die Gosse, entlang der Kühler der Autos, die hier quer geparkt sind, graue Haufen hinterlassend für die Berliner Stadtreinigung, die diese später abholen würde. Die private Reinigung der Gosse ist ja schließlich nicht verboten. Andererseits: Ungünstig, wenn sich herumsprechen würde, Wegman Frost wäre verrückt geworden.

Meistens jedoch fährt er nur bis zum Senefelderplatz und geht die Kollwitzstraße hoch, die viel sauberer aussieht. Vielleicht ist sie einfach so breit, dass sich der Dreck besser verteilt. Vorbei am Abenteuerspielplatz ist es noch ziemlich dunkel, dann nimmt die Straße richtig Form an, mit Geschäften und Restaurants auf beiden Seiten, Kopfsteinpflaster, Gaslicht. Zuhause überfällt einen dann die Müdigkeit, vielleicht, weil man sie zeigen darf. Tatsächlich schläft Wegman in der Badewanne mehrmals ein, unter ihm ein uralter gemusterter Boden in Grau und Weiß mit einigen dünnen, kaum sichtbaren roten Rändern. Das

Bad, hat Marion gesagt, ist zurückversetzt worden in das Original. Es hat ein Fenster zum Hinterhof, der gar nicht so groß und zudem fast quadratisch ist, eher wie Atriumshöfe in Basel oder Paris, und im vierten Stockwerk ist es so leise, als wäre man gar nicht in der Stadt. Marions einzige Ergänzung war die Wanne auf ihren schweren Füßen gewesen, massives Kupfer, so ziemlich das Teuerste, was man in Berlin bekommen kann. Das hat sie sich geleistet, aus eigener Tasche. So ein Einrichtungsstück habe in etwa die Funktion der Schuhe beim Städter, die sollten auch nie billig sein. Alles andere sei relativ.

Ein Banküberfall kurz nach neun Uhr. »Wo?«, fragte Wegman, und Andi zischelte fast unhörbar: »In Eisenach.« »Typisch«, antwortete Wegman, »im Osten steht man eben ein bisschen früher auf«, aber damit konnte er seinen Chef nicht erheitern, ja, der schien es nicht einmal gehört zu haben. Sie saßen im hellsten Selbstbedienungsrestaurant des Bundestags, das Wegman, weil es namenlos war, Aquarium nannte. Andi Nair hatte, was seine Gewohnheit war, die gläserne Oberfläche seines I-Pads berührt, um es wiederzubeleben, und vergaß in diesem Moment zu kauen, was nicht sehr schön aussah. »Die Bankräuber«, referierte er kurz darauf direkt von Reuters, »liegen jetzt beide tot in einem Wohnmobil, das sie zudem in Brand gesteckt haben.« »Das ist ungewöhnlich«, sagte Wegman. »Mehr als das, ganz unwahrscheinlich.« »Ich habe so eine Ahnung«, raunte der Abgeordnete, »wer die sind.« Er hatte ganz zu essen aufgehört, und Wegman, der die Gabe besaß, immer eine Minute vorauszuschauen, ordnete bereits die Tabletts übereinander.

An diesem Tag, einem Freitag, veränderte sich die Bundesrepublik Deutschland. Sie wusste es noch nicht, aber Wegman, der von seinem Schreibtisch aus durch zwei offene Türen Andi

Nair in seinem Zimmer beobachten konnte, sah diesem dabei zu, wie er mit glasigen Augen in eine ungewisse Zukunft starrte. Manchmal schienen sich ihre Blicke über die Distanz von zehn Metern zu begegnen. Wegman aber reiste fünfundzwanzig Jahre zurück und sah ihn, Andi, als den etwas älteren Jungen vor sich, den bronzen getönten Katzenkopf, die blitzenden braunen Augen – den Zorn, schon damals. Dann wandte sich Wegman wieder seinem Bildschirm zu, auf dem die sechste Mail innerhalb einer halben Stunde erschien, sämtlich grußlose Links, die Andi ihm schickte, viele Jahre alte Zeitungsberichte über abgetauchte Rechtsradikale, und Wegman zögerte nicht, kürzte eingehende Telefongespräche ab und las alles sofort. Er konnte sich nicht daran erinnern, von diesen Gruseltypen jemals gehört zu haben.

Bis zum Nachmittag hatte man das halb ausgeräucherte Wohnmobil abgeschleppt. Nicht wirklich abgeschleppt, sondern an Gurten aufgehängt und verladen, komplett mit den Leichen da drin, und hinter den Polizeiabsperrungen in einem Wohngebiet zeigte das lokale Fernsehen eine Lücke. Dann versiegten die Nachrichten.

Der Polizeichef von Gotha nämlich hatte sich entschlossen, die Sache selbst aufzuklären. Er ließ das Wrack in einer Halle unterbringen, wo sich Forensiker über Restleichen, Handys und Geldtaschen beugten, und nein, sie warteten nicht auf Experten aus Wiesbaden und versuchten auch nicht, Karlsruhe für die thüringische Angelegenheit zu interessieren. Sie machten sich Gedanken, wer die unglücklichen Bankräuber sein könnten, und kamen in aller Schlichtheit zu dem Schluss, dass sich jeder selbst erschossen haben müsste. Sie bargen eine Waffe, von der sich noch am selben Nachmittag herausstellte, dass sie einer Polizistin gehört hatte, die ermordet worden war. Das aber war ihnen keine Meldung wert. Schon brannte ein Wohnhaus in Zwickau aus, in dem sich alle Informationen finden würden, die man brauchte, aber Zwickau liegt in Sachsen, und solange man die Zuständigkeit im eigenen Land belässt, weiß die Polizei hundert Kilometer weiter nicht, mit wem sie es zu tun hat.

Der Abgeordnete Nair hatte in seinem Zimmer kein Licht gemacht. Der Schimmer des Bildschirms tönte den weißen Kragen seines Hemdes blau. Es musste eine Stunde her sein, dass man die automatisch schließende Tür am Ende des Flurs zuletzt gehört hatte, ein Fauchen, und jetzt waren Wegman Frost und Andi Nair im Bundestag allein. Wahrscheinlich nicht wirklich allein, aber es fühlte sich so an. Der Trakt mit den Büros, der Wegmans Fenster gegenüberlag, war komplett dunkel, und die Telefone hatten aufgehört zu läuten. Was gewiss an einem Freitagabend, in einer sitzungsfreien Woche des Parlaments, nicht wunderlich war, aber noch nie hatte Wegman diese Stille wahrgenommen, dieses Brüten. Er hätte jedes Recht gehabt, sich ins Wochenende zu verabschieden, aber er ahnte oder wusste, dass es seine Aufgabe sein würde, einfach da zu sein oder jedenfalls nicht davonzulaufen. Er hätte sich in Andis Türrahmen stellen können und mal ganz nett fragen, ob es nicht Zeit wäre, eine gute Pizza zu suchen, und so hätte es jeder andere wissenschaftliche Mitarbeiter in der gleichen Lage auch getan. Der Abgeordnete jedoch hatte sich in den vielen Jahren, die Wegman für ihn arbeitete, nie spontan – außerhalb von terminierten Abendessen – zu irgendetwas verabredet. Nie war Wegman bei ihm zuhaus gewesen oder ihm auch nur auf einer Party begegnet. Andi Nair bestand ganz aus Politik, widerstandslos im Räderwerk, aber entschlossen in der Sache; nicht bitter, nein, aber gelegentlich düster, und an diesem Abend schien er sich verwandelt zu haben, im blauen Licht, nahezu unbeweglich, übergewechselt in die mineralische Welt.

Es wackelte im Gebälk dieses Staates, und Erschütterungen erreichten das Fundament. Der Umzug des Bundestags und der Regierung von Bonn nach Berlin, die Überführung der ostdeutschen Staatssicherheit in geordnete und zugängliche Archive, der späte Wiederaufbau der prächtigsten Kirche Dresdens: All das wurde immer wieder benannt und gelobt und gepriesen in feierlichen Reden zum Jahrestag, den irgendjemand auf den dritten Oktober gelegt hatte. Die Erhebung der Menschen gegen ihren eingemauerten Staat wurde verklärt zur unblutigen Revolution, Länderparlamente in ihre Rechte eingesetzt, die feindlichen Sportteams zu bundesdeutschen Mannschaften fusioniert, die giftigen Industrien Bitterfelds ersetzt durch solare Musterbetriebe, Hochschulen und Gerichte in die Unabhängigkeit zurückversetzt. Der Reichstag wurde wie ein Geschenk verpackt und als Prachtbau einer transparenten Demokratie wieder enthüllt. Die deutsche Einstaatlichkeit, den einstigen Siegermächten abgerungen, hatte sich ausgewachsen zu einer Geschichte des Erfolgs, an der man nicht zweifeln durfte, ohne den Erfolg zu gefährden. Schon fast ein Tabu. Und doch, hatten sich nicht die Unschlüssigen und die Zurückgebliebenen in den ostdeutschen Provinzen zusammengerottet, verschworen gegen die Fremden, die als sozialistische Brüder zu ihnen gekommen waren, verhärtet im Hass, in den Hinterstuben ausgestattet mit staatsfeindlichen Symbolen? Gewiss, aber das wurde alles ausbalanciert von der großen west-ostdeutschen Waage. Und neonazistische Brandstifter hatte es nicht nur in Rostock gegeben – in Solingen auch.

Überhaupt, war nicht der linke Terrorismus bei weitem langlebiger gewesen als geglaubt? Ein entflammtes Hamburger Bürgermädchen seit dreißig Jahren aus dem Jemen nicht zurückgekehrt; eine brutale Flugzeugentführerin bürgerlich verheiratet in Norwegen; ein Killer namens Klar reuelos, nicht geeignet, um begnadigt zu werden; gar nicht zu reden von den in der DDR Abgetauchten, ideologische Bombenbastler, gedeckt durch die mausgraue Staatssicherheit; und wer hatte, durch das große Fenster seines Arbeitszimmers, Detlev Rohwedder erschossen, den Mann, der die Staatswirtschaft der DDR abwickeln sollte? Ja, was waren denn dagegen grölende Neonazis in Nordhessen oder die Glatzen an den Tankstellen Nordbrandenburgs? Schließlich hatte es, anders als im restlichen Europa, keine braune Partei ins Parlament geschafft, während die Salonkommunisten im Bundestag darauf beharrten, man dürfe die untergegangene DDR nicht einen Unrechtsstaat nennen.

Und bevor sie zusammensinken würden, die rhetorischen Kartenhäuser, bevor man die Sonntagsreden ablegen würde im Register des Wohlgemeinten, hätte das Glück über das Ende der Teilung sich als stärker erwiesen als das Bauchgrimmen der Vereinigungsverlierer. Außerdem gab es ja auch wichtige Dinge: Europa, Israel, Afghanistan; Klimawandel, Gedenken an den Holocaust, das Versagen von Banken. Die Furcht der Nachbarn vor einem zu starken Deutschland war aufgegangen im Reichstagtourismus. Reisende aus aller Welt hatten ihren Spaß daran, dem nationalen Parlament von oben bei der Arbeit zuzusehen. Und sich dann noch auf den Rücken legen und in den Himmel gucken dürfen!

An diesem vierten November 2011 aber sah Andi Nair die Risse im Gebälk, und Wegman Frost lief es kalt den Rücken runter. In den folgenden Tagen wurden die verkohlten Leichen der jungen Männer aus dem Wohnmobil identifiziert und die geflüchtete Brandstifterin aus Zwickau zur Fahndung ausgeschrieben. Mehr als zehn Jahre zuvor waren diese Leute einer Verhaftung nur knapp entkommen und seitdem unsichtbar gewesen, Kumpel unter anderen Namen auf einem holsteinischen Campingplatz, Banküberfälle mit Masken, falsche Papiere – keine Bekennerbriefe, keine Fahndungsplakate. Erst jetzt fiel der Polizei in Thüringen auf, dass die Gesuchten auch in Sachsen hatten residieren können, und dem Generalbundesanwalt schwante, dass der Grenzübertritt aus den sogenannten Neuen Bundesländern in die sogenannte alte Bundesrepublik unter terroristischem

Vorzeichen nicht völlig undenkbar sei. Oder undenkbar gewesen sei. Denn alles, was nun kam, kam ohnehin zu spät.

Geschützt durch Desinteresse an neonazistischen Umtrieben im Osten, hatten sich die Thüringer Männer, beide namens Uwe, in die Städte des Westens begeben, nach Hamburg, Dortmund, Köln, Kassel und Nürnberg, wo sie explosive Attrappen in kleinen Innenstadtläden hinterlegten. Manchmal machten sie sich weniger Mühe und schossen gleich. Immer und überall, wenn gemordet wird, muss die Polizei eine Verbindung von Opfer und Täter konstruieren, die in der Motivation besteht. Dass man Türken angreifen könnte, weil sie Türken waren, galt bei der westdeutschen Polizei als abwegig. Also mussten die Türken Konflikte untereinander haben, oder mit Kurden, was die Befragten überall konsequent verneinten und nirgendwo zu einer Festnahme führte. Die systematische Beleidigung der Hinterbliebenen war also die Folge, der größtmögliche Erfolg der Täter, die sich in ihrem Zwickauer Versteck, zwischen Waffen und Katzen, hämisch darüber freuten.

»Und es ist ja nicht so, dass in dieser Szene nicht auch einige Leute unterwegs sind, die sich der Verfassungsschutz an der Leine hält«, sagte Andi am Sonntag zu Wegman, der in der kupfernen Badewanne lag, sein flaches Telefon in der Linken. »Wir schlittern in eine Art Staatskrise«, vermutete dieser. »Wir schlittern nicht«, verkündete Andi, »wir sind schon mittendrin.«

Es stimmt: Parteien, ihre Listen, die Ausschüsse, die Seilschaften und die Freundschaften, das sind die Schmieden des politischen Willens, die Orte der Handlung. Der Ort der Herkunft aber ist unveränderlich. Im Bauausschuss meldet sich ein Konservativer zu Wort. Er sagt: »Wie Sie wissen, komme ich aus einer Holzregion.« Deshalb zählt, was er zum Baustoff Holz zu sagen hat, doppelt. Andere haben das Meer, die Viehzucht, die großen Industrien hinter sich. Mit Berlin kann nur argumentieren, wer in Berlin gewählt wurde.

Und doch, es gibt Wahlkreise, die weniger geläufig sind: Neckar-Zaber, St. Wendel, Nienburg II – Schaumburg. Das ist doch westfälisch, oder? Oh nein. Man muss ja nur an den Vizekanzler Janssen denken, zuvor Minister in Hannover, das zweite Kabinett Wulff. Ach, der Janssen – ist der nicht aus Goslar? Unsinn, das ist Sigmar Gabriel. Aus Lüneburg? Nein, nicht aus Lüneburg, aus Bückeburg. Da gibt es sogar ein ganz merkwürdiges, aber wichtiges Gericht, das selten tagt. Ja richtig, warte: der Niedersächsische Staatsgerichtshof.

Es ist Winter. Die Stadt, von oben gesehen, wurde um einen Schlosspark gebaut, an den sich die Altstadt anschmiegt. Wie ungelenke Arme schießen die Vorstädte in alle Himmelsrichtungen. Da draußen dieses weite Feld, das ist der Fliegerhorst Achum. Die ganz kleine Figur, mit bloßem Auge nicht zu erkennen, auf dem Fahrrad, das ist ein Unterstufenschüler am Gymnasium Adolfinum. Er biegt nicht zum Flugplatz ein, da würde er nicht hineingelassen, sondern zu dem Gebäuderiegel gegenüber, ein Offizierskasino. Dort isst er mit seinem Vater zu Mittag. Später sehen wir ihn auf dem Rückweg, und dann, mit einem anderen Knaben, auf der Schlossgraft, einem bleifarbenen Ring in der weiß gepuderten Stadtlandschaft. Sie fahren Schlittschuh.

Die beiden haben sich im Herbst kennengelernt, eine unwahrscheinliche Begebenheit. Während des Unterrichts geht die Tür des Klassenzimmers auf und die Kandidaten für das Amt des Unterstufensprechers kommen herein: Udo Stefano aus der 7c, rundes Gesicht, gerahmt von schwarzen Locken, bei Mädchen sehr beliebt. Hinter ihm ein spitteldürrer Quintaner, von dem Wegman nur weiß, dass er auf dem Schulhof Kung Fu genannt wird.

Eine Stunde bevor die Frist ablief, war der Junge aus der

Sechsten im Sekretariat aufgetaucht und hatte sich selbst nominiert. Blitzartig machte das die Runde, und Udo Stefanos Helfer wussten auch, um wen es sich handelte: ein Einzelkind, Sohn eines Bundeswehroffiziers, der Vater stramm CDU. Der Junge halte in seiner Klasse flammende Reden für die Aufrüstung der Bundesrepublik, ein Einheizer und Aufwiegler, Pfadfinder und Nachwuchssänger bei den Bückeburger Jägern, den sollte man sich mal genau anschauen. Wenn so einer zwei Stimmen bekäme, wäre das schon zu viel.

Der schmale Junge mit den asiatischen Augen stellt sich neben Udo Stefano, nimmt Witterung auf, vergrößert seinen Abstand um zwei Schritte, und während Udo seine kleine Programmrede hält, sieht er sie alle an, dreißig Mädchen und Jungen, wer es eben zulässt; ein Blick in die Augen und ein fast unmerkliches Nicken. Er lächelt völlig unbefangen. Und als er dran ist, sagt er: Ich bin Florian Janssen aus der 6b. Natürlich stellen Udos Freunde ihre Fragen, aber Florians Antworten gehen weit über das Gefragte hinaus. Er kann wohl Gedanken lesen.

»Ist dein Vater bei der Bundeswehr?«

»Ja, das stimmt. Mein Vater ist Berufssoldat und bildet in Achum Flieger aus.«

»Stimmt es, dass dein Vater für die Nachrüstung getrommelt hat?«

»Mein Vater, Olaf Janssen, ist ein gemäßigter Sozialdemokrat und war mit der Friedenspolitik von Helmut Schmidt völlig einverstanden, soweit ich weiß. Aber getrommelt hat er nie. Ich übrigens auch nicht.«

»Warum singst du denn bei den Bückeburger Jägern?«

»Bei den Bückeburger Jägern singt überhaupt niemand. Das ist ein berühmtes Blasorchester. Kennt ihr James Last? Der hat da gelernt. Ich selbst bin leider nicht besonders musikalisch. Aber ich muss als Unterstufensprecher ja auch nicht zur Pause blasen, nich'?«

»Udo hat ein Programm, wie er die Bedingungen für die Unterstufenschüler verbessern will. Warum hast du keins?«

»Weil wir keine Politiker sind, sondern nur Sprecher. Dazu gehört zweierlei, glaube ich. Zum einen muss man rausfinden, was nicht in Ordnung ist. Das tut man am besten im Gespräch. Ich bin immer bereit zuzuhören. Dann muss man überlegen, wie man das Problem benennt und an wen man sich wendet. Das muss nicht der Direktor, das kann ja auch der Vertrauenslehrer sein.«

»Hast du einen Spitznamen?«

»Ich weiß, dass ich einen Spitznamen habe, aber nur hinter meinem Rücken. Das ist mir nicht ganz egal, und schön ist es auch nicht. Jedenfalls werde ich mich bei niemandem dafür entschuldigen, dass ich ein paar tausend Kilometer von hier zur Welt gekommen bin. Ich bin Bückeburger, Schüler des Adolfinums, genau wie ihr auch.«

Am nächsten Tag zur großen Pause gibt es einen Aushang auf rotem Karton. Udo Stefano hat die Wahl gewonnen; mit einem Vorsprung von sieben Stimmen auf Florian Janssen. Mittags am Fahrradstand will ihm Wegman tröstende Worte sagen, aber der Jüngere ist bester Dinge: »Ach was, das war doch nur der Probelauf für nächstes Jahr!« Danach sieht er ihn einige Male auf dem Fahrrad in der Stadt, aber er scheint immer ein Ziel zu haben, er hält nicht an. Es ist eiskalt unter stahlblauem Himmel, als er Florian auf dem Schulhof entdeckt, diesmal mit Udo Stefano und dem Mittelstufensprecher, der Jörn oder Jörg heißt. Florian hat eine Pelzmütze auf, die ihm über beide Ohren reicht.

Wegman, eher schüchtern, überwindet sich und schiebt sich in den Kreis.

»Aber wie kriegen wir das raus?«

»Keine Frage, das stimmt!«

»Und wenn es doch nicht stimmt? Wenn es ein anderer Rudolf Zocher ist? Dann holst du dir aber den Schulverweis.«

Sie sprechen über den Vertrauenslehrer.

»Was wäre, wenn wir ihn fragen?«

»Was machen wir, wenn er es leugnet?«

»Kann man denn Mitglied einer Partei sein – also heimlich?«

»Nicht heimlich, sondern einfach nicht öffentlich. Solange man keine Ämter hat. Keine Partei veröffentlicht die Listen ihrer Mitglieder – wieso ausgerechnet die?«

Alles ist gefroren, die Karpfenteiche, die Baggerseen draußen beim Forst und auch die Schlossgraft, die zum ersten Mal zum Eislauf freigegeben wird, oder jedenfalls im Gedächtnis derer, die am Leben sind. Man kann dort komplette Runden drehen, und weil es zwischendurch nicht getaut hat, ist die Fläche spiegelglatt. »Authentisch russisch« nennt Florian seine Mütze, Wegman hat nur eine blasse Ahnung, was das Fremdwort meinen könnte. Florian will Flo genannt werden, weil er zuhause auch so heißt. Wegman muss die Obhut der Zwillingsschwestern älteren Mädchen anvertrauen, dann ist er frei, mit Flo Kreise zu ziehen. Nach der dritten Runde macht der plötzlich eine Kehrtwendung und besteht darauf, in die andere Richtung zu laufen: »Sonst bekommt man einen Krampf in dem Bein, das immer belastet ist.« Aber das ist nur der Anfang. Flo neigt zu höheren Einsichten, oder jedenfalls kommt es Wegman bald so vor, als sei in der Gestalt dieses unscheinbaren Jungen ein ganzer Erwachsener verborgen.

Die Mädchen bringen bei einsetzender Dämmerung die Zwillingsschwestern nach Haus, während Wegman mit Florian weiterläuft, schneller jetzt, leicht vorgebeugt, versetzt hintereinander, weil der Graben doch nicht so weit ist, bis sie herausfinden, wie man sich tatsächlich parallel bewegt, »synchron« nennt Florian das. Jetzt fahren sie enger beieinander auf gleicher Höhe; nun versteht man auch, was der andere sagt. Flo ist so flott im Antworten, dass Wegman glaubt, die Glocke vom Schloss her läute alle zehn Minuten.

Es ist lange schon dunkel, als er, zu nahe an den Grabenrand geraten, an einem im Eis steckenden Ast hängenbleibt, fällt und in die Uferböschung rutscht. »Bleib sitzen!«, ruft Flo, der sich neben ihn hockt und seinen Kopf in den Händen hält. Auf Wegmans Stirn bildet sich rasch eine Beule. Flo bricht sich aus der Böschung einen Eiszapfen und kühlt, entschlossen drückend, die Schwellung.

Er begleitet Wegman auch nach Hause, weit ist es nicht, denn er wohnt über der Apotheke in der Innenstadt. Von den Zwillingen als Held des Eissports bewundert, liegt Wegman auf dem Sofa, als der Apotheker selbst zu Hilfe kommt, mit Salbe und Bandagen – »Danke, Eike«, sagt Wegman; Eike mit weißem Kittel und silbern gerahmter Brille entschieden Autorität im Fach ausstrahlend. Dann bleiben die Jungen allein, schweigend zunächst, bis Flo plötzlich zu seiner tadellosen Laune zurückfindet, die sein Markenzeichen ist:

»Wieso nennst du denn deinen Vater beim Vornamen?«

»Das ist ja nicht mein Vater. Das ist mein Onkel.«

»Dein Onkel?«

»Ja, der Bruder von meiner Mutter.«

»Der Bruder deiner Mutter«, berichtigt Flo.

»Ja.«

»Dann sind Bella und Lisa – deine Cousinen?«

»Sie waren meine Cousinen. Jetzt sind sie meine Schwestern.«

Flo grinst, und seine weißen Zähne, die etwas wild beieinanderstehen, leuchten. Er lacht über seine Idee, während er fragt: »Dann haben dich deine Cousinen adoptiert?«

Wegman hat seine Beule vergessen.

»Quatsch, Eike hat mich adoptiert. Na ja, nicht wirklich adoptiert, aber angenommen.«

»Mein Vater hat mich auch adoptiert. Aber trotzdem nenne ich ihn Papa.«

»Aber er ist vielleicht auch nicht dein Onkel.«

»Nee, natürlich nicht.«

Das ist es also, was sie verbindet, aber sie sind noch lange nicht so weit, sich ihre Geschichten zu erzählen oder das, was ihnen als solche erzählt worden ist. Unter dem Wunder der Rettung ist ein Schmerz geblieben. Später einmal werden sie beschließen, dass dies ihr Geheimnis sei. Dafür ist es an diesem Winterabend in Bückeburg noch zu früh. Außerdem liegt hinter dem, was einen verbindet, gewiss auch etwas, was einen unterscheidet. Beide, jetzt wieder schweigend, wissen, dass Vorsicht angebracht ist, sogar im Umgang mit sich selbst.

WEGMAN FROST HATTE zu seinem vierzehnten Geburtstag acht Freunde eingeladen, aber es kam nur einer. Das war Flo Janssen. Alle anderen blieben, nachdem die Nachricht aus der Ukraine eingetroffen war, zuhaus.

Der erste Regen nach Tschernobyl ging über Schweden nieder, aber die Angst hatte Europa im Griff. Es hieß, man werde in den nächsten zwanzig Jahren keine Pilze verzehren können. Manche aßen nur noch Konserven. Die Bückeburger Apotheke wurde bestürmt von Leuten, die Jod kaufen wollten, weil sie glaubten, sich mit der Einnahme vor Strahlung schützen zu können. Wegman besorgte sich eine Rolle Aluminiumfolie und wickelte heimlich seinen Hodensack damit ein, Tag und Nacht, um seine Erbsubstanz zu schützen. Das führte zu einem rosa Ekzem, da ließ er es wieder. In der Schule fehlten die Söhne des Arztes Stübing. Ihr Vater hatte sie nach Teneriffa fliegen lassen, wo er ein Haus besaß. Als sie in die Schule zurückkehrten, wollten sie das nicht zugeben.

Es war Mai, und mit Verwunderung registrierten Wegman und Flo, dass ihr großes Thema eines von gestern war. Udo Stefano, eine Eins in Physik, hatte sich in ein Informationsbüro für Strahlenkunde verwandelt. Der Lehrer Zocher, nun ja – »Versteht ihr nicht? Es geht jetzt um den größeren Zusammenhang«.

Florians Vater wollte von Wegman Olaf genannt werden, buk für die Jungen Pizza und hatte überhaupt nichts Schneidiges an sich, von wegen Oberstleutnant der Bundeswehr. Er stellte eine Menge Fragen, die die Jungen kaum beantworten konnten. Dass Rudolf Zocher rechtsradikal sein könnte, so viel mussten sie zugeben, war noch immer nicht mehr als ein Gerücht, und Zocher hatte sich im Schulalltag als umgänglich und verlässlich erwiesen. Wie, fragten die Jungen, könnte man ihn dazu bringen, sich zu bekennen, bevor er im Herbst als Vertrauenslehrer wiedergewählt würde? Papa Olaf warnte die beiden, Emil und die Detektive zu spielen, und schlug ihnen stattdessen vor, einen Brief an den Landesverband der Jungsozialisten zu schreiben, die Sache »präzise und ohne Übertreibung« darzustellen und um Rat zu fragen. Es sei aber auf keinen Fall ein Fehler zu erwähnen, dass Florian die Wahl zum Unterstufensprecher mit zwölf Jahren nur um sieben Stimmen verpasst habe. Inzwischen war er dreizehn geworden, durch die Zählung eines Geburtstags, der, wie Flo grinsend zugegeben hatte, »willkürlich festgesetzt« worden sei, einem Findelkind ohne Namen angehängt in einer brennenden Stadt. Während Wegman noch nicht die Worte gefunden hatte, von seiner vagen Herkunft zu berichten. Er wollte, wenn es so weit war, auch unbedingt nicht weinen.

Zur Verblüffung der beiden Schüler kam nach einer Woche die Antwort, aber nicht aus Hannover, sondern von einem Juso aus Rehburg-Loccum. Er hatte dies in seine Maschine getippt und mit einem fast leeren Kuli krakelig unterschrieben:

»Lieber Florian, lieber Wegman, ich freue mich außerordentlich, dass Ihr uns in der Frage des Vertrauenslehrers geschrieben habt. Einfach wird das nicht, das steht fest. Erst einmal aber wollte ich Euch fragen, ob Ihr Lust hättet, zu Pfingsten an einer Schülertagung teilzunehmen, deren Thema ›Fremde und Heimat‹ sein wird. Es soll dabei vor allem um den Umgang mit Fremdenfeindlichkeit gehen, diese überhaupt bewusst zu machen. Ich wohne eher zufällig in der Nähe der Evangelischen Akademie, aber seit einem Jahr arbeite ich dort im Jugendausschuss mit, und die Tagung war unter anderem meine Idee, obwohl ich das mit der Heimat nicht so gut finde. Aber nicht so wichtig. Jedenfalls wollten die Jusos fünfzehn niedersächsische Schüler entsenden. Jetzt aber scheint es nur noch um die Kernkraftfrage zu gehen. Wir haben einige Absagen. Vielleicht kommt Ihr einfach zur Tagung nach Loccum? Die Jusos übernehmen die Tagungskosten, aber auch die volle Bahnfahrt. Mit freundlichen Grüßen – Euer Andreas Nair«

Für die dreißig Kilometer brauchten sie anderthalb Stunden. Die Akademie war ein moderner Bau mit riesigen Fenstern, die Ausblick auf eine Klosteranlage boten, und es wimmelte vor Leuten, die alle irgendetwas Wichtiges zu tun hatten, Infoplakate malen, Tische rücken, Brote belegen. Das Zuschauen allein war eine volle Beschäftigung. Flo und Wegman bekamen ein Zimmer für sich, legten dort ihre albernen Köfferchen ab, und schon waren sie wieder unten, wo sie gleich als die Bückeburger ausgemacht wurden, denn sie waren die Jüngsten. Andreas war älter, vielleicht sechzehn, ein Junge mit dunklen Augen und einem Teint wie jemand aus Rom oder aus Konstantinopel, wie Flo in Wegmans Ohr flüsterte, und weil der sich darunter nichts vorstellen konnte, nachsetzte: »Also Antike.« Sie hätten fragen können, aber was genau: Wo kommst du eigentlich her? Möglicherweise war es die unausgesprochene Regel der Tagung, dass sich das nicht gehörte. Niemand fragte das zum Beispiel Flo, das ganze lange Pfingstwochenende nicht.

So ging der erste Nachmittag vorbei: Referat mit Koreferat, Referat mit Diskussion, Referat ohne Diskussion, spontane

Aufteilung in Arbeitsgruppen nach Themen. Die sich wiederum im Nu Sprecher wählten, um eine halbe Stunde später im Plenum, wie es hieß, zu berichten. Was waren die Jungen froh, gegen acht im hohen Saal sitzen zu dürfen bei Graubrot mit Aufschnitt und Hagebuttentee, die Gesichter erhitzt, und später, es war lange hell, gingen sie hinaus und um das Kloster herum, das, darin waren sie sich einig, viel schöner war als das Bückeburger Schloss. Sie hatten das Gefühl, weit gereist in einem anderen Land angekommen zu sein. Bevor es richtig dunkel war, lagen sie schon in ihren Betten.

Andreas Nair stand für den Samstag vor dem Mittagessen allein auf dem Programm. Er wurde mit dem Hinweis eingeführt, er habe diese Tagung angeregt. Sogleich verschwand das nachsichtige Lächeln aus den Gesichtern der zahlreich anwesenden Vikare und Pastoren.

Ganz ungewöhnlich für einen Schüler, trug er ein gebügeltes, weißes Hemd über einer Bundfaltenhose, die ihm Gewicht zu verleihen schien. Er schwitzte nicht. Mit dem ersten Satz hob er beide Arme, ließ sie für einen Augenblick mit den Handflächen nach oben stehen und dann wieder sinken. Andere Gesten, die folgten, waren ebenfalls symmetrisch. Es schien, als habe er die Unterschiede, die durch zweierlei Herkunft bedingt sind, in sich bereits ausgeglichen. Seine Rede allerdings zielte aufs Gegenteil.

Er zeichnete das düstere Bild einer aufs Materielle versessenen Gesellschaft, die Menschen aus anderen Ländern in Gettos hielte. Er erwähnte die wenig begehrenswerte Position von Frauen »aus Anatolien, die weniger Freiheiten haben als ihre eigenen Kinder«; »Afrikaner, die sich anhören müssen, sie stammten von den Affen ab – man ist so dumm zu unterstellen, wer schwarz sei, verstünde kein Deutsch.« Jeder Flüchtling aus der DDR, jeder Aussiedler aus Siebenbürgen werde als Held der Freiheit gefeiert und bekäme sogleich einen bundesdeutschen Pass. Aber wehe, es wolle jemand zuwandern, zum Beispiel der Bürger einer ehemaligen deutschen Kolonie.

Die Fremdenfeindlichkeit sei im Wesentlichen nicht organisiert, der Einfluss der NPD überschätzt und die Rolle der neuen Partei der »Republikaner« – »in Wirklichkeit Antirepublikaner« – noch nicht klar. Die westdeutsche Angst vor dem Fremden sei so unsichtbar wie allgegenwärtig, von den höchsten Ämtern in Bonn bis zu den Stammtischen von Schaumburg und Nienburg. Das spiegele sich im Einwanderungsrecht, das ein Blutrecht sei. Dies gelte es so bald wie möglich zu verändern, ins Gegenteil zu verkehren: Erst wenn Deutschland begreife, winziger Teil einer großen Welt zu sein, wäre die Gesellschaft vorbereitet für die Zukunft. Es gebe für Westdeutschland kein Vorbild, nicht Schweden, nicht Großbritannien, nicht die USA – es gelte nicht, Formeln zu übernehmen, und schon gar nicht, die eigene Geschichte zu fälschen. »Die Frage ist: Was ist jetzt? Wir werden in den Spiegel schauen müssen, und wir werden erkennen, dass wir nicht die sind, die wir denken, dass wir sind.«

Beim Mittagessen standen Sonnenstrahlen diagonal im Raum; man sah Tausende von Partikeln darin schweben wie Stellvertreter noch nicht ausgebrüteter Gedanken. Trotz der Düsterkeit des Resümees hatte Nairs Rede den Hörern einen Schub gegeben – eine Wirkung, die niemand zuvor und auch niemand danach erreichen konnte. Es waren einige illustre, fortschrittliche Theologen zu Gast, geschliffene Sprecher. Und dennoch schienen deren Deutungen christlicher Nächstenliebe das, was in Loccum stattfinden konnte oder sollte, eher aufzuhalten. Nair hatte abstrakte Gegner benannt, Gesetz einerseits und andererseits die Stimmung im Lande. Das war groß genug. Man musste etwas tun.

Flo und Wegman waren ziemlich geschmeichelt, als sich dieser große Junge in der Kaffeepause zu ihnen setzte. Andi sollten sie ihn nennen. Er fragte noch einmal nach, wer wer sei – »ach, du bist der, der fast Unterstufensprecher geworden ist« –, und Florian grinste selbstzufrieden. Wegman maß er intensiv mit den Augen, und dieser glaubte, dass Andi sehr wohl den Grad seiner Fremdheit abzuschätzen versuchte; sie bildeten also ein exotisches Trio, wobei keinem der drei in der deutschen Diktion auch nur ein Fitzelchen fehlte. Mit geschlossenen Augen hätte man nichts anderes gehört als die niedersächsische Kleinstadt protestantischer Prägung, Gymnasiasten unter sich.

Andi wollte wissen, wie die Bückeburger auf die Spur des möglicherweise rechtsradikalen Lehrers gekommen waren, und auch, wie er hieß. Das war ein eigentümlicher Moment, denn nun mussten sie den Namen nennen, was ihnen klarmachte, wie ernst es werden würde. Üble Nachrede stand durchaus im Raum. Sie sollten, riet Andi, dort nach der Quelle suchen, wo der Verdacht zuerst aufgekommen war; sie aber hielten dagegen, dass es ein Schulhofgespräch gewesen sei und die Mitschüler davon jetzt nichts mehr wissen wollten. Eine andere Möglichkeit wäre, schob er nach, sich als angeblich Interessierter an die »Republikaner« zu wenden, auf die nächste lokale Versammlung zu gehen und zu prüfen, ob Rudolf Zocher dort erscheine. Dafür bräuchten sie allerdings einen Strohmann, einen Erwachsenen, am besten sogar jemanden, der nicht Elternteil am Adolfinum sei. Er machte auch einen Witz über den Namen der Schule.

Eine dritte Möglichkeit wäre, das Thema allgemein aufzubringen: Ein Artikel über Fremdenfeindlichkeit, über die Propaganda der »Republikaner«, über die Geschichte der Stadt – das wüssten sie hoffentlich, dass Bückeburg ein ganz übles Nazinest gewesen sei –, ein Artikel, in dem es nonchalant (Wegman sah Flo an, und der übersetzte: »lässig«) heißen würde … »Ja, ganz harmlos, ungefähr so: Wir würden als Gymnasiasten natürlich gern glauben, dass solche Umtriebe in unserer Lehrerschaft niemals eine Stimme finden würden, aber so ganz eindeutig ist die

Lage möglicherweise nicht. Das mal so ins Unreine gesprochen. Vielleicht sollte man noch deutlicher sein oder eine richtige Finte legen, indem man schreibt, dies sei eine Angelegenheit, die insbesondere mit dem Vertrauenslehrer offen zu besprechen wäre.« So in etwa; wäre die Info über Zocher falsch, hätten sie niemanden denunziert, sondern nur Aufmerksamkeit angemahnt. Wäre die Info richtig, würde der Hinweis ausreichen, um die Nachricht auf dem Schulhof in Windeseile zu verbreiten, daran könne auch Tschernobyl nichts ändern. Gäbe es überhaupt eine unabhängige Schülerzeitung (ja, genannt Delfinum) – Andi kicherte – und hätten sie Zugang? Wie, Zugang? Ja, ob man sie da schreiben lassen würde? Und Flo im Brustton der Überzeugung: »Auf jeden Fall!«

Abends im Bett, Wegman brummte der Schädel, fragte er Flo, was Andi gesagt habe, wie man das Lehrerthema in der Schülerzeitung formulieren sollte. Der sprach es, ohne zu zögern, nach, sehr ähnlich oder sogar wörtlich. Wegman richtete sich in seinem Bett auf, um zu sehen, ob der andere das von einem Zettel abgelesen hatte, er lag aber auf dem Rücken und sprach zur Decke.

Auf dem Rückweg hatten sie eine Stunde Zeit in Stadthagen, und Wegman war in der glücklichen Lage, sie in der Bäckerei gründlich ausstatten zu können, denn die Jusos hatten ihm die Bahnfahrt, ohne zu fragen, voll erstattet, während er tatsächlich mit einem Kinderreichenpass zum halben Preis fuhr. Er war den Jungsozialisten beigetreten – mit vierzehn: eine Heldentat in einem sozialdemokratischen Lebenslauf –, und auch Flo war bereit gewesen, dasselbe zu tun. Aber es ging nicht, weil er erst dreizehn war, jedenfalls auf dem Papier. In der Bahn nach Bückeburg verriet er, dass er mit dem »politisch progressiven Teil« der Tagung einverstanden, aber von dem »lutherischen Gedöns« etwas abgestoßen sei. »Wieso, bist du Kathole?« »Das heißt nicht Kathole, Wegman, so haben die Nazis gesprochen. Es heißt schlichtweg Katholik, und ja, ich bin einer.« Wegman errötete und biss sich auf die Lippen. Sein Freund sah zufrieden aus dem Fenster.

Florian fragte beim Delfinum an, ob es an einem Artikel zu Rechtsradikalismus in Bückeburg – so kündigte er das an – Interesse gebe. Ja, allerdings sollte die letzte Ausgabe des Schuljahrs im Juni erscheinen, Redaktionsschluss Ende der Woche. Die Jungen verbrachten einen ganzen Nachmittag mit dem Einstieg, der kämpferisch darstellen sollte, wie sich Bückeburg und ganz Deutschland vom Thema der Fremdenfeindlichkeit abgewandt hatten, egoistisch, wie sie fanden, weil Kernkraft eine Bedrohung für jeden war, Fremdenfeindlichkeit aber für die meisten nur indirekt. So ganz überzeugt waren sie nicht von dem, was sie verfasst hatten, in Wegmans Zimmer im alten Apothekenhaus. Flo stand jetzt auf und sprach zur Tür mit dem Milchglas hin, das Gewicht des Körpers in der Magengegend, als wehe ein starker Wind von vorn – genauso wie später im Bundestag. »Wir sind ja blöd«, rief er mehr, als dass er sprach, »wenn wir uns alle zum Feind machen, die im Moment die Kernkraft so wichtig finden. Außerdem finden wir das auch nicht unwichtig. Wir müssen sofort zur Xenophobie kommen, ohne jeden Umweg.«

»Was ist denn Xenophobie?« Wegman war völlig dagegen, so ein Wort zu verwenden; erschöpft von alldem, gerieten sie an den Rand eines Streits. Als sie sich am nächsten Tag wieder zusammensetzten, fand Wegman das Wort ganz unwiderstehlich. Er habe sogar davon geträumt, erzählte er Flo: Xenophobie, ein Gespenst mit einer schwarzen Kapuze.

»Das ist ja total klasse«, rief Flo, in alle Richtungen gestikulierend. »Ein Gespenst geht um in Deutschland: die Xenophobie.« Was die Lehrerschaft betraf, übernahmen sie Andi Nairs Formulierung. Das Delfinum war erst zwei Tage raus, da wurde ihnen ein Niedersächsisches Programm der »Republikaner« zugespielt. Darin fand sich ein zwielichtiger Beitrag über »Das Eigene und das Fremde«. »Und guck mal, das Kürzel. Das ist mit RZ gezeichnet.«

»Wieso gezeichnet?«, fragte Wegman.

»Das sagt man so«, antwortete Flo. »Ganz bestimmt.«

Versuch über Häuser. Von einem Haus, das einmal symmetrisch war, steht in etwa die Hälfte noch. Das Bild, das den November überdauert – es wird während der Nachrichten immer wieder eingeblendet –, zeigt es von seiner zerstörten Seite her. Das Untergeschoss mit seinen hohen Bögen trägt ein Ober- und ein Dachgeschoss, von denen nur noch die Brandruine übrig ist. Metallträger sind eingezogen worden, damit das Ganze nicht zusammenbricht. Sie sind gelb lackiert. Der Dachstuhl zeichnet ein schwarzes Gitterwerk in den Himmel.

Ein bedauerliches Feuer, gewiss, verschreckte Nachbarn, die mit dem Leben davongekommen sind. Der rare Fall einer Brandstiftung durch die Mieterin, die vor dem Haus flüchtend gesehen, aber nicht aufgehalten wurde. Deshalb hat das Haus so gut gebrannt, weil es brennen sollte. Allerdings wurde auch schnell gelöscht. Der Mischzustand dessen, was gänzlich weg ist und als Holzkohle stehen geblieben, ist zweierlei Handwerk geschuldet, dem der Brandstifterin und dem der Feuerwehr.

Einerseits ist das frei stehende Haus in seiner rechten Wohnhälfte weit geöffnet. Andererseits ist es schwarz. Man kann also lange dort hineinschauen und sieht trotzdem nichts. Stünde das Haus unbeschädigt, würde man sagen, der Fotograf habe es so aufgenommen, dass die rechte vordere Ecke der Kamera am nächsten sei. Aber diese Ecke gibt es nicht mehr. Der ausgebrannte Teil wurde nahezu in die Bildmitte gerückt. Die Schwärze erscheint zugleich wie eine Bühne und wie ihr Gegenteil. Sie ist Ausdruck eines Verstummens. Diese Stummheit wird später vor einem Oberlandesgericht wieder aufgeführt werden.

Das Foto, fast schon ein Bilderrätsel, pflastert den ganzen November und wird erst im Dezember abgelöst. Das Bild eines anderen Hauses hat sich davorgeschoben. Auch dieses Haus steht frei, aber es ist viel kleiner, gerade groß genug für eine Familie. Es ist gelblich verklinkert und rot gedeckt mit einem gekappten Giebel rechts, die begradigte Fassung eines Walmdachs. Auf der linken Seite rahmt eine steil abfallende Schräge, wie bei einem ländlichen Anbau, die Doppelgarage ein.

Die Fenster, etwas zu groß geraten, geben dem Haus etwas Spielzeughaftes. Sie sind von innen mit Sprossen versehen. Obwohl das Haus nicht sehr groß ist, wirkt es dennoch eingeengt, die Nachbarhäuser grüßen herüber, und der Abstand zur Straße ist so gering, dass man das nicht wirklich einen Vorgarten nennen kann. Der gleiche, helle Klinkerstein – eher gelb oder doch eher grau? – ist für Türmchenbauten am Straßenrand benutzt worden, die durch schmiedeeiserne Zäune geschlossen werden. Trotz oder wegen des gewissen Reichtums an Material strahlt das Haus etwas Klaustrophobisches aus.

Jenes Bild, das zuerst die Runde macht – die schwarze Bühne –, ist ein ostdeutsches. Es gibt Varianten: ein Polizeiauto vor der Ruine, eines angeschnitten im Bild, der Ort der Brandstiftung durch Plastikbänder abgesperrt, das ganze Haus eingezäunt. Die Bilder ähneln sich, aber dieses ist stärker als die anderen: ohne Zutat, nur das Haus selbst, mit der intakten Hälfte in der Flucht und dem schwarzen Rätsel in der Bildmitte, fast. Es wird immer wieder gedruckt und ist online an erster Stelle präsent.

Immer wieder dasselbe Bild. Als wenn man täglich in eine Schulklasse käme: auf der schwarzen Tafel ein riesiges, weißes Fragezeichen in Kreide, und am nächsten Tag stünde es genauso da, und am folgenden Tag wieder. Gibt es etwas zu lernen? Ja, nichts. Noch nichts, weil wir es nicht wissen können; oder erst einmal nichts, weil es niemand sagen will; oder dauerhaft nichts, weil es keine Antwort gibt auf eine Frage, die wortlos gestellt wird.

Das verbrannte Haus allein ist schon zu viel. Dazu ein Uwe, der Kopf zerschossen bis zur Unkenntlichkeit, der andere so ähnlich, und eine flüchtige, glupschäugige Terroristin, die es als ihre vorletzte Pflicht angesehen hat, das Leben anzuzünden, das sie zurücklässt, und als letzte Pflicht den Posteinwurf von Briefumschlägen, die ein Video enthalten. In der Filmmontage erscheint der Rosarote Panther, eine Zeichentrickfigur, als pfiffiger Terrorist, den niemand fassen kann.

Was beiden Häusern fehlt, sind ihre Bewohner. Dem Haus im Osten ist nicht, wie man zunächst meinte, eine intakte Hälfte geblieben. Der ganze stolze Bau ist durch Brand und Löschung ruiniert. Auf diese Weise bedanken sich Terroristen bei ihren freundlichen Nachbarn, wenn sie ausziehen. Eine alte Dame gerade jenseits der tragenden Wand konnte knapp gerettet werden. Der griechische Gastwirt von unten kann froh sein, dass er nur sein Geschäft verloren hat. Unter anderen Umständen hätten die Uwes, weil das so lustig ist, ihn gleich liquidiert. Das Haus im Westen guckt unbeteiligt durch seine schusssicheren Fenster nach draußen und wundert sich über das Interesse. Es wird liebevoll fotografiert und gefilmt wie ein seltenes Juwel. Seine Bewohner brauchen kein Haus in Großburgwedel mehr, oder nur noch für gelegentliche Besuche bei den Schwiegereltern. Die ganze Patchworkfamilie ist weitergezogen nach Berlin und empfängt ihre Gäste jetzt in einem Schloss. Das gelbgrau verklinkerte, gepanzerte Haus bei Hannover aber kann sich über mangelnde Aufmerksamkeit nicht beklagen.

Die Adventszeit hat begonnen. Die Banken sind gerettet. Limousinen werden exportiert. Mehltau der Beständigkeit senkt sich auf das Land, ein gewisser Grauton, mehr nicht. Missstände können, mit gutem Willen, beseitigt werden. Aber da sind die beiden Häuser. Hier droht das schwarze ostdeutsche Loch; dort glotzt das westdeutsche Vorstadthaus wie verfolgte Unschuld. Tragödie oder Melodram, Komplettsanierung des moralischen Inventars oder ein täglicher Schluck magenbitterer Empörung: die Republik wird sich entscheiden müssen.

»KEIN WUNDER, DASS du von Neurosen frei bist, wo du doch keine Eltern hast.« Das hat Bibi ihrem Freund Wegman ins Gesicht gesagt, ohne selbst die Miene zu verziehen. Wenn Wegman Zeit hat nachzudenken, was gelegentlich vorkommt, dann schaut er in den Fremdwörterduden und danach ins Psychologische Wörterbuch, aber weder das eine noch das andere will verraten, ob Bibi nur intelligent gescherzt hat oder ihm etwas sagen wollte.

An einem Freitagabend im Dezember springt der Anrufbeantworter ihres Handys an (»Sabine Burose, bitte tun Sie das Unvermeidliche!«), er weiß, sie ist noch auf dem Rückweg von Bielefeld, spricht drauf: »Wegman im Wochenende, vielleicht eine Stunde vor Mitternacht beim Elsässer?«, dann legt er das schwärzliche Glas vorsichtig auf eine geblümte Decke und fragt sich, ob das hellgelbe Muster eher Sonnenblumen oder Margeriten darstellt. Ellie ist erst vorgestern mit ihrer Mutter nach Caracas geflogen, aber er vermisst sie schon jetzt. Deshalb sitzt er auf ihrem Bett.

Mit fünf Tageszeitungen, einer Wochenzeitung und dem Nachrichtenmagazin im Büro ist Wegmans Bedarf mehr als gedeckt, aber im Briefkasten findet er morgens immer, außer sonntags, die Berliner Zeitung. Während er im Büro die Seiten im Schnelldurchgang mit farbigen Post-its markiert, liest er diese Gazette wie ein Laie, mal achtlos blätternd, dann ganze Seiten Zeile für Zeile.

Auf der Seite Drei findet er einen Kommentar der Gattung *zur Amtsführung des Bundespräsidenten*. Wie schon bei anderen BPs zuvor, wahlweise nach hundert Tagen oder nach dem ersten Jahr, wird kritisiert, dass es an Stichworten, Initiativen und Ideen mangele. Wegman liest das nur, um die Zeit totzuschlagen, und ja, der ehemalige Ministerpräsident ist auch nicht so sauber, wie er aussieht, er hat wohl zwielichtige Freunde – gewiss, denkt Wegman, aber wer hat die nicht –, dann blättert er in der Zeitung vor und plötzlich wieder zurück, weil ihm klar wird, dass in diesem Artikel nicht das stand, was er dachte, was dort stehen müsste. Stattdessen behauptet der Autor etwas gänzlich Neues, die Bild-Zeitung nämlich verfüge über Informationen, von denen sie bisher keinen Gebrauch gemacht habe: »über das frühere Leben« der Ehefrau des Bundespräsidenten. Gemeint ist seine zweite. Wegman spürt, wie seine Haare sich aufrichten. Die Wirkung ist elektrisch.

Auf dem niedrigen chinesischen Wohnzimmertisch steht das I-Pad offen. Er probiert einige Wortsuchläufe: »Bettina Wulff früheres Leben«, »Vorleben«, »Verdacht«, probiert dann Kombinationen wie »Verdacht Vorleben«, blättert auf dem Bildschirm jeweils mehrere Seiten durch, aber findet nichts als einen Hinweis auf diesen Kommentar, der aufgeschlagen auf dem schwarz glänzenden Tisch vor ihm liegt. Während er den Namen nochmals eingibt, kommen seine eigenen Suchworte schon auf der Vorschlagsliste zurück.

Nach fast zehn Stunden akribischer Arbeit gegen die Uhr ist das Abschalten nicht zu erzwingen. Wegman verbringt einige Zeit stehend in der Küche mit den luxuriösen Kleinigkeiten, die er sich im Kellergeschoss der Galeries Lafayette zusammengekauft hat. Dann lässt er sich ins Sofa fallen, zappt durch die Fernsehprogramme und bleibt bei einem indischen Melodram hängen. Anfangs stört ihn die behäbige Schauspielerei, dann verschlingt ihn, ohne dass er es merkt, der Stoff. Die ältere von zwei Schwestern hat noch nicht geheiratet und wird es vielleicht nicht mehr tun; nun aber trifft sie auf einen gutaussehenden, vielgereisten Geschäftsmann, der auf eine Schönheit wie sie nur gewartet hat. Allerdings, es gibt im Leben dieser Frau ein Geheimnis, und was wird, wenn er es herausfindet: Sie ist nach der Schule abgehauen nach Bombay, wollte als Model Karriere machen und ist stattdessen bei einem Escortservice gelandet. So hat sie das Studium der jüngeren Schwester in der Ferne finanziert.

Früh ahnt man, dass die Eheschließung daran nicht scheitern wird. Eine lineare Technik der Charakterzeichnung – es gibt keine Ambivalenzen. Für Wegman ist es genau das Richtige, das geht gut mit den in Schokolade gewälzten Erdnüssen: ein Problem der Ehre auf einem anderen Kontinent. Erst mit dem Abspann fällt ihm siedend heiß Bettina Wulff ein, an die er über eine Stunde lang nicht gedacht hat. War in der Berliner Zeitung *das* gemeint?

Er ist etwas zu früh, die Zeitung unter dem Arm, beim Elsässer, wo er mit warmer Stimme begrüßt wird wie ein alter Freund. Bibi kommt mit dem Taxi direkt vom Hauptbahnhof. Tatsächlich entsteigt sie einem Taxibus mit Seitentür. Der Fahrer lädt einen Weihnachtsbaum aus, der, eingefasst in ein weißes Netz, seine Form nicht preisgibt, aber zwei Meter hoch ist er allemal. Wegman sieht von innen, wie sie ihn anweist, den Baum an die Fassade des Lokals zu lehnen. Seine Freude beim Bezahlen deutet auf ein üppiges Trinkgeld hin. Das ist, berichtet sie, als sie bei Wegman am Tisch sitzt, eine bildschöne Edelfichte aus dem Teutoburger Wald. Dafür hat sie in der Bahn fünfzig Euro Gepäckaufschlag nachlösen müssen. Sie regt sich nicht auf, das tut sie nie. Für Bibi gibt es nicht gerecht und ungerecht, gut und böse, oder nur als »das, was Menschen denken«. Niemals würde sie jammern, der Schaffner sei beschränkt und die Nachforderung Abzockerei – was Leute so sagen. Wegman verspricht ihr, den Baum am Ende des Abends nach Hause zu tragen.

Sie ordert den allerletzten Flammkuchen, bevor die Küche schließt, und Wegman winkt mit der Zeitung. Es gäbe da etwas Rätselhaftes. Ob er ihr aus einem Artikel über Christian Wulff vorlesen dürfe. Geübt im Zitieren, springt er durch den Text. Danach geschieht etwas Ungewöhnliches: Bibi Burose schweigt. Wegman ebenfalls, denn er will sie nicht lenken. Er will wirklich wissen, was sie denkt.

»Merkwürdig«, sagt sie schließlich. Wegman muss laut lachen.

»Bibi, so weit war ich auch schon.«

»Okay, dieser Autor – wer ist es überhaupt?«

»Ein Holger Schmale.«

»Also, der jedenfalls teilt an der entscheidenden Stelle selbst nichts mit. Er sagt nicht einmal, dass die anderen etwas gesagt hätten ...«

»Indirekt schon. Die Bild-Zeitung weiß etwas, sagt er, hält es aber zurück.«

»Er sagt aber nicht, dass er weiß, was die wissen.«

»Doch, er möchte, dass der Leser das denkt.«

»Das ist die Struktur des Gerüchts.«

»Was genau?«

»Das Gerücht braucht immer mehr als zwei Subjekte. Es wendet sich an ein drittes. Erst wenn C glaubt, dass A etwas weiß, was B weitergetragen hat, wird es ein Gerücht. Gibt C es an D weiter, wird B zu jemandem, der etwas weiß.«

»Dann wäre die Bild-Zeitung A, Schmale B, ich C und du D.«

»Vorausgesetzt, dass du es glaubst.«

»Ja, aber was?«

»Dass sie ein Callgirl war.«

»Wie kommst du denn darauf? Das habe ich doch gar nicht gesagt.«

»Der Inhalt des Gerüchts verändert sich in der Kette am Anfang eher stark, dann stabilisiert es sich.«

»Wow, Bibi!«

Das Seminar zur Struktur des Gerüchts findet seine Fortsetzung am Sonntagabend. Bibi kommt vorbei, um mit Wegman die Talkshow zu sehen, die nach Günther Jauch benannt ist. Da sitzt so ein richtiger Bild-Bonze im Studio, und als Jauch ihn fragt, ob dessen Zeitung ein Dossier über ein angebliches Vorleben Bettina Wulffs zurückhalte, antwortet dieser Mann schlicht: »Nein.«

Bibi hat bis dahin schon Zweidrittel vom Châteauneuf-du-Pape intus.

»Was sagst du jetzt, Bibi? Uns mal nicht mitgerechnet, ist Jauch in der Kette C. Er gibt es an A zurück, und der dementiert.«

»Das ist verwirrend.« Bibi flüstert fast. »Das Gerücht stabilisiert sich trotz des Dementis.«

»Jauch ist ein Schwein, nicht wahr?«

»Da musst du mal einen Biologen fragen«, antwortet sie.

Ein Mann von nicht einmal vierzig Jahren, die Tönung seiner Haut ohne hellere Aussparungen, die Schultern wie mit dem Bleistift gezeichnet, kein Bauchspeck, unbeschnitten, auf seinen nackten Füßen leicht federnd, als wenn er im Spiegel etwas größer erscheinen wollte, als er ist. Der Spiegel, Hochformat, geschliffen, ist ohne sichtbare Vorrichtung und ohne Rahmen an die Wand gebracht, man weiß nicht wie. Wegman weiß nicht wie, denn das ist kurz vor dem Tag geschehen, an dem er die Wohnung zum ersten Mal gesehen hat. Auch der große Flokati, ein wuscheliges Rechteck in Nahe-Weiß, lag da schon auf dem abgezogenen uralten Dielenboden. Alles sieht so aus, als wenn es schon immer da gewesen wäre.

Er betrachtet sich am letzten Abend des Jahres 2011, das heißt, er sieht sich nicht eigentlich an, sondern ist vor dem Spiegel stehen geblieben, weil gewisse Dinge hinter ihm liegen und andere vor ihm. Der Spiegel stellt ein kalendarisches Fenster dar. Wegman bewegt in seinem Kopf gewisse Fragen, nicht zum ersten Mal, das nicht: Ob er eigentlich in einer guten Zeit lebt oder einer nicht so guten; ob es richtig war, den Platz einzunehmen, der ihm zugewiesen wurde; und ein drittes Ob, das mit Marion zu tun hat, aber noch nicht in Worte gegossen ist.

Heute ist ihm Johannes Voigt im Treppenhaus begegnet, und für einen Moment verfolgt Wegman den Gedanken oder gibt ihm nach, wie sein Genosse, genannt John, im Spiegel aussehen würde, unter gleichen Bedingungen: bleicher natürlich als er selbst, mit einem gespannten runden Bauch und der Ausprägung männlicher Brüste, die mit einer gewissen Fettleibigkeit einhergeht, und etwas höher, vielleicht fünf Zentimeter, weil John größer ist, der massive Kopf, der so aussieht, als hätte er bei einem Boxkampf einen Schlag zu viel bekommen, genau zwischen die Augen. Wegman wippt wieder oder noch immer auf dem Flokati, und wirklich, ist es nicht so, dass Männer wie John mit dem Gewicht des Körpers auch an Kraft gewinnen? Wenn so einer im Tunnel des Bundestags an einem vorbeigeht, dann spürt man den Wind, der kommt woher und will wohin, der hat einen Wahlkreis hinter oder sogar unter sich, dem ist das Wort Sieger auf die Stirn geschrieben, Direktmandat zum zweiten Mal, und sein rauer rheinischer Ton zeugt von einer ungebrochenen Tradition. Wobei Wegman sich fragt, während er das Bild von John vor dem Spiegel ausblendet und zu dem schmalen Mann mit den sehr dunklen und noch vollen Haaren, fast eine Haube, zurückkehrt, woher die Kraft kommt, ob man sie dem Neugeborenen ansieht oder – dem sozialdemokratischen Grundgedanken näher – ob sie einem in früher Kindheit mitgegeben wird.

Welche Überraschung – »Du hier«, »Du selber hier«, haha –, und es kam heraus, dass sich John einer Wohngemeinschaft vorgestellt hatte. Flugs hatte Wegman den Auftrag angenommen, für ihn ein Wort einzulegen. Das war es nämlich, was er immer tat, von morgens bis abends, er öffnete Türen, in diesem Fall die jener Wohnung, original von 1895 oder so, die ihrer gegenüberlag. Erstaunen, dass Wegman draußen stand, der Nachbar, denn die WG wartete auf den fünften Kandidaten. Bevor dieser aber erschien, war er schon ausgebootet, das Verfahren abgekürzt. Wegmans Wort zählte. Die WG schickte John eine Textnachricht, dass er einziehen kann. Wegman nahm eine Einladung mit für die große Party ab 22 Uhr. Ab wann? Ab zehn. Ja, gern.

Wegman hört mit dem Wippen auf und bringt seine Beine ungleich in Position, das eine nach hinten gestreckt und das andere nach vorn und angewinkelt, ein griechischer Bote, ein Marathonläufer, der Überbringer der Nachricht; der ans Herz rührende Bittsteller; der verlässliche Zeuge im Nachhinein. Das ist Wegman Frost. Er fragt sich, ob man das sieht, ob sein Körper den Willen zum Durchhalten und soziale Geschmeidigkeit ausdrückt, oder umgekehrt, ob ihm etwas fehlt. Etwas, das andere haben. Ob die Fraktion in ihm etwas Nützliches erblickt, das sich in den Augen einer Frau als Schwäche erweist. In den Augen Marions und in den Augen jeder, die ihr vorausgegangen ist oder folgen wird. Wie er immer zuerst Eindruck gemacht hat: dunkle Augen, lange Hände, ein feines Timbre, und dann, nackt und immer nackter, sich entpuppt hat als ewiger Junge, in dessen Leib die Zeit stehengeblieben ist, so wie jetzt, am Silvesterabend, vor dem Spiegel oder darin.

Kaum ist Wegman angezogen – schwarze Jeans und ein schwarzer Rollkragenpulli, halb Seide, halb Kaschmir –, drückt John Voigt die Schelle, die mittig in die Wohnungstür eingelassen ist; klingt wie ein Fahrrad. Niemand aus der WG hat Zeit, ihm zu helfen, wegen der Party. Unten steht ein langes, schweres Paket mit einem Bett, und ob ihm der Genosse Wegman vielleicht gerade mal … Eine Viertelstunde später hocken sie in einem leeren Zimmer über der Anleitung zur Montage, die, einmal begriffen, simpel ist: Zwei metallene Böcke stellt man in einiger Entfernung voneinander aufrecht. Die Holzstreben, die der Länge nach verlaufen, werden auf beiden Seiten über eine Nut im Trägerelement der Böcke versenkt. Es gibt elf davon, und keine Frage, das mobile Bett wird auch einen Mann wie John tragen. Aber was ist mit dem Rest, Matratze, Bettzeug, Stuhl, Lampe? Das kommt morgen oder übermorgen. Nur den Laptop hat John bereits dabei, im Rucksack, er klappt das Ding auf, schaut sich etwas an, Wegman schon in der Tür. Er blickt in das Zimmer zurück und fragt sich, ob er das jetzt richtig verstanden habe und John Voigt ein homosexueller Mann sei. Und wie man das hat übersehen können. John blickt vom Bildschirm auf und sagt:

»Wenn du der Fraktion etwas Gutes tun willst, dann musst du einen sauguten Vorschlag vorbereiten, was den nächsten Bundespräsidenten angeht.«

Wegman ist perplex. »Warum bist du so sicher, dass Wulff zu Fall zu bringen ist?«

»Er fällt von allein. Kennst du *Laokoon*?«

»Ja. Nein. Nicht wirklich.«

»Die Dreiergruppe im Griff einer Schlange.«

»Okay, ja – aber Wulff ist allein.«

»Ist er nicht! Da ist sein Sprecher, den er gerade vor Weihnachten gefeuert hat, ohne ersichtlichen Grund.«

»Er hat ihn geopfert.«

»Allerdings. Und da ist Bettina Wulff.«

»Ist sie die Schlange?«

»Nein, sie ist nicht die Schlange, sie ist eine der drei Figuren. Sie kann sich schon jetzt nicht mehr bewegen. Bald wird sie nicht mehr atmen können.«

John Voigt sitzt auf seinem neuen Bett und bannt Wegman mit seinem wilden Blick. Von der Küche her hört man, wie Eiswürfel in einen Sektkühler gestürzt werden.

»Kennst du die Räumlichkeiten? Willst du sie sehen?«

Wegman wird herumgeführt. Es sind zwei oder drei Wohnungen, die labyrinthisch miteinander verbunden sind, um den halben Hinterhof. Zusätzlich ist das Dach ausgebaut, angeschlossen über eine himmelblau und weiß gestrichene Holztreppe, sächsische Handarbeit, wie ein Mitbewohner weiß, der sich als Theo vorstellt, auf Sächsisch, und ihm mit unwiderstehlicher Herzlichkeit drei Stunden später öffnen wird, als die Party dann endlich beginnt. Für den Moment, den er vor der Tür allein steht, eine Champagnerflasche unter dem linken Arm und eine in der rechten Hand – sie waren erbeten worden –, fallen ihm seine kleinen Zwillingsschwestern von damals ein.

Noch nie hat Wegman Frost so viele schwule Männer auf einem Fleck gesehen, jedenfalls nicht aus der Nähe. In der Küche steht ein riesiger Zinkbottich mit Flaschen, die im Eis stecken, manche davon kopfüber. Wegman denkt, das ist doch eine Menge Champagner für Mitternacht, aber dann stellt sich heraus: Es gibt nichts anderes. Ein Ohrring mindestens, gezupfte und getönte Wimpern, 501-Jeans, schmale schwarze Lederstiefel mit einer Silberschnalle, plus das Champagnerglas in der Linken, mit bisweilen auffällig abgespreiztem kleinen Finger, das ist das Standardmodell des Abends, ohne erkennbaren Bruch der Generationen. Die meisten sind zwischen dreißig und siebzig, womit Wegman zu den Jüngeren gehört. Ihm entgehen die Blicke nicht, die an ihm hoch und runter wandern, was ist das, ein Hauch von Prärie. Eine Vorahnung hat ihn dazu gebracht, Westernboots anzuziehen. Das bringt ihn mit dem einen oder anderen ins Gespräch. Wegman erzählt dann jedes Mal, dass es sich bei den braunen, reichlich verzierten Fransenstiefeln tatsächlich um ein Accessoire der Navajo handelt.

»Wieso, bist du etwa Indianer?«

»Könnt' schon sein!«

Naiv und aus Langeweile nimmt er in der Stunde vor Mitternacht die Treppe nach oben: Die Tür eines verdunkelten Schlafzimmers steht halb offen, und auf dem Bett bewegen sich zwei junge Männer, halbnackt und halb in Leder, in kompletter Verschränkung. Dass er in der Tür stehen bleibt und eine Weile zuschaut, scheint nicht weiter zu stören.

Nach dem großen Gong kommen jede Menge Gäste dazu. Wegman rechnet sich aus, dass er bis drei Uhr durchhalten kann, wenn er genau im richtigen Maß nachschüttet; die eigene Wohnungstür gegenüber wird er wohl kaum verfehlen. Es sind keineswegs nur Männer da, und er fängt an, sich die Frauen anzusehen. Sie flirten nicht, natürlich nicht. Kurz nach eins erscheint der Regierende Bürgermeister mit seinem Kultursenator, nur für eine Viertelstunde. Offenbar kann man politisch punkten, indem man schwule Partys abklappert. Wegman genießt seinen Status relativer Anonymität und hört verwundert in Gespräche hinein, über Villen in Potsdam, Strände in Thailand, den Mord an Versace in Florida und die Frage, ob die Fernsehsendung *Dschungelcamp* echt witzig oder total ekelhaft sei.

Irgendwann schaut er wieder bei John Voigt vorbei, der überraschenderweise neben seinem gerippehaften Bett einen Espressoautomaten aufgebaut hat. Der Kaffee kommt auf Knopfdruck und hinterlässt eine bunte Alukapsel als Müll. Das tut aber der Beliebtheit keinen Abbruch, irgendjemand hat sogar die Champagnergläser weggeschafft. An die Exzentrik der Gespräche und hysterischen Kiekser bestimmter Männer hat sich Wegman gewöhnt, aber worüber im Coffeeshop Voigt gesprochen wird, versteht er zunächst überhaupt nicht. Allein auf den Holzlatten des Betts sitzen sieben Männer, davon zwei im Schneidersitz.

»Ist doch in Ordnung. Die hat ihn eben heiß gemacht.«

»Eine bildschöne Frau!«

»Du meinst von der Seite eins der Bild-Zeitung?«

»Nee, komm, die sieht wirklich gut aus!«

»Das ist doch auch total spießig, die mieszumachen, nur weil sie irgendwann bei einem Escortservice gearbeitet hat.«

»Hat sie doch gar nicht«, sagt John Voigt, und für einen Moment entsteht eine Pause.

»Die Spießer können die nur nicht leiden, weil sie tätowiert ist«, setzt eine junge Tunte wieder ein, die selbst ein Ornament auf dem Oberarm trägt.

»Wieso, sie kriegt doch Hofberichterstattung von Bunte bis Bild. Das Problem ist doch er, der Hengst im Palais.«

»Doch nicht in Bild, die sägen voll an seinem Ast.«

»An welchem Ast?«

»Haha, genau, die sägen nämlich nur an *seinem* Ast. Ihr rollen die immer noch den roten Teppich aus.«

»Dabei hat sie ihn eigentlich reingerissen, dieses bescheuerte Haus in Großkotzendorf oder wie das heißt, die Kontakte zu diesem Filmheini und die Upgrades bei den Flügen. Das ganze Chichi.«

»Du bist ja gut informiert. Liest du Gala?«

»Ja, wieso?«

»Das ist ja wie bei Shakespeare.«

»Wie bei *Dallas.*«

»Wieso Dallas?«

»Das war mal 'ne Fernsehserie.«

»Echt?«

»Frauen mit Dauerwellen fast bis zur Hüfte, kennst du das nicht?«

»Wieso, Bettina Wulff hat doch keine Dauerwelle!«

Die junge Tunte erntet Gelächter, aber es macht ihr nichts.

»Ich finde sie beeindruckend, wie sie das alles aushält.«

»Vor allem diesen Typen!«

»Wieso, sonst wäre sie jetzt noch beim Escortservice.«

»War sie doch gar nicht! Die hat PR gemacht für einen Gummi-Irgendwas.«

»Für Gummis?«

»Quatsch, für Reifen.«

»Ball-Stretcher?«

Das Gelächter geht über in Grölen.

»Wieso wird eigentlich nie ein Schwuler Bundespräsident?«

»Hatten wir doch schon.«

»Wer denn?«

»Johannes Rau.«

»Niemals«, sagt John Voigt, aber dringt nicht durch.

»Nein, ich meine offen, wie Klausi Wowereit.«

»Das kommt auch noch.«

»Quatsch, der war schon da.«

»Oh Scheiße, verpasst!«

»Die Verschwulung der Republik ist nicht mehr aufzuhalten.«

»Westerwelle.«

»Joop!«

»Nicht mehr auszuhalten!«

»Roger Willemsen.«

»Wieso, ist der schwul?«

»Ja, aber er weiß es noch nicht.«

»Dann zählt er nicht.«

»Und du wusstest es wohl schon immer?«

»Solange ich denken kann. Ich bin mit fünf auf einer Schaufel geritten und hab Hexe gespielt. Da gibt es ein Foto von.«

»Hat aber nichts genützt!«

Erst jetzt merkt Wegman, dass die »Hexe« vorhin im oberen Schlafzimmer aktiv gewesen ist. Der Geliebte sitzt ihr im Schoß und langweilt sich. Es ist drei Uhr morgens, und dem Mann mit den Fransenstiefeln fallen die Augen zu.

Der Januarwind war feucht und beißend, der Champagnerrausch verflogen, und Wegman fühlte sich allein, was er auch war. So pendelte er zwischen der auf shabby-chic gebürsteten Wohnung und dem Bundestagsgebäude, das in den ersten Tagen des Jahres so gut wie verlassen dalag, ein Koloss aus Beton und Glas und Stahl. Er zeigte seinen Hausausweis am Eingang vor und wurde gleich mehrfach überschwänglich begrüßt. Nicht weil man ihn persönlich kannte, seines war ein Gesicht unter vielen. Sondern weil es sonst nichts zu tun gab.

Ein Experte im Radio sagte, ein milder Jahresanfang bedeute gar nichts, zyklisch gesehen sei mit Frost durchaus zu rechnen, wenn auch nicht vor Ende Januar. Was Wegman an seine Schlittschuhe erinnerte, die er in der neuen Wohnung nicht fand. Er suchte im Netz nach Ersatz, sie sollten schmal und schwarz sein, so wie jenes Paar, das er einst von Bückeburg nach Hannover mitgenommen hatte und von Hannover nach Berlin. Eine Weile verlor er sich in den Angeboten der Verkaufsplattform des Bundestags, erstaunlich, da gab es alles von selbstgemachten Kerzen bis zu gebrauchten SUVs. Die Schlittschuhe fand er dann in den Kleinanzeigen von eBay, sie waren so gut wie neu, und ja, er durfte nach Mariendorf kommen und sie ausprobieren. Das tat er dann im Parterre einer Wohnanlage aus den sechziger Jahren, beobachtet von einem wild gefleckten Kater. Sie passten. Er bezahlte sogleich.

Die Verkäuferin war in seinem Alter, und die Schlittschuhe stammten von ihrem Vater, der kurz zuvor gestorben war. Sie beherrschte die Routinen, die verfängliche Einladung zum Bleiben, all das, sperrte den Kater aus und musste lachen wie ein Mädchen, als Wegman sie wenig später von oben bis unten ansah, als wäre ihre Nacktheit Kunst. In der U-Bahn verfiel er auf den Gedanken, dass Gott den Menschen die Lust mitgegeben habe, um die Verlegenheit zu überspielen. Also Gott natürlich nur metaphorisch.

Dies war das, was Wegman am besten gekonnt hatte, schon immer, das passive Schlingern in den entscheidenden Augenblicken, so als wäre er ein Novize und wüsste nicht, wie es weitergeht. Wie oft war er weggegangen ohne jedes Versprechen, die einzig wirklich lesbare Information die DNA seines Samens. Es gab jede Menge alleinstehender Frauen, die genau das wollten, und die Kunst hatte immer darin bestanden, unausgesprochen zu zeigen, dass sie nicht würden fürchten müssen, dafür verachtet zu werden. Ein unschuldiger Kuss auf die Wange zum Abschied.

Es war, als hätte ein Fieber die ganze Stadt erfasst, jene ungute Erwärmung des Blutes, die am Ende reinigend sein mag, aber dem Denken nicht nützlich ist. Die Hauptstadtjournalisten hatten sich die Wulff-Grippe eingefangen. Das Gerede kam auf in den Bussen, in den Kneipen, in den Foyers der Theater, eine allgemeine Gereiztheit, die die Temperamente nivellierte, plötzlich waren alle vorbildliche Bürger, die sich betrogen fühlten, wohlmeinende Choleriker, als hätte sich der Bundespräsident sein Amt erschlichen, statt durch eine riesige Versammlung von mehr als tausend Repräsentanten aus Politik und öffentlichem Leben gewählt worden zu sein.

»Wären wir jetzt im Jahr 1789, sähen wir einer schönen Doppelenthauptung entgegen«, scherzte Bibi Burose.

Der Bundespräsident wusste nicht, was er tun sollte, und tat alles zugleich. Er gestand etwas ein, aber bestritt jegliche Schuld; er wollte sich rechtfertigen, aber er schien sich zu belasten. Seit er seinen Sprecher abserviert hatte, vermehrten sich dessen Bilder, ein Glatzkopf mit einem unverschämten Grinsen. Der feierliche Ernst des schmalen Präsidenten wirkte wie die Übung eines Ministranten in Demut, nachdem er vor anderen gezüchtigt worden war. Seine in Jahrzehnten bis zur Perfektion trainierte mechanische Freundlichkeit machte die Fernsehzuschauer wütend. Bis vor kurzem war ihnen das gleichgültig gewesen.

»Schade eigentlich«, sagte Wegman zu Bibi, »dass diese Terroristenhure sich der Polizei gestellt hat. Stell dir vor, sie wäre flüchtig. Mit Plakaten an Autobahnraststätten, oder wie macht man das heute, postet der Generalbundesanwalt in sozialen Netzwerken? Dann hätten wir alle etwas zu tun: Beate Zschäpe aus Zwickau in Zeuthen und auf Zypern jagen! Stattdessen sitzen alle in ihren Büros und googeln nach dem jüngsten Kommentar auf den Präsidenten. Hat er tatsächlich mit einem halbseidenen Filmproduzenten halb umsonst Ferien gemacht?« Bibi zuckte mit den Schultern: »Du darfst nicht vergessen, Wegman, Politik ist immer beispielhaft. Engel und Teufel, Räuber und Gendarm, Raubritter und Samariter. Wenn sie zur Parabel nicht taugt, taugt sie gar nichts.« Wegman zog die Augenbrauen hoch: »Bibi moralisiert!« Darauf sie: »Ich korrigiere – wenn sie zur Parabel nicht taugt, verlieren die Bürger das Interesse.« Systemtheorie!, dachte Wegman, statt der Sache immer die Verpackung. – Aber das sagte er natürlich nicht.

Das Abgeordnetenbüro Nair, mit einem halben Dutzend gedruckter Zeitungen im Abonnement, gehörte bereits zur Minderheit. Viele Abgeordnete fanden, der Pressespiegel des Bundestags reiche aus. Wegman, als geübter Archivar, legte Ordner an, die er am Ende der Legislaturperiode zu entsorgen vorhatte. Brav schnitt er die Meldungen, Berichte und Kommentare zum Bundespräsidenten aus, das waren bei fünf Zeitungen in diesen frühen Januartagen etwa zehn pro Tag; aber er las sie nicht mehr. Er telefonierte dreimal täglich mit Andi Nair, der zuhaus in Loccum saß. Er war auf schärfste Weise übel gelaunt, bissig, auf dem Sprung, bisweilen manisch:

»Wegman, die schreddern jetzt Akten in den Landesämtern für Verfassungsschutz.«

»Woher willst du das wissen?«

»Das werde ich dir haarklein erzählen, wenn ich wieder in Berlin bin.« Sein Büroleiter wusste, dass er es nicht tun würde.

Während das ausgebrannte Haus in Zwickau noch für die Spurensicherung abgesperrt blieb, aber schon seinem Abriss entgegensah, war das Trio wieder abgetaucht im Nebel allgemeiner Gleichgültigkeit. Warum sollte man weiter auf eine schwarze Bühne starren, wenn dort absolut nichts geschah?

»Andi, ich weiß nicht. Klar haben die Verfassungsschützer Informanten in der Szene – sind wir nicht auch dafür?«

»Ja, sind wir dafür?«, fragte Nair gereizt. »Sind wir dafür, die thüringische Neonaziszene mit Geld vollzupumpen, damit den feigsten Terroristen, die es jemals gegeben hat, der Rücken freigehalten wird?«

»Aber sind wir jetzt nicht in einer Phase ... wie soll ich sagen, eines gewissen Gedenkens? Ich meine, das ist für dich nichts Neues, aber ausgerechnet Christian Wulff hat die Familien der Opfer im November ...«

»... ins Schloss Bellevue eingeladen, das weiß ich, aber auch nur, weil er sich nicht die Zeit nehmen wollte, sie dort zu besuchen, wo sie wohnen, in Köln, Rostock, Kassel, Nürnberg, was nämlich zumindest nach türkischer Sitte dringend geboten gewesen wäre, um Abbitte zu leisten.«

»Bei dem Kalender mit Auslandsreisen ...«

»Siehst du, das ist die Apparatschikperspektive. Der arme Bundespräsident, der kann ja nicht zu jedem Elternteil oder Geschwister eines hundsgemein durch Nagelbomben ins Jenseits beförderten Opfers höchstpersönlich reisen. So viele Morde, da kommt man gar nicht hinterher, nicht wahr?«

Wegman verordnete sich Vorsicht. Dies war etwas, das stank, nach Blut und Verwesung und Rache und Dunkelheit. Das Letzte, was er sich sagen lassen wollte, und erst recht nicht von Andi Nair, war, dass er angefangen habe, die Sache zu relativieren – dass er nicht in der Lage wäre, der Wahrheit ins Gesicht zu sehen.

»Also«, fragte er im Ton der Sachlichkeit, »was kann ich jetzt und hier tun?«

»Siehste!«, rief Nair am anderen Ende des Telefons. »Guck mal ganz in Ruhe die Ausschüsse durch, egal welche Themen, und mach dir eine Liste, wer ansprechbar ist, aber auch eine Liste derer, die immer abwiegeln, wenn es haarig wird.«

»Untersuchungsausschüsse?«

»Die vor allem. Aber guck in alle Richtungen. Versuch dir ein Bild davon zu machen, wer in so einer Angelegenheit eher moralisch zu adressieren wäre und wer vielleicht einen Groll auf geheimnistuerische Behörden hat. Wenn wir einen Untersuchungsausschuss zum Naziterrorismus wollen, müssen wir sehr geschickt vorgehen. Die Unterstützung der Regierung bekommen wir nicht so leicht.«

»Wieso? Flo ist immerhin Vizekanzler. Viel strammer antixenophobisch kann man nicht sein.«

»Natürlich nicht. Aber hier geht es um den Staatsapparat. Die sind ja nicht blöd. Wenn wir einen UA haben, dann werden die Polizeichefs vorgeführt.«

»Der oberste Polizeichef ist, wenn mich nicht alles täuscht, ein Sozialdemokrat.«

»Nur weil alle rangenommen werden, ergibt sich ja nicht zwingend ein Konsens. Im Gegenteil, die Angst, versagt zu haben, sitzt allen tief in den Knochen. Verstehst du?«

»Oh ja«, sagte Wegman etwas stiller. »Ja, doch. Das wird schwierig. Aber ich bin dran.«

Dass der Bundestag auch in der zweiten Woche des Jahres nicht tagte, war einem Zufall des Kalenders geschuldet. Aber für Andi Nairs Angelegenheit war es günstig. Der saß wieder am Schreibtisch, aber er schickte, nach einem zuvor fixierten Plan, Wegman Frost durch sämtliche wichtigen Büros aller Fraktionen, mit der allerersten Anfrage, ob an der Einsetzung eines Ausschusses zum Rechtsterrorismus Interesse bestünde. Hier fing er jemanden von der Linken im Mittagsrestaurant ab, dort lehnte er locker im Türrahmen des Vorzimmers eines einflussreichen Grünen. Er antichambrierte bei den Liberalen; von den eigenen Leuten kam ein klares Ja. Das, mit den entsprechenden Vertraulichkeiten, trug er zurück zu Andi Nair, der das Schema entwarf, man solle die Zustimmung aller einsammeln, außer die der Christdemokraten, und dann diese damit konfrontieren: Sie würden, bei Aufhebung des Fraktionszwangs, mit großer Wahrscheinlichkeit überstimmt. Aber das war nicht nötig. Schon am Ende der Woche brüsteten sich alle Parteien damit, die Einsetzung eines Untersuchungsausschusses gewollt und forciert zu haben. Der Beschluss dazu wurde auf die Tagesordnung gesetzt.

Ellie hatte zweihundert Fotos vom Besuch beim Großvater auf ihrem Telefon gespeichert, von seinem Balkon, den blühenden Pflanzen darauf und einer grünen Blechgießkanne. Sie saß auf ihrem Kelim wie ein kleiner Buddha und musste, in den ersten drei Tagen der Rückkehr, diese Bilder immer wieder durchsehen und kommentieren, in einer bizarren Mischung aus Spanisch, Englisch und Deutsch, und es brauchte einen ganzen Abend, bis Wegman begriff, dass dies nicht ihr persönliches Album, sondern ein Reisetagebuch war, für ihn erstellt. Sie versuchte, sich und ihm etwas zu erklären, während der Jetlag an ihr zehrte, die verschleppte Müdigkeit und der plötzliche Hunger. Am dritten Abend hatte sie sämtliche Bilder durch einen Bedienungsfehler gelöscht, was zu Wegmans Überraschung keine Verzweiflung auslöste, sondern im Gegenteil dazu führte, dass die große, verschlungene Erzählung vom Orinoco von ihr abfiel und Ellie erschöpft auf ihrem Kelim zu liegen kam, wo sie sofort einschlief. Sie wachte auch nicht auf, als Wegman sie in ihr Bett trug.

Kaum hatte die Schule wieder begonnen, war ihr Deutsch repariert. Was Marion aus Venezuela an »schlimmen Dingen« zu berichten hatte – die um sich greifende Armut eines Teils der Mittelschicht, die sichtbar werdende Mangelwirtschaft und die spürbare Verhärtung des Regimes –, schien sich Ellie unbeteiligt anzuhören, bis sie sich plötzlich an Wegman wandte und fragte, ob es auch »in Deutschland schlimme Dinge« gebe. Am liebsten hätte er sich einen Scherz erlaubt: »Ja, die Firma deiner Mutter«, aber er fürchtete einen heimischen Flurschaden. Während er zögerte, wiederholte das Mädchen seine Frage, als hätte er nicht gehört.

Wegman kannte das Muster von den Schülerbesuchen im Bundestag, Fragen nach Dingen wie dem baulichen Zustand von Schulen bis zu Waffenexporten der Bundesrepublik. Den Fragenden wurde selten direkt widersprochen, im Gegenteil, aber Bildung war Ländersache, und dem letzten Export hatten die Sozialdemokraten, in der Rolle der Oppositionspartei, nicht zugestimmt. Es gingen Dinge schief und es würden Korrekturen verzögert, aber nicht, weil die Demokratie nicht funktioniere, sondern, weil die Wahlbürger der Partei des sozialen Ausgleichs so wenig Stimmen gegeben hatten, dass es nicht einmal für eine Regierungsbeteiligung gereicht hatte. Wenn das Gespräch glückte, entließ man die Schüler mit dem Gefühl, Ungerechtigkeit könne überwunden werden, aber nur, wenn sie sich selbst auch engagierten. Allerdings waren die Besucher meist kurz vor dem Abitur, und Wegman war sich nicht sicher, was er Ellie antworten sollte, denn sie war erst zehn.

»Doch, Ellie, schlimme Dinge gibt es überall.«

»Also ist es überall gleich schlimm?«

»Für jemanden, der hungert, ja. Für jemanden, der geschlagen wird, auch«, antwortete Wegman.

Marion hatte die Arme vor sich verschränkt und beobachtete ihn mit Neugier.

»Also ist es überall gleich schlimm?«

»Das kommt drauf an.«

»Wo kommt es drauf an?«

»Worauf kommt es an«, berichtigte Wegman.

Sie zögerte. »Wo?«

Wegman sah zu Marion, aber die war ganz in ihrer Rolle als Zuschauerin versunken.

»Es kommt vielleicht darauf an, dass es nicht *vielen* Leuten schlecht geht.«

»Aber was ist dann mit den anderen?«, fragte Ellie.

»Für die ist es schlimm, aber es kann geholfen werden.«

»Aber es wird doch gar nicht geholfen!«, rief das Mädchen.

»Wem wird nicht geholfen?«

»Den Dachlosen«, flüsterte sie und blickte hilfesuchend zu ihrer Mutter.

»Den Obdachlosen«, gab die neutral zurück.

»Doch, Ellie. Es gibt Nachtasyle, wo sie schlafen können, und Suppenküchen, wo kostenlos Essen ausgegeben wird.«

»Aber ich habe einen gesehen, der hat geblutet. Und alle haben weggeguckt.« Sie hatte die Hand an der Schläfe, um zu zeigen, wo er geblutet hatte.

»Du hast nicht weggeguckt.«

»Nein«, sagte sie leise, dem Weinen nah.

»Ins Bett!«, rief Marion. Ellie lief davon und warf die Badezimmertür krachend hinter sich zu.

Noch war das Familienleben für Wegman strahlend und neu, und nur weil er sich das schon lange gewünscht hatte, wusste er nicht wirklich, wie es geht. Es war doch etwas überraschend gekommen. Er war damals eingerichtet gewesen in einem Neubau beim Deutschen Theater, oder vielmehr hatte er sich damit abgefunden. Achtundvierzig Quadratmeter sind günstig, wenn man allein ist, die füllt man aus mit Macken und Routinen. Wegman hatte jahrelang zugesehen, wie die vorletzten und dann die letzten Funktionäre und Angestellten aus Bonn gekommen waren, einfach das nahmen, was angeboten wurde, sich bald verbesserten, Häuser in Köpenick und so weiter, und andere nachrückten. Aber es wurde enger. Nicht, dass er nach Nebenbeschäftigungen gesucht hatte. Ausgerechnet gegenüber einem Abgeordneten, der im Bauausschuss saß, hatte er geäußert, es könne nicht weiter schwer sein, Wohnungen für Genossen zu finden – »Es gibt ja auch Wohnungsbaugenossenschaften«, hatte er gescherzt –, und so war die Aufgabe irgendwie an ihm hängengeblieben. Rasch zeigte sich, dass die Gilde der Makler den Markt tatsächlich nicht im Griff hatte. Es gab die Wohnungsbaugesellschaft Gewobag und private Bauinitiativen, Investoren, Architekten, Spekulanten, und während er die Stimmen am Telefon hörte, klickte er sich durch die Bildschirmseiten; jemand musste doch – wie sagt man – den Schlüssel dazu haben? Die Makler waren auf die Sozialdemokratie am schlechtesten zu sprechen. Natürlich versuchte Wegman es neutral, »Ich suche Wohnungen für Abgeordnete des Bundestags«, aber spätestens beim Buchstabieren der E-Mail-Adresse merkten sie, dass sie bei der SPD waren. Dann die Debatten, ob es stimme, dass die SPD vorhabe, den Maklern den Garaus zu machen – »Nein, wir wollen nur das Prozedere ändern, indem der Auftraggeber die Provisionen entrichten muss« –, aber das war es eben, was sie fürchteten. Die Stimmung war schlecht und Hilfe nicht zu erwarten.

Er probierte auf gut Glück die großen Real-Estate-Firmen und Investoren. Bei Capital Real – waren die winzig, waren die riesig? – konnte er eine Assistentin verwickeln. Es kam ein Rückruf, und er wurde für denselben Nachmittag in ein Hinterhofcafé am Checkpoint Charlie gebeten, tatsächlich aber das Atrium eines neuen Gewerbekomplexes. Es war fast vollständig besetzt von einzelnen Personen an Vierertischen, die alle – aber wirklich alle – telefonierten. Wegman blieb an dem Tischchen vorn stehen, mit einem Schild »Please wait to be seated«, und hörte sich das Gebrabbel an, dominiert von Englisch, aber auch Russisch und Französisch darunter. Ganz vorn ein beleibter, schwitzender Sachse: »Näh, des gönn'se vergess'n!« Damit meinte er nicht den Wartenden, sondern jemanden am Telefon. Wegman versuchte zu raten, wer von den wenigen Frauen, die hier saßen, Wrede Bustamente heißen könnte. Er entschied sich für die, die am interessantesten aussah, bewegte sich auf sie zu, blieb einen Meter von ihrem Tisch entfernt stehen. Schon setzte der Telefonierende hinter ihm, gesteuert durch die Logik seines Gesprächs, seinen Stuhl zurück, die Lehne in Wegmans Hintern, so dass er, wie in einer Zeichnung von Wilhelm Busch, auf den Tisch der nervösen Lady mit dem lockigen Haar fast fiel. Sie fing ihn entschlossen ab, sein Handgelenk fassend, ohne ihren Satz am Telefon zu unterbrechen. »Sind Sie mit dem Hubschrauber gekommen?«, fragte sie ihn, als sie aufgelegt hatte – er war etwas enttäuscht, dass sie keinen Akzent hatte –, und er: »Nein, mit einer Drohne im Testbetrieb. Deshalb die Ungenauigkeiten.«

Er hatte sich vorgenommen, sie zu fragen, warum ihre Firma so heiße und was sie genau tue, aber kam nicht dazu. Sie erklärte es ihm ohnehin, in wenigen Sätzen. Capital Real war ein Kunstname, dessen Findung über eine Agentur zehntausend Dollar gekostet hatte, ein englisches Kunstwort für Immobilienhandel in einer Hauptstadt.

»Also für Berlin?«

»Erst einmal, ja. Wir sind im Moment hauptsächlich in Berlin tätig, aber wenn es gut läuft, können wir mit einem solchen Namen immer expandieren.«

»Was macht denn Berlin so interessant?«

»Dass es gegenüber London fast lächerlich billig ist, zum einen. Zum anderen, dass sich die Erschließung guter Lagen – oder sagen wir: das Bewusstsein, dass es sie gibt und welche es sind – gerade erst herausbildet. Der Zug ist noch nicht abgefahren, aber der Schaffner hält die Kelle schon bereit.«

»Sind Sie tätig im Rahmen ...« – er suchte nach einer eleganten Formulierung, aber fand sie nicht – »… gewöhnlicher Spekulation?«

»Nein, eher ungewöhnlicher. Unsere Geldgeber sind sämtlich vom Kapitalmarkt enttäuscht. Ich übrigens auch. Ich war bis zum letzten Jahr bei Morgan Stanley beschäftigt. Die Regel hat sich umgekehrt: Ganz flott Geld zu machen ist letztlich uninteressant. Denn was sollen wir dann mit dem Geld?«

Wegman dachte, wenn du so mit der redest, wird das mit den Wohnungen für Sozialdemokraten nie etwas. Aber vielleicht gab es etwas zu lernen.

»Geht es darum, vorhandene Gebäude zu kaufen oder zu bauen?«

»Im Moment machen wir noch alles, um den Markt kennenzulernen. Wir beginnen nur das, was aus eigenen Mitteln zu stemmen ist; ein joint venture für eine neue Shopping Mall ist ausgeschlossen. Wir wollen die Stadt mitgestalten, ihr aus eigener Kraft eine gewerbliche und ästhetische Form geben.«

»Auch eine soziale?«

»Was soll das heißen: Subventionen scheffeln oder unter Preis vermieten?«

So ein Biest, dachte Wegman. Er sah ihr in die Augen, eher kleine Augen in einem hellen Gesicht, mit einem ironischen Funkeln. Zwei Eheringe an der linken Hand, eine sehr schmale Kette aus mattem Gold, und jetzt legte sie, so gar nicht Bankerin, die Arme hinter dem Kopf zusammen. Wegman zwang sich, ihr nicht auf die Brüste zu sehen. Nicht das jetzt, dachte er, bloß das nicht. Sie hatte ihre Arme wieder unten.

»Ich habe noch etliche Gespräche zu führen«, sagte sie. »Ich steuere die Fertigstellung eines Geschäftshauses in der Chausseestraße von diesem Schreibtisch aus.«

Er sah sie etwas befremdet an.

»Cafétisch«, berichtigte sie. »Handyempfang trotz Atriumslage super. WLAN. Alles, was man braucht.«

»Ist dies ein Gewerbebau von Capital Real?«

»Nein, das ist von einem Konkurrenten. Die waren zehn Jahre vor uns da. Unsere Architekten sind anders drauf. Die bauen keine Gefängnisse aus Glas. Wenn Sie heute nach neun Uhr Zeit haben, zeige ich Ihnen einige Wohnungen. Die Abende sind lang.«

»Wohnungen? Was für Wohnungen?«

»Vereinzelte Eigentumswohnungen mit solider Bausubstanz. Alles im Osten. Die halten wir in Reserve für neue Mitarbeiter. Keine Angst, Sie sollen nicht bei uns anheuern.«

»Warum nicht?«

»Das erzähle ich Ihnen heute Abend. Wenn Sie wollen.«

So fing das an. Einige Stunden später:

»Kennen Sie den englischen Ausdruck *I smell money*? Ich rieche das sofort, na ja, fast immer. Sie, zum Beispiel, gehören eindeutig nicht zum Club.«

»Nach Geld riechen?«

»Nein, nicht nach Geld riechen, sondern Geld zu riechen! Ein Urgefühl dafür haben, wo etwas ist und wo nichts ist.«

»Andererseits beträgt der jährliche Bundeshaushalt mehr als dreihundert Milliarden. Es geht in der Politik fast immer um Geld.«

»Ja, klar, aber es geht darum, Budgets auszugleichen. Den einen wird es aus der Tasche genommen und den anderen reingesteckt, und nach der nächsten Wahl andersherum.«

»So sehen Sie die Politik?«

»Politik aus Sicht der Wirtschaft, aber gewiss! Angeblich muss ja der Wirtschaftskreislauf gesteuert werden: Es mag Regelmäßigkeiten im Auf und Ab der Konjunktur geben, aber selbst da habe ich meine Zweifel, ob sich eine historische Situation exakt wiederholt. Wenn man wirklich im Geschäft ist, muss man von solchen Vorstellungen frei sein.«

»Dass sich etwas wiederholt.«

»Überhaupt, dass irgendetwas geschieht, ich meine: von allein geschieht. Es kommt darauf an, was man macht, und es ist völlig sinnlos zu warten. Wir können es uns überhaupt nicht leisten, unser Geld nicht arbeiten zu lassen. Es ist ja auch nicht unser Geld.«

»Und wer Geld nicht riecht, würde das – verschlafen?«

»Eben. Am Ende wäre es einfach weg.«

Sie gingen nebeneinander von der Oranienburger Straße aufwärts, über die Torstraße hinweg, eine Weile die Choriner hoch bis zum Kollwitzplatz. Dabei machten sie in fünf Wohnungen Station; in der Sredzkistraße besaß Capital Real drei Hinterhofwohnungen übereinander, sie besichtigten aber nur die obere. Marion Wrede Bustamente trug solide Schuhe, Camper, und war wohl genauso groß wie Wegman, wenn nicht zwei Zentimeter größer. Ihr zotteliges Haar warf sie hin und her und blinzelte gelegentlich zu ihm herüber. Erst jetzt hörte er, dass sie doch einen Akzent hatte, eine Art Melodie, die sich auf den Konsonanten ausruhte; das P und das T kamen etwas sanfter, als es die Hochsprache eigentlich erlaubte. Da waren einige Sommersprossen zwischen Augen und Schläfen; sie hatte die Schultern einer Schwimmerin. Plötzlich schoss sie eine Getränkeflasche über den Fußweg in die Gosse, ein sauberer Schlenzer. Wegman ergriff die Befürchtung, dass es um ihn geschehen war.

»Mir ist aufgefallen«, sagte er, »dass die Gehwege hier oben leuchten.«

»Sie schimmern, nicht?«

»Ja, es gibt irgendwie Licht in den Straßen.«

»Liegt das nicht einfach daran, dass die so breit sind?«

»Bestimmt. Und all diese Steine, das Kopfsteinpflaster, diese Abschnitte auf den Gehwegen, wie hier, mit den kleineren Steinchen. Die abgewetzten Bordsteine. Selbst nachts funkelt es. Und geradezu unglaublich ist es nach einem Regen.«

So eben vor Ladenschluss machten sie Halt in einem Geschäft für Whiskey und Zigarren; sie kaufte aber einen Prosecco aus dem Kühlschrank und ließ sich eine elegante Papiertüte dafür geben, für zwei Euro extra. Wegman tat so, als wäre er nur zufällig dabei.

Die letzte Wohnung, die sie ihm zeigte, sollte dann die sein, in der Ellie jetzt gerade im Badezimmer schmollte. Marion hatte so lange gebraucht, um unter ihren mehreren Dutzend Schlüsseln den richtigen zu finden, dass er schon nicht mehr dran glaubte. Die Enttäuschung wäre, das spürte Wegman damals in sich hochsteigen, riesig. Als es dann klappte, stieß sie die weiß gestrichene Jugendstiltür auf und ließ ihn zuerst eintreten. Dann kam sie nach, schloss die Tür und sagte – es war draußen noch nicht ganz dunkel, aber drinnen sah man nicht mehr als blaue Schemen –: »Spüren Sie etwas?«

»Ja«, antwortete er. »Ich bin, um ehrlich zu sein, ein bisschen aufgeregt. Als wäre ich wieder achtzehn.«

Sie lachte, und er verstand, dass sie das nicht gemeint hatte. Sie knipste das Licht an und dimmte es gleich runter, erst im Flur und dann in den anderen Zimmern. Ohne dass sie es aussprechen musste, war klar, dass dies ihr Entwurf war. Die Wohnung war vollständig, aber minimal eingerichtet, mit neuen und alten Möbeln so eben auf die eleganteste Weise benutzbar gemacht.

»Werden Sie hier selber wohnen?«, fragte Wegman.

»Und Sie?«

»Und ich?«, fragte er irritiert.

»Weihen wir sie ein?«

»Mich?«

»Die Wohnung.«

»Ja wie?«

»Baden?«

»Baden?«

»Nehmen wir zusammen ein Bad?«

Kein Zweifel, dass Marion Wrede Bustamente an der Gentrifizierung der Stadtteile Mitte und Prenzlauer Berg arbeitete, und gerade war sie dabei, sich Friedrichshain genauer anzusehen. Sie selber hielt von diesem Wort gar nichts. »Wir veradeln doch nicht«, sagte sie, »wir schaffen Immobilien in besseren Lagen. Ja, wir haben auch zwei Dutzend Altbauten gekauft, und es stimmt, dass Leute klagen, wenn sie ausziehen müssen. Sie sind eingezogen, als ein sozialistischer Staat dachte, das ist von gestern, da investieren wir nicht mehr. Dann haben sie sich, verständlicherweise, in dreißig Jahren dran gewöhnt: lecke Dächer, morsche Dachböden, knarrende Treppenstufen, bröckelnde Fassaden, alte Wasserleitungen, Kohleöfen. Sie dachten, das muss so sein. Es muss aber nicht.«

»Für sie ist die Verdoppelung der Miete eine Katastrophe.«

»Nachdem ihr mickriges Einkommen zuerst auf Westgeld umgestellt wurde, seitdem beständig gestiegen ist und der Westen auf eigene Kosten die Erneuerung der Infrastruktur fast des gesamten ostdeutschen Staates erledigt hat – der Soli. In zwanzig Jahren. Die Stadt ist jetzt offen, es kommen Leute rein.« Wie um das zu illustrieren, saßen sie jetzt am Küchentisch, es war schon der Tag danach, und sie sagten auch nicht mehr Sie.

»Sieh mal, das Paar, das hier bis vor sechs Monaten gewohnt hat, ich habe die wirklich interviewt, ich weiß es: Sie erwirtschaften zusammen fünfzehnhundert Euro netto. Vor dreißig Jahren war es in Ostmark noch weniger, mit zwei Kindern, bei hundertdreißig Euro Miete plus Kohlen. Nimmst du den inoffiziellen Wechselkurs von damals, also den echten, von eins zu sieben, plus die Umstellung in Euro, verdienen sie jetzt zwanzigtausend Ostmark. Im Monat! Das sind in diesem Fall mittlerweile Renten, übrigens, und aus welchen Mitteln sind die erwirtschaftet? Die Miete, finden sie, sei unfair gestiegen und bedrohe ihre Existenz.«

»Wie hoch ist denn die Miete?«

»Marktwirtschaftlich zwölfhundert, im Zustand, wie du sie jetzt vor dir siehst.«

»Mit einer Viertausend-Euro-Badewanne.«

»Nein, ohne die. Vor der Renovierung waren es gut vierhundert Kaltmiete, absolut in Ordnung, oder? Verstehst du, sie wollen, dass alles so bleibt, wie es war; aber sie rechnen den verheerenden Verfall eines Hauses nicht mit. Sie spekulieren auf den Abriss so wie der sozialistische Staat vor ihnen auch, nach mir die Sintflut. Das geht aber nicht, so ein Haus ist über die Brandmauern verbunden mit der Nachbarschaft, und außerdem ist es ein schönes bauliches Beispiel aus der Gründerzeit. Oder etwas später. Also haben sie achttausend Euro Abfindung genommen und wohnen jetzt in einer Gartenkolonie in Hohenschönhausen. Januar und Februar aber auf Teneriffa!«

»Das stellst du dir so vor.«

»Nein, das weiß ich. Ich rede mit den Menschen, was glaubst du?«

Während sie sprach, zeichnete sie dazu in die Luft, stülpte die Unterlippe um oder zuckte mit den Schultern. Dann kam sie urplötzlich zur Ruhe und sah Wegman in die Augen. Sie war am Abend nicht geblieben, sondern um neun Uhr morgens zurückgekommen, an diesem Samstag im Juni 2011, mit der Financial Times, Bagels und Kaffee in Pappbechern. Wegman dachte gerade, er würde furchtbar gern noch einmal diese Brüste mit den Sommersprossen sehen, aber er brauchte das nicht zu sagen. »Wir haben fast drei Stunden«, sagte sie, »kurz vor zwölf muss ich wieder drüben sein bei Ellie. Das ist meine Tochter.«

Die Begegnung fand gleich am Sonntag statt, zu dritt mit Frozen-Yoghurt-Bechern auf einer Parkbank am Kollwitzplatz. Nach fünf Minuten klingelte Marions Telefon; er dachte damals, sie hätte das so arrangiert. Jedenfalls ließ sie ihn mit dem Kind für eine halbe Stunde allein, und danach kannte er Ellie besser als die meisten Menschen auf dieser Welt. Sie plauderte ganz mühelos über Venezuela und New York, als wäre es Rheinsberg oder Neuruppin, mit winzigen, entzückenden Lücken und Aussetzern im Deutschen. Sie führte ihm Choreographien aus ihrer Modern-Dance-Klasse vor. Sie spielte die Szene des Kennenlernens, als sei sie ihr gut vertraut – die Frage, woher Wegman nun kam und ihre Mama kenne, ließ sie aus. Dann aber ergriff sie ihre Chance und sagte: »Ich finde aber schon, dass Wegman ein komischer Name ist.«

»Ja, das stimmt.«

Sie stand mit gespreizten Beinen vor ihm, er auf der Bank, sie die Arme hinter dem Rücken verschränkt, etwas federnd, und zog einen Flunsch.

»Du willst wissen, warum meine Eltern mich so genannt haben, nicht wahr?«

»Ja.«

»Das weiß ich leider nicht. Ich weiß nur, dass ich in einem Dorf namens Hope geboren wurde. Mein Vater war ein Indianer, den ich später komplett aus den Augen verloren habe.«

»Indianer?«, fragte sie. »Was für ein Indianer?«

»Da bin ich mir nicht sicher.«

Sie studierte sein Gesicht und sagte dann: »Das sieht man.«

»Was sieht man?«

»Dass Sie Indianer sind. Dass du ein Indianer bist.«

»Aber meine Mutter war eine Deutsche.«

»Wieso war?«

»Weil sie vor vier Jahren gestorben ist.«

»Ich bin sehr sorry für dich.«

»Nein, ich kannte sie sowieso nicht mehr. Sie war nach Deutschland zurückgekommen, als ich sechs oder sieben war, hat mich bei meinem Onkel abgegeben, also ihrem Bruder, und danach habe ich nicht mehr viel von ihr gesehen.«

»Dann bin ich erst recht sorry für dich.«

»Du meinst, ich tue dir leid.«

»Ja, du tust dir leid. Aber ich meine das nicht böse. Bei mir ist es auch schlimm, aber nicht *so* schlimm.«

»Wie ist es bei dir?«

»Mein Vater ist bei einem Flugzeugabsturz gestorben, nein, als ein Flugzeug in ein Haus reingeflogen ist.«

»Und dein Vater, wo kam der her?«

Jetzt war Marion auf dem Rückweg, fast bei ihnen.

»Der kam gar nicht wo her, der war im Haus drin.«

LÄSSIG UND OHNE groß nachzudenken, stimmten die Abgeordneten in der ersten Sitzungswoche des Jahres 2012 für die Einsetzung des Untersuchungsausschusses. Den Vorsitzenden durften turnusgemäß die Sozialdemokraten stellen. Die Wahl fiel auf Andreas Nair, dessen Name in den Abendnachrichten genannt wurde.

Über zwei Monate waren vergangen, seit Uwe Böhnhardt und Uwe Mundlos in ihrem gemieteten Wohnmobil gefunden worden waren.

»Doppelselbstmord!«, rief Nair, »damit fängt die Legendenbildung schon an. So etwas gibt es doch gar nicht. Das ist Schauerromantik. Wer hat wen erschossen, das wollen wir wissen.«

»Fest steht doch, dass eine Polizeiwaffe im Wohnmobil gefunden wurde.« Wegman war in dieser Sache noch Laie.

»Die Waffe der Polizistin in Heilbronn.«

»Die erschossen wurde, um an ihre Waffe zu kommen.«

»Ach ja?«, fragte Andi Nair scharf. »Wissen wir das? Und wie kamen die Täter auf Heilbronn?«

»Vielleicht gibt's da ja auch eine Sparkasse«, scherzte Wegman. Andi schnaubte. Aber er verstand, dass Wegman ein guter Begleiter sein würde. Und den würde er brauchen. Andi Nair hatte in wilder Manier recherchiert, protokolliert, ausgedruckt:

Fünf dicke Leitz-Ordner waren schon voll, der sechste begonnen.

»Wie machst du das eigentlich?«, fragte Wegman. »Rufst du in einem Landesamt für Verfassungsschutz an und fragst: Kennen Sie einen Uwe Böhnhardt?«

»Ja, aber ich rufe nicht irgendjemanden an. Die Kontakte werden angebahnt.«

»Durch wen?«

»Das werde ich dir nicht sagen, Wegman. Nicht jetzt. Aber es gibt überall Leute, die man von früher kennt.«

»Wobei mir eines auffällt: Unser schönes Land Niedersachsen ist von den Mördern aus Zwickau ausgespart worden.«

»Das ist richtig.«

»Vielleicht ist das unser Imageproblem. Niemand macht sich klar, wie bedeutsam wir sind.«

»Wegman, lass den Quatsch.«

»Nun gut, aber ist das für deine Forschung nicht schwierig?«

»Du meinst, ich kenne nur Leute in Hannover? Da hast du aber nicht aufgepasst. Ich habe schon in Bonn im Bundestag gesessen.«

»Schon klar. Was denken denn die, die bereit sind zu reden. Sehen sie … wie soll ich sagen … einen Schuldzusammenhang?«

»Einen was?«

»Andi, ich dachte, danach wird der Ausschuss fragen. Gibt es Staatsorgane, die Mitschuld daran tragen, dass Terroristen als Biedermänner über ein Jahrzehnt unerkannt geblieben sind?«

»Ach so, der Schuldzusammenhang. Aber der ist doch völlig offensichtlich! Mal ganz oben angefangen: Es gibt einen mörderischen Anschlag auf Türken in Köln, und was sagt der Innenminister unserer rot-grünen Bundesregierung am nächsten Tag in die Mikrophone: Mit Rechtsterrorismus hat das nichts zu tun!«

»Wir sollten ihn vorladen.«

»Verstehst du nicht? Es gibt zwei Pole des Versagens. Zum

einen, dass man abgetauchte Rechtsradikale nicht sucht. Zum anderen, dass man an jedem Ort, wo Leute eindeutig als Ausländer angegriffen werden, diese selbst verdächtigt. Die sind alle kriminell, nicht wahr? Ja, ist die Mafia nicht typisch türkisch? Überall sind sie mit diesem Schema losgelaufen – kennst du das Wort …« Andi Nairs Augen blitzten vor Hass. Wegman wusste natürlich, dass nicht *er* gemeint war.

»… Döner-Morde?«

Andi sackte in sich zusammen, als hätte man aus einem Ballon die Luft herausgelassen.

Für einige Minuten war gänzlich Stille im Büro.

»Stimmt eigentlich«, sagte Wegman dann, im Tonfall des Resümees. »Das Irre an dem Wort ist doch, dass es die Serialität bereits bezeichnet. Der Zusammenhang war doch schon geknüpft!«

»So ist es. Und was sind das für Ermittler, die nie einen Vendetta-Türken finden? Sie ermitteln in eine Sackgasse, und dann geben sie auf? Und die Waffe, mit der geschossen wird, von Nürnberg bis Rostock, ist immer dieselbe? Es gibt einen bundesweiten Mob, und der hat nur eine Waffe? Lauter unlösbare Fälle?« Wegman dachte, ja, richtig, aber im Nachhinein sehen alle Fehler aus wie Absicht.

Er war es, der Andi Nair vorschlug, einen Ausflug nach Zwickau zu machen. Es wurde beim Fahrdienst des Bundestags ein Wagen bestellt, und schon waren sie auf der Autobahn, vorbei an Dessau, Leipzig und Gera, vor der Mittagszeit schon in Zwickau, wo der Fahrer der Zeichnung auf dem Navigationsgerät folgte, das die Stadt wie ein riesiges Netz darstellte, Kanäle, durch die man wie in einer Gondel rauschte. Es regnete, und die Schwärze des ausgebrannten Dachstuhls glänzte, als hätte jemand ein Gemälde lasiert. Polizisten saßen auf der anderen Seite der Straße in einem VW-Bus bei laufendem Motor, kein Wunder, es waren vier Grad, Tendenz sinkend. Sie warteten ab, bis Nair und Frost ausgestiegen waren und die Limousine mit dem Berliner Amtskennzeichen ordnungsgemäß geparkt war. Dann schälten sie sich aus ihrem Fahrzeug, zögerlich, während das Walkie-Talkie des männlichen Polizisten sphärisch gurgelte. Der überließ seiner Kollegin die Ansprache:

»Se gomm' wohl v'm Ministerium?«, als gäbe es nur eines.

Nair wendete nicht einmal den Blick zu ihr und antwortete: »So ähnlich.«

Sie blieben einige Minuten. Es reichte, um herauszufinden, dass die Brandruine, völlig unbewohnt inzwischen, rund um die Uhr bewacht wurde. Auch klappte Nairs Trick, die Polizisten wie Dienstleister zu behandeln. Schon hatten sie, um dem wichtigen Besucher zu gefallen, etwas ausgeplaudert, nämlich dass mehrfach, auch im Dezember, Kriminalbeamte die ausgebrannte Wohnung untersucht und Gegenstände mitgenommen hatten. So erklärten sie sich und anderen wohl den Umstand ihrer permanenten Anwesenheit: Die Spurensicherung war nicht vollständig abgeschlossen.

»Was denn gefunden?«, fragte Nair, als hätte er keine Zeit für einen ganzen Satz.

»Was vom Computer. Do ganz vorn im Bad, wo's Bad gewesen ist«, erklärte die Polizistin.

»Und 'ne Waffe och«, sagte der Polizist.

»'n halbes Dutzend«, ergänzte sie.

Wegman sah Andi Nair an, dass er versucht war, eine Besichtigung der Ruine zu verlangen. Aber er entschied sich anders. Sie gingen einmal zu Fuß um den Block, machten Fotos mit ihren Handys und saßen eine Viertelstunde später pitschnass wieder auf dem Rücksitz des Wagens. Man konnte die Heizung individuell einstellen, und sie tippten auf der Taste aufwärts bis 27 Grad. Die Limousine lag wie ein Brett auf der Autobahn. Gerade wollte Wegman eine Bemerkung über die Federung deutscher Autos machen, als Andi Nair fragte:

»Und was denkst du?«

Das war so eine Masche von Nair, die weiträumigen Fragen.

»Über Zwickau?«

»Ja.«

»Ich wundere mich. Wenn die da wirklich zu dritt gewohnt haben, dann waren sie doch ganz leicht zu finden.«

»Vorausgesetzt, dass jemand sucht.«

»Aber selbst wenn nicht. Als was haben die sich denn ausgegeben – Biedermann, Brandstifter und Co.?«

»Genau. Wie kommt man denn unter falschem Namen an einen Mietvertrag?«

»Einwohnermeldeamt – wer war überhaupt gemeldet?«

»Wie haben sie sich gegenseitig gerufen? Hat sich das über ein Jahrzehnt verändert? Die sind auch jung gewesen. Was wussten denn die Eltern?«

»Gab es ein Festnetztelefon?«

»Einen Anschluss auf jeden Fall, allein schon wegen des Computers.« Nair machte ein Pfeifgeräusch durch die Zähne.

Sie sprachen so, dass der Fahrer kaum mithören konnte. Auch lief leise dessen Radio, aber nur vorn.

»Gibt es in Zwickau denn kein Finanzamt – dass mal einer fragt: Wovon leben Sie eigentlich?« Das fiel Wegman ein, als sie an Dessau vorbeifuhren. Es sah so aus, als würde es nachmittags um halb drei schon dunkel werden.

»Und was waren die von Beruf?«, schob er nach.

»Nichts«, antwortete Nair.

»Als was haben sie sich gegenüber den Nachbarn ausgegeben? Wer war der Postbote – ein Komplize?«

»Wegman, es soll kein Roman werden.«

»Nur weil du mich fragst.«

»Zwickau.«

»Das ist es, was mir einfällt. Ich finde das alles ganz, ganz unwahrscheinlich. Das ist nicht, als wenn die Mafia eine Pizzeria eröffnet. Das ist etwas anderes.«

Marion Wrede war das zweite von vier Kindern eines Pastors im holsteinischen Friedrichskoog, der seine Familie am Cembalo beim Singen von Bachkantaten begleitet hatte. Ein wackeres Mädchen, Rettungsschwimmerin an der Nordsee, hatte sie ihre Familie, zu deren völliger Verwunderung, am Tag nach der Verleihung des Abiturzeugnisses verlassen und zwei Wochen später in Düsseldorf eine Banklehre begonnen. Mit zwanzig Jahren saß sie in einem Sparkassencontainer in Hoyerswerda und vergab Kleinkredite für den Gebrauchtwagenkauf. Gleich nach der Lehre wechselte sie zur Deutschen Bank, wo ihre Talente erkannt wurden, man drängte sie zum Studieren, trug ihr nach dem Diplom eine erste Leitungsposition an – Börsengeschäfte – und schickte sie mit sechsundzwanzig Jahren nach New York, Joggen am East River, Dinnerpartys, Neunstundentage hinter Glas mit Sicht auf die glitzernden Achsen der großen Stadt.

Sie mochte die aalglatte Schale ihrer Zunft, an sich selbst und auch an anderen Frauen, eine Annäherung an die männliche Ausstattung – Schulterpolster, Nadelstreifen, Bügelfalten. Die Pastorentochter hatte es schon früh abgelehnt, den Körper auszustellen, die Jeans eine Nummer zu groß und den gestrickten Pullover drüber als Vorhang. So sah ein norddeutsches Mädchen eben aus. Aber derselbe Körper konnte genauso gut auf silbernen Pumps übers Parkett klicken, im kleinen Schwarzen, sie hatte das im ersten Herbst im Rheinland ausprobiert. Nein, da war der Bankerinnendress der bessere Ersatz, die elegantere Fassung von Unsichtbarkeit. Die Muckibude mit Acrylschweiß war gar nicht in Frage gekommen bis New York, wo sie, früh gewarnt, Kollegen nie an sich ranließ, keine Berührung der Arme, wenn man gemeinsam auf den Bildschirm schaute, kein Lüpfen der Augenbrauen im Fahrstuhl und, nein, keine sogenannten Dates, die sich auf ein Regelsystem bezogen, das sie ohnehin nicht kannte und auch nicht kennenlernen wollte. Das war eine einsame Strecke gewesen, das erste Jahr, der Leib wird erst etwas tumb, dann knisternd, und obwohl sie ja die Avancen der jungen Männer im Büro nicht wollte und der älteren auch nicht, war es dennoch schmerzhaft, irgendwann unter die Dinge des Alltags eingereiht zu werden, ein Möbel aus Deutschland. Komische Frau, spekulieren tut sie mit Leidenschaft.

Das Fitnesstraining war es dann doch gewesen, wieso war sie nicht gleich drauf gekommen, da waren zunächst mal alle ähnlich, das Outfit, der Habitus, die mechanische Arbeit an den Geräten – Männer und Frauen, manche irgendetwas dazwischen, Alter nicht wichtig, die Berufe weit gestreut: Verkäufer, IT-Leute, Juristen, Designer, Krankenschwestern, Musiker. Das fiel Marion leicht, vom Laufband steigen und in ein Gespräch fallen, nichts Längeres, nichts Verbindliches. Aber wenn man sich die Essentials merkte, sah man nach wenigen Wochen beim Eintreten die ganze Gesellschaft vor sich, und jeder gehörte automatisch dazu; sie selbst als eine von vielen mit gespannten Waden und festem Po und dem kleinen bisschen Zuviel an Muskeln in den Oberarmen. Sie ähnelten sich, diese weiß beleuchteten Hallen hinter getöntem Glas, und nach der ersten Affäre, im Laufe derer sie ihren Körper wiedergefunden hatte, und einer zweiten, die sie hätte in eine Liebe verwandeln mögen, aber nicht konnte, wechselte sie ins dritte Studio, wo sie entdeckte, dass die interessanteren Leute nach neun Uhr am Abend trainierten, und da begegnete sie einem zum Rundlichen neigenden Mann, gestutzter schwarzer Vollbart; eine urplötzliche Begegnung der Augen im Moment der Erschöpfung nach der Anstrengung an den Maschinen; die Gesichter feucht und die Pupillen groß. Marion öffnete den Mund, sie hatte das schon Hunderte von Malen gemacht, »Hi there«, etwas würde ihr schon einfallen, was aber nicht der Fall war. Es kam einfach nichts aus ihr raus. Und der Typ kicherte auf kindliche Weise, gab ihr, was in der Muckibude nie, aber wirklich nie vorkam, die Hand und sagte: »Hello, I am Matteo.«

Wegman gefiel das so gut, dass er es sich ein zweites Mal erzählen ließ. Am Kopfende der Sitzgruppe, einstmals der Platz eines Kachelofens, hatte Marion – auf Kosten von Capital Real – einen kanadischen Woodburner, schamottummantelt, aufstellen lassen. Die Flammen leckten von innen am hitzebeständigen Glas, das in eine schmiedeeiserne Tür eingepasst war, die mittels einer Feder automatisch schloss. Ellie gefiel sich in der Rolle, noch einen Scheit nachzulegen, was bei der sparsamen Technologie des Ofens frühestens nach einer halben Stunde notwendig war. Sie hatte nichts dagegen, schlafen zu gehen, aber eine Kränkung war es doch, dass auch andere Leute das Holz bewegen konnten, bis in die Nacht. Dafür kümmerte sie sich gleich nach dem Aufstehen um die Asche.

Als er die New Yorker Anekdote ein drittes Mal hören wollte, wandte Marion ein, dass er ja selbst eine nordamerikanische Geschichte zu erzählen habe, schließlich sei er, das verstehe sie doch richtig, in Amerika geboren worden, so wie Ellie auch. Er versuchte sich herauszuwitzeln, daran könne er sich nicht mehr erinnern, aber Marion schloss die Ofentür und schwieg.

Es fing ja schon damit an, dass er eine Frau, die, seit er sieben Jahre alt war, nicht viel mehr als »Guten Tag« zu ihm gesagt hatte, seine Mutter nennen musste. Jedenfalls, wenn jemand die Geschichte verstehen sollte. Dabei war seine Erinnerung keineswegs ausgelöscht. Es gab da einen kleinen Jungen unter sehr vielen, sehr hohen Nadelbäumen, und in jedem Haus war er willkommen. Da war auch ein Vater, mit schwarzem Haar bis zu den Schultern und Bewegungen wie mit Kohlestift gezeichnet. Aus dem Bild dieses Mannes war er herausgetreten wie aus einem Spiegel; was einst dieser Mann gewesen war, war er heute selbst.

Als er in Bückeburg zehn Jahre alt war, begann er Eike zu fragen. Der war nie in Amerika gewesen. Er kannte einige Berichte seiner Schwester von ihrem Leben dort, die nicht zueinander passen wollten. Dann fiel ihm ein, dass es Briefe gab, es waren drei, und Wegman las sie alle zehnmal mindestens, er konnte sie jetzt noch fast auswendig. Sie stammten alle aus der Zeit vor seiner Geburt.

Demnach war Susanne, frisch gebackene Diplomsoziologin, im Frühjahr 1970 mit ihrem Freund, dem Amerikanisten Hans-Joachim, aufgebrochen, um Forschungen unter den Ärmsten der USA zu betreiben. Ein Buch wollten sie schreiben, das schon seinen Titel hatte: *Die Vergessenen Amerikas*. Es sollte einen allgemeinen und einen empirischen Teil haben. Beginnend auf einer Atlantikinsel vor der Küste Virginias, deren Brauchtum und Aberglaube mit der Zeit der Sklaverei irgendwie in Verbindung standen, waren sie ins Landesinnere gereist, die üblichen Schauplätze meidend, und hatten einen Koffer voll besprochener Tonbänder gesammelt, als sie auf dem Weg nach Westen auf einen Ureinwohner trafen, dessen Auto liegengeblieben war. Der lebte allerdings nicht mit seinen Leuten in einer Wagenburg, sondern lenkte sie zur Holzhaussiedlung am See. »Sie gehört zu einem Ort namens Hope, und ich lese das als Zeichen«, hatte sie ihrem Bruder geschrieben.

Die Geschichte bis zur Geburt war leichter erzählt als der Rest. Dieser war entscheidend gewesen für sein Leben. Was er wirklich darüber wusste, waren Gerüchte aus zweiter und dritter Hand, vermischt mit vagen Erinnerungen. Selbst, ob seine Eltern verheiratet gewesen waren und später geschieden – er wusste es nicht. Indem Marion jetzt fragte, musste Wegman daran denken, wie er selbst Eike bedrängt hatte, und am Ende war es ihm wie ein Märchen erschienen, das in Grausamkeit endet.

»Ich meine, Rotkäppchen endet ja auch nicht im Bauch des Wolfs.«

Marion lachte. »Und die ersten Jahre?«

»All die Leute, die Werkstätten. Riesige Autos unter hohen Kiefern oder Tannen. Eine Bar nur für die Künstler und ihre

Leute, bunt und mit Spiegeln wie auf dem Jahrmarkt, der Billardtisch im nächsten Raum, allein unter einem gelben Deckenlicht. Eine Fahrt mit dem Boot auf dem See. Ich konnte mit vier schon richtig schwimmen.«

»Du hast die ganze Zeit in diesem … Hope verbracht?«

»Ja. Und eines Nachmittags bin ich vom See her gekommen, so richtig mit Gänsehaut, und als ich an unserer Hütte ankam, hörte ich den Streit. Ich blieb einfach stehen und fing so an zu frieren, ich habe heute noch manchmal das Gefühl, als wenn das nie aufgehört hat. Hätte.«

»Der Streit? Oder das Frieren?«

»Das Frieren. Sie waren wirklich beide sehr laut. Meine Mama hatte, dachte ich damals, etwas ganz Schlimmes gemacht, aber ich verstand nicht was. Ich hatte keine Ahnung vom Leben der Erwachsenen. Vielleicht hatte sie Geld gestohlen, das war das Schlimmste, was ich mir vorstellen konnte. Dann hörte ich das Schlagen, zweimal, dreimal, richtig heftig, dann Stille, absolute Stille, und als Nächstes dieses Wimmern. Ich bin dann rein. Floyd tat so, als wenn er mich gar nicht sähe, ist rausgegangen und war weg, absolut weg aus meiner Sicht, ich habe ihn nie wiedergesehen. Susanne, meine Mutter, hat in der Nacht noch unsere Sachen gepackt, oder jedenfalls das Notwendigste, und am Morgen sind wir abgereist. Sie trug einen Verband um den Kopf. Ich weiß nicht einmal, wie und in welche Richtung. Wir gereist sind, meine ich. Das war nur der Anfang. Die Monate in Amerika waren wie ein Alptraum. Es muss ja einen Grund haben, dass man Träume vergisst.«

Marion ist gelenkig, und dann dieses Konfetti vom Jochbein bis an den Ansatz der Brust. Wie bei allen Schmalen, wenn sie nicht mehr ganz jung sind, wirkt der Bauch ledern. Ihre Füße sind deutlich konturiert, wie auf dem Sprung, eher lang wie auch ihre Hände, und die Zehennägel haben einen natürlichen, blassweißen Glanz wie die Fingernägel auch. Ihr Schamhaar ist dicht und hell, es nimmt den flackernden Schein vom Kaminofen auf, vor dem sie mit gespreizten Beinen auf einem dunkelgrün gemusterten Läufer aus Schurwolle sitzt.

Wegman, in der Gegenrichtung, die Beine unter ihre Beine geschoben, verschränkt. Die Farbe seiner Haut vom Kopf bis zu den Füßen, ein Körper aus einem Guss. Seine Schultern sind gerade wie bei einem Athleten, aber dafür zu schmal. Das Pendant ihrer Sommersprossen wären die dunklen Haare auf seiner Brust, kurz und gerade wie Wimpern. Mit seinen Füßen, die kaum größer sind als ihre, berührt er ihren Po, er umschließt sie. Wenn man genau hinschaut, was Marion tut, sieht man das Pulsieren im glänzenden Kopf seines Steifen. Es ist der Moment, wo das weibliche und das männliche Geschlecht miteinander tuscheln, wie sie es nun nennen sollen, bevor sie kichernd beschließen, dass das keinen Namen hat.

In diesem Moment hören sie Ellies Zimmertür aufschnappen. Marion, mit dem Rücken zur Wohnzimmertür, die allein sie vom Kind noch trennt, dreht den Kopf und ruft etwas, das heißen muss, sie solle jetzt zum Bad gehen und dann direkt wieder in ihr Bett. Sie ruft es auf Spanisch, und Ellies Antwort ist, wenn auch leise, dennoch zu hören: »Sí, Mama.« Das Paar vor dem Kamin wartet ab, bis die Klospülung zu hören ist und sich die Zimmertür wieder geschlossen hat.

Marion sieht ihm mit heiterem Gleichmut in die Augen, während es geschieht. Dafür gibt es keine Worte, das ist wahr, aber trotz der umfassenden, totalen Berührung und der kristallklaren Reflexe bleibt Platz für etwas Ungesagtes, eine Liste von Dingen, die später noch zu erwähnen wären. Vielleicht. Da Wegman das Weinen verlernt hat, ist dies das Optimum an Trost, und Marion weiß es. Mütter verschwinden dabei wie Geister. Es fühlt sich so an, als könnte man noch einmal von vorn anfangen, und in der Tat ist es ja, wenn man so will, der Beginn des Lebens.

Der Wind blies über die brandenburgische Ebene und trieb die Feuchtigkeit in alle Ritzen. Die Schwermütigen wurden noch schwermütiger, in den Kindergärten und Schulen fanden Bakterien und Viren gute Beute. Überhaupt, es lag etwas Ungutes in der Luft, und die Finger zeigten in Richtung des Schlosses Bellevue, aber das Schloss sah überhaupt nicht nach Schloss aus, sondern war ersetzt worden durch das ängstlich aufgemauerte Einfamilienhaus bei Hannover. Man sah zwar den Präsidenten in seinem Amtssitz Platz nehmen, aber vor der Fernsehkamera erschien ein nervöser Familienvater, der vor dem Spiegel seinen Auftritt in der Bankfiliale übte. Er erklärte der Nation, dass er Kredit bei ihr habe; wenn nicht habe, dann aber verdiene; und wenn nicht eigentlich verdiene, dann jedoch erbitte. Seine Artigkeit, einst verstanden als Aufrichtigkeit, wirkte jetzt gespielt. Es hätte ihm nicht zwingend geschadet, ein wenig Hass auf sich zu ziehen. Die Nation aber starrte ihn nicht an, sondern wandte sich ab, angeekelt.

Außer natürlich Bibi Burose, die Wegman in diesen Wochen aus dem Blick verlor, was mit seinem überraschenden häuslichen Glück zu tun hatte. Sie musste ihn an einem Sonntagabend im Januar geradezu einbestellen, und tatsächlich war er nahe dran, sich bei ihr zu entschuldigen, als er nach einundzwanzig Uhr beim Elsässer eintraf. Er ließ es aber, das passte nämlich nicht zu Bibi. Er setzte sich ihr gegenüber, und alles war wie immer. Sie hatte die Wulff-Geschichte beobachtet und wollte ihre Beobachtung an ihm testen.

»Es ist ein ungewöhnliches Amt insofern, als sich weder in Amerika noch in Frankreich etwas Ähnliches finden lässt. Die deutsche Öffentlichkeit fühlt sich unwohl damit. Deshalb wird immer nach einem Jahr die Frage gestellt, ob der Neugewählte sein Thema gefunden habe, seinen Stil und so weiter.«

»Die Antwort fällt in der Regel negativ aus«, sagte Wegman. »Das Amt scheint keinen natürlichen Rahmen zu haben.«

»Ich dachte immer, es wäre der Ersatz für einen König.«

»Nun gut, aber ein König ist durch die Erbfolge legitimiert.«

Wegman verschaffte sich Luft, indem er gründlich die Speisekarte studierte.

Dann fiel ihm dieses ein: »Es ist irgendwie der Wunsch da, diese Person möge weise sein. Sie wird in einem Verfahren gewählt, das das größte Gezeter unter den politischen Parteien hervorbringt, und dann soll die gewählte Person über den Parteien stehen.«

»Die Wahl Christian Wulffs war in der Tat prekär«, schob Bibi nach.

»Dritter Wahlgang? Das ist schon öfter vorgekommen.«

»Ja, aber vieles daran war neu. Neu war, dass der Vorgänger im Amt urplötzlich hingeworfen hatte. Neu war auch, dass ein glaubwürdiger und nicht völlig aussichtsloser ostdeutscher Kandidat einem gesetzten westdeutschen Kandidaten gegenüberstand. Neu war nicht, dass Wulff Katholik ist, aber ein geschiedener Katholik schon. Neu war auch, dass er mit einer Patchworkfamilie in Berlin angekommen ist.«

Wegman: »Wäre dein ostdeutscher Pastor gewählt worden, wäre der mit einer Freundin ins Bellevue eingezogen, während er aber seine Scheidung nicht hinbekommt.«

Bibi: »Und deshalb ist er nicht gewählt worden?«

Wegman: »Ha, niemals. Die Zeiten haben sich doch wirklich geändert. Ich bin mir nicht einmal sicher, ob ein Homo-Couple unmöglich wäre.«

Bibi: »Okay, dann erklär mir mal, warum Wulff in derartig rasantem Tempo an Zustimmung verliert.«

Wegman: »Ach Bibi, ich dachte, das erklärst du mir!«

Sie lachten. Sie stießen mit den Weinkelchen an, die klingelten.

»Weißt du, was mich wirklich interessieren würde, ich meine im Sinne deiner politischen Theorie – ob du nur analysierst, was schon stattgefunden hat, oder ob die Analyse dir erlaubt, eine Prognose zu wagen. Wird Christian Wulff in drei Monaten noch Bundespräsident sein?«

»Es ist fast unmöglich, ihn zu stürzen, soweit ich den politischen und gesetzlichen Rahmen verstehe.«

»Er müsste also aufgeben. Wird er?«

Bibi sah in ihr halbleeres Weinglas, als wäre darin die Lösung geschrieben.

»Mich interessiert daran etwas anderes. Wenn er aufgeben würde, wäre das vielleicht das Ende des Amtes überhaupt?«

»Du meinst doch nicht, dass wir die Verfassung umschreiben!«

»Genau das war meine Frage. Was wäre, wenn die Verfassung eine Art Blase enthält, etwas Sinnleeres. Und Wulff wäre nicht spezifisch ungeeignet, sondern nur der Indikator dieses Umstands?«

Diese Frage war für Wegman zu groß. Er konnte sich vorstellen, dass im Grundgesetz etwas fehlte, aber an den Verfassungsorganen selbst zu rütteln, war für ihn völlig undenkbar. Das oberste Amt im Staat war nun einmal der Präsident, ob er nun brillant war oder beschränkt, aufrichtig oder halbseiden. Schon mit sechzehn Jahren hatte er gelernt, in einem sozialdemokratischen Seminar mit Andi Nair, dass die westdeutsche Variante, ein guter Deutscher zu sein, der Verfassungspatriotismus sei. Dass die Bundesrepublik Deutschland der Rechtsnachfolger des Deutschen Reichs geworden war, könne man zwar bedauern; die Verfassung aber, da waren sich Konservative wie Fortschrittliche einig, war glücklich und mutig geschrieben worden, ein Fels, auf den ein aufgeklärter Staat sich gründen ließ. Deshalb war es notwendig, sich nicht zu irgendeinem Deutschland, sondern zum Grundgesetz zu bekennen.

Was Wegman aber wunderte – ein ungelöstes Rätsel –, war, dass die Gültigkeit des Grundgesetzes anfangs bestimmt worden war bis zu dem Tag, an dem eine Verfassung in Kraft treten würde, die auch so hieß. Diese hatte er sich vorgestellt als Manifestation eines vereinten und freien Deutschlands. So dass auch wirklich alle im Boot waren. Die Vollendung von Geschichte durch den Zukunftsparagraphen – den letzten. Dies aber war nicht vollzogen worden. Bei der Wiedervereinigung hatten die Alliierten mitgeredet, die sich vor einem mächtigen Deutschland in der Mitte Europas fürchteten. Es war sogar die Idee aufgekommen, in Ostdeutschland ein freies sozialistisches Experiment zu beginnen. Dann aber war der Arbeiter-und-Bauern-Staat ganz einfach der Bundesrepublik beigetreten, so wie lange Zeit davor das Saarland. Selbst der Nachfolger der ostdeutschen Einheitspartei wurde nicht müde zu wiederholen, dass er kein Feind der Verfassung sei. Aber die Verfassung war keine, sie war immer noch das Grundgesetz, ein Dokument weiser Vorläufigkeit, dessen Weisheit umgedeutet worden war in Schläue.

Am nächsten Morgen fand sich in der Berliner Zeitung ein weiterer polemischer Artikel über die angebliche Untauglichkeit des Bundespräsidenten. Ellie wollte wissen, ob es stimme, dass dieser Herr Wulff so unbeliebt sei, weil er Urlaub gemacht habe.

»Weil er Urlaub gemacht hat!«, rief Wegman überrascht aus.

»Ja«, rief Ellie von der Küche her, »in einem Hotel!«

Marion bedeutete Wegman mit ihrem Pokerface, leicht hervortretenden Augen, bloß jetzt nicht zu lachen.

»Ellie, nein, der Bundespräsident darf auch Urlaub machen.«

»Aber nicht in einem Hotel!«

»Doch. Das darf er auch. Er darf sich nur nicht von seinen reichen Freunden einladen lassen.«

»Zu was denn einladen«, hakte Ellie nach, »zu einem Eis?«

Wegman zögerte. Sie saß jetzt wieder am Tisch ihm gegenüber und stocherte aufgeregt in ihrem Müsli herum. Sollte er jetzt sagen, zu einem Eis wäre kein Problem? Möglicherweise sahen das die Staatsanwälte in Celle oder Hannover anders, die, so hatte er von Andi Nair gehört, die Möglichkeit der Aufhebung der Immunität bereits prüften.

»Das weiß ich nicht«, versuchte jetzt Wegman. »Was er auf keinen Fall tun sollte, wäre, sich die Hotelrechnung bezahlen zu lassen. Oder sich von seinen Freunden in ein Ferienhaus einladen lassen, am Mittelmeer oder so.«

»Würdest du keine Freunde einladen, wenn du ein Haus am Mittelmeer hättest?«, bohrte Ellie. Der Gerechtigkeitssinn der Zehnjährigen! Schade, dass der nicht blieb. Sonst hätte man all die Probleme gar nicht.

»Auf zur Schule!«, rief Marion.

Und Ellie: »Bekomme ich heute Abend die Antwort?«

Wegman: »Auf jeden Fall.«

Ein leuchtend rotes Männchen auf dem Fahrrad, bergab, der Regen wurde für eine Minute Schnee und dann kristallin und hart. Unterwegs fiel Wegman Frost ein, dass er jetzt schon mehr als ein halbes Jahr in dieser Prachtwohnung am Berg wohnte, ohne Miete zu zahlen. Er hatte es einmal etwas zaghaft angeboten, das mochte im September gewesen sein, zwischen der zweiten und der dritten Sitzungswoche, wenn er sich richtig erinnerte, aber Marion hatte nur gelächelt und den Kopf geschüttelt. Wäre er Bundespräsident, überlegte er, und es käme heraus, dass er kostenfrei in der Dienstwohnung – falls die das in der freien Wirtschaft überhaupt so nennen – eines amerikanischen Konsortiums von Immobilienentwicklern wohnte, oh Schreck, dann müsste er das der ganzen Nation im Fernsehen erklären. Erklären können. Wie das wohl zu machen wäre, vorausgesetzt, er wäre sein eigener Redenschreiber … Er habe, nicht im offiziellen Auftrag, aber gewiss in bester Absicht, versucht, für sozialdemokratische Abgeordnete bezahlbare Wohnungen in Berlin zu finden, sich dabei in eine – übrigens nicht tätowierte – Immo-Bankerin verliebt, deren väterlicherseits aus Mittelamerika stammende Tochter in ihm, dem halben Indianer, einen … oder wäre es nicht sogar klug, den elften September zu erwähnen, die Tragödie am Anfang des Lebens der kleinen Ellie? War es nicht das, was die Menschen immer bewegen würde? Wäre Wulff zu retten, wenn er, Wegman, ihm seine Fernsehreden schriebe?

Auf dem asphaltierten Radweg, das war nicht mehr Feuchtigkeit, es war ein Film, beinahe unsichtbar in der Abwärtsfahrt, und Wegman trat behutsam mit beiden Pedalen rückwärts, um das Hinterrad daran zu hindern, ihn weiter voranzutreiben. Der Niederschlag stach wie Nadeln im Gesicht.

Wäre es überhaupt denkbar, in einem Moment, in dem bereits die Hälfte aller, die zuschauen, einem nicht mehr glaubt und die andere Hälfte nicht mehr gänzlich davon überzeugt ist, dass die Sache aufzuklären wirklich möglich sei – hinter jedem Eingeständnis wird eine neuerliche Auslassung vermutet –, etwas zu berichten, was man selbst glaubt? Was glaubte er, Wegman, fragte sich Wegman (oberhalb der Torstraße, noch am Berg), denn über sich selbst? War es nicht so, dass einen die Verliebtheit auch blendete, und wie sollte man sich einer Öffentlichkeit als weiser Staatslenker empfehlen, wenn man geblendet wäre? Und dennoch, hatte nicht ein Kind aus einer vorherigen Ehe wie ein eigenes aufzunehmen immer etwas Rührendes, und war es nicht überhaupt ein Fehler dieser Patchworkfamilie Wulff, dass sie ihre Kinder verborgen hielt? Es hatte da doch einen Besuch in Yad Vashem gegeben, mit der blonden Tochter aus der ersten Ehe, halbwüchsig und zahm, im Hintergrund … und diese Bilder hatten ihre Wirkung getan. Überhaupt, das Verhältnis von Worten zu Bildern, Imageberater könnten einem das erklären …

Jetzt kippten die Gebäude gegenüber, und das rote Männchen segelte auf die Kreuzung zu. Der Fahrradweg hatte sich in eine Rodelbahn verwandelt. Fußgänger blieben bei Grün stehen, während das Männchen, verhakt in sein Fahrrad, vor ihnen zu liegen kam. Hände griffen nach ihm, dann waren die Helfer schon fort und Wegman Frost nicht mehr der soeben Gestürzte, sondern nur ein Angestellter im Regencape; die Aktentasche auf dem Gepäckträger nun wieder gerade gelegt; zögernd, ob die Schmerzen vom rechten Bein her zu beachten oder zu ignorieren wären, ob der Anflug von Schwindel das Zeichen einer nahenden Bewusstlosigkeit sein könnte; man sollte das Fahrrad vielleicht irgendwo anschließen …

»Nun mach schon, du Fotze!«, das war der nächste Radfahrer, der in Wegmans Stillstand eine vorsätzliche Behinderung ausmachte und fast ihn berührend an ihm vorbeizog. Immerhin hielt der sich aufrecht. Wegman ließ die Fußgängerampel noch einmal auf Rot schalten, dann, mit der nächsten Grünphase, setzte er seine Fahrt fort. Die Rosenthaler Straße war ohne Gefälle. Dies war wieder märkischer Grund.

Sobald ich mit Ellie unterwegs bin, dachte Wegman, passiert das nicht. Während man die Kinder beschützen möchte, ist es eigentlich so, dass sie wie Engel über einen wachen. Kitschiges Bild, aber ist doch wahr. Natürlich kann Wulff nicht mit Linus auf dem Schoß eine Fernsehansprache halten – oder könnte er vielleicht doch? Sieht man aber die Kinder nicht, erscheint vor den inneren Augen unserer … wie nennt man das … der Mediengesellschaft immer wieder dieses Paar, diese stutenhafte Frau, und neben ihr der Amtsträger, ein knochiges Gesicht, darin die leuchtenden Augen – sie sind mit den Kindern gewiss Familie, so wie wir da oben am Berg auch Familie sind, aber ohne die Kinder sieht man den älteren Herrn, der im Leben der jüngeren Frau wie in einem Jungbrunnen badet, und Wegman musste sich eingestehen, dass er das Gerücht über Bettina Wulff zunächst geglaubt hatte, klar, das ist eigentlich eine Evita Peron. Das hätte alles erklärt. Nämlich wie sie da überhaupt hingekommen ist, ins Schloss Bellevue, und warum das Paar, ohne die Kinder, Glamour erzeugt oder auch nur erzeugen möchte;

dass sie den falschen Glanz eines unerbetenen Aufstiegs verbreiten … dieses völlig durchgedrehte Kleid noch im Dezember in Oman, sie sah aus wie eine kostbare Vase … während deren Verbindung etwas Nacktes ausstrahlt, etwas allzu Offensichtliches. Wegman nahm, während es nun aufs Lieblichste schneite, im Augenwinkel zur Linken ein riesiges Bild wahr, die Bespannung eines Gerüsts, ein klassizistisches Schloss darstellend, die frontale Ansicht des Schlüterschlosses, das die stalinistische Nomenklatura hatte sprengen lassen, und er dachte: Genau so ist jetzt auch das Bellevue, du nimmst das falsche Bild weg, und dahinter ist gar nichts.

Während er, langsam strampelnd und gelegentlich nach seiner Aktentasche greifend, sich dem Regierungsviertel näherte, stellte sich die übliche Vertrautheit nicht ein. Sein rechtes Bein schmerzte, und er spürte eine gewisse Benommenheit im Kopf. Immerhin war es richtig gewesen, den Umweg zu fahren, Unter den Linden, weil dort genug Platz und schon gestreut war, man konnte einfach in der rechten Fahrspur bleiben, aber nun musste er sich vom Brandenburger Tor her wieder nördlich schlängeln, und als der Reichstag auftauchte, erschien er als schwarzes Monster in einem durchsichtigen Spitzenkleid. So weit haben die Wulffs es schon gebracht, dass in diesem Land eine Verfassungskrise ausbricht, dachte Wegman, eine Krise wegen nichts, wegen Lappalien. Vielleicht hatte Bibi nur wieder den Durchblick gehabt, und in vier Wochen würde es heißen, wir brauchen doch das Amt des Präsidenten nicht mehr, es hat sich überlebt, und wenn das Konsens würde, wie viele Schulklassen sollte man empfangen, mit politischen Predigten und YouTube-Videos umschmeicheln, um sie vom Gegenteil zu überzeugen, von der Legitimität einer Verfassung. Oder auch nur von ihrer Richtigkeit, denn gerade im Punkt der Legitimität, Grundgesetz oder Verfassung, war er sich ja nicht ganz sicher, und er fragte sich, mit wem man darüber reden könnte. Frank-Walter Steinmeier vielleicht, aber der wusste wahrscheinlich nicht einmal, wer Wegman Frost war, oder Joschka Fischer, der wäre leichter anzusprechen, keine Ämter mehr. Zum ersten Mal sah er keine Besucher am Containergebäude vor dem Reichstag, und er kam sich heroisch vor, wie er mit dem Fahrrad unter dem schwergrauen Himmel ganz allein quer über den Rasen fuhr. Es war immer noch vor neun Uhr am Morgen, und der wackere Radfahrer hielt auf den großen Pavillon zu, dessen Glasfront von innen erleuchtet war. Unter dem sehr hohen Vordach – wie man jetzt bei Schnee sah: zu hoch, um Besucher zu schützen – standen mehrere schwarze Dienstlimousinen, von denen sich jetzt eine aus der Mitte in Bewegung setzte (ohne zu blinken, wie Wegman auffiel) und an den noch parkenden vorbeizog, um dann, das war die Frage, nach links in Richtung Spree oder nach rechts in Richtung Bundeskanzleramt einzubiegen. Geradeaus, auf die weiße Fläche vor dem Reichstag, kam jedenfalls nicht in Betracht, weshalb Wegman, der sich noch sicher fühlte und die Fahrt nicht verlangsamte, auf das Fahrzeug mit den dunklen Scheiben zuhielt, das am Ende der Vorfahrt nun führerlos wirkte. Er entschied sich, es ginge jetzt in Richtung Bundeskanzleramt, und zielte also auf die Gegenseite. Als der große, schwarze Mercedes dann aber nach links schwenkte (offenbar hatte man sich im Innern des Wagens abgesprochen, ganz umzukehren), musste Wegman, bereits auf der Autostraße, doch bremsen, was ihn zu Fall brachte. Schon war aus dem Fond des Wagens ein Bodyguard gesprungen, der um das Heck herumlief und auf der Unfallseite angekommen mit seinem rechten Schuh auf das Hinterrad trat, als wäre Wegman gerade dabei zu fliehen, und rief: »Wer sind Sie? Wer sind Sie?«, womit dem am Boden Liegenden zumindest klar war, dass man ihn für einen Angreifer hielt. Er rief »Wegman Frost!«, während auf der ihm zugewandten Seite eine dunkle Scheibe zur Hälfte heruntergelassen worden war und das Jungengesicht des Ministers Florian Janssen erschien. Der von seinem Bodyguard, sogar als er ausstieg, abgeschirmt wurde, was gelernt war, denn auch ein Minister konnte gutwillig seinem Attentäter, der einen Unfall simulierte, in die Arme laufen. Sekunden später aber hatte sich die Sache zumindest im Ansatz geklärt, und Flo nahm Wegman, der nun wieder stand, wenn auch schief, in die Arme. Die Szene vom Schlittschuhsturz am Bückeburger Schloss jagte ihm durchs Gedächtnis.

Die Bürotür zum Flur war an diesem Vormittag verriegelt und die Tür zum Nebenzimmer angelehnt, denn Wegman saß in Unterhosen auf seinem fahrbaren Schreibtischstuhl, beide Knie mit weißen Binden umwickelt. Da hatte die Bundestagsapotheke helfen können. Obwohl der Kopf doch ziemlich schmerzte, arbeitete er seine E-Mails ab. Die Frage eines möglicherweise nicht haltbaren Bundespräsidenten war nun auch im Wahlkreis angekommen. Eine fünfzehnjährige Schülerin machte den Vorschlag, wenn es zu einer Neuwahl käme, den Alt-Bundespräsidenten Helmut Schmidt aufzustellen. Er schrieb zurück:

»Liebe Pauline, danke für Dein Schreiben. Gewiss müssen die Sozialdemokraten darüber nachdenken, was zu tun wäre für den Fall, dass der Bundespräsident sich aus seinem Amt zurückzieht. Allerdings haben sich die Mehrheitsverhältnisse in der großen Versammlung, die Christian Wulff einst gewählt hat, in der Zwischenzeit nicht so sehr verschoben, dass man auf den Durchmarsch eines Sozialdemokraten setzen sollte. Helmut Schmidt – das ist natürlich ein ehrenwerter Vorschlag, vielen Dank! Ich gebe aber zu bedenken, dass er inzwischen über neunzig Jahre alt ist und wahrscheinlich den Amtspflichten, die vor allem aus knapp getakteten Auslandsreisen bestehen, kaum noch nachkommen könnte. Noch schlimmer wäre es, einen solch gestandenen Mann für ein Amt zu nominieren, das ihm gewiss zustünde – und dann würde er vielleicht nicht gewählt.

Das ist übrigens ganz allgemein so im politischen Prozedere, dass man sich sehr viel vornimmt und dann eingestehen muss, wie wenig davon wirklich mehrheitsfähig ist. Mit herzlichem Gruß aus dem Bundestagsbüro von Andi Nair – Wegman Frost«

Gegen zehn stellte der Kollege im Zimmer nebenan, das heute als Vorzimmer diente, einen Anruf durch. Es war Flo. Er erkundigte sich nach Wegmans Zustand und lachte herzlich über dessen Selbstportrait am Schreibtisch. »Wenn das kein preußischer Diensteifer ist!«, rief er. Er könne, wenn Wegman wolle, seinen Mittagstermin canceln. »Zusammen zu Mittag essen?«, fragte Wegman, noch ein wenig ungläubig. »Doch ja«, antwortete Flo mit dem Tonfall dessen, der weiß, was seine Gunst wert ist. »Du bist doch im Paul-Löbe-Haus, nicht wahr? Wir fahren um zehn vor eins am Haupteingang vor. Das Auto kennst du ja.«

Das Restaurant hiess Paris-Moskau und war einst ein Outpost gewesen, eine kuriose, kleinstädtisch anmutende Villa hinter einer Bahnüberführung, umstellt von Speditionsbetrieben, in der Ferne nur noch die orange beleuchteten Sternstraßen und die Dunkelheit des Tiergartens. Wegman hatte es oft im Vorbeifahren gesehen und auch manchmal mit dem Fahrrad angehalten und die Speisekarte bestaunt, gehobene Küche, aber nicht unerschwinglich. Er hatte sich Anlässe ausgedacht, die man dort begehen könnte, eine Hochzeit, ein Examen, die Taufe eines Kindes, aber die Anlässe waren ausgeblieben, und Wegman war nie da drinnen gewesen. Jetzt lag das Restaurant, äußerlich kaum verändert, am Rand des Regierungsviertels. Vor dem Innenministerium wirkte es wie eine Datscha, die man vergessen hatte aufs Land zu verfrachten. Der Fahrer, der Wegman am Morgen zu Fall gebracht hatte – er gab das ohne weiteres zu und war sehr besorgt um den humpelnden Büroleiter –, holte ihn allein ab und war, wie sich herausstellte, der Sohn eines Änderungsschneiders »aus Jugoslawien« in Bückeburg. Er war zu jung, als dass Wegman ihn hätte kennen können, aber an die Änderungsschneiderei in einer Gasse der Innenstadt, gar nicht weit von der Apotheke des Onkels, konnte er sich noch erinnern. Die Fahrt vom Bundestag zum Restaurant war zu kurz, um zu erfragen, wie er Janssen getroffen hatte und sein Fahrer geworden war.

Zu Wegmans großer Erleichterung saß Flo an einem Tisch allein und winkte ihn sogleich zu sich, gewiss auch, um die Bodyguards, die in Nischen warteten, daran zu hindern, noch einmal einzuschreiten. Es war nicht einmal halb voll, und es wurde dezent festliche Musik gespielt. Sogleich passten die beiden sich mit gedämpften Stimmen an. Flo, ahnend, dass sein Kinderfreund hier neu war, gab eine Empfehlung, die Wegman annahm, allein um die Bedienung loszuwerden.

Was ihn am meisten interessiert hätte, war, wie Florian Janssen sich fühlte, nachdem er die Führung seiner liberalen Partei übernommen hatte, mit der Absicht, sie als regierende aus ihrer Krise zu erlösen. War es ihm bereits klar, dass ihm das nicht gelingen würde? Aber natürlich konnte er ihn das nicht fragen oder nicht jetzt. Flo begann das Gespräch mit der Szene vom Morgen:

»Ich glaube, wir haben uns benommen wie durchgeknallte Oligarchen. Hast du dich röntgen lassen, Wegman?«

»Nein, das war nicht nötig. Ich hoffe nur, dass ich in drei Tagen wiederhergestellt bin. Denn die Seen frieren, und ich wollte endlich mal wieder Schlittschuhlaufen gehen.«

»Schlittschuhlaufen!«, japste Flo, als hätte Wegman »Kissenschlachten« gesagt. »Das letzte Mal war ich vor vielleicht drei Jahren mit den Kindern auf einer Eisbahn. Und davor … ich glaube, mit dir.«

»Das letzte Mal auf der Schlossgraft ...« – Wegman lehnte sich zurück und schloss die Augen (der Schmerz im Kopf war immer noch da) – »Das war ein Winter oder zwei vor dem Abitur, und das Eis war nur für einen einzigen Tag sicher.«

»Aber wir waren drauf. Es war ziemlich glatt. Ich meine, es hatte nicht geschneit.«

»Nein. Der Himmel war blau, und die Sonne schien. Wir konnten uns natürlich nicht mehr ganz so sicher auf dem Eis bewegen wie mit zwölf – kannten wir uns schon mit zwölf?«

»Aber klar«, sagte Flo.

»Ja, natürlich! Die Unterstufensprecherwahl.«

»Genau.«

»Um sieben Stimmen! Fast gewonnen!«

»Und nicht zu vergessen, im Jahr drauf aber wirklich gewonnen. Nur warst du da schon in der Mittelstufe. Aber, weißt du noch, als wir zum ersten Mal auf dem Eis waren, bist du gestürzt.«

»Das stimmt. Dennoch waren wir gute Eisläufer, oder nicht?«

»Ich dachte, richtig gut ist nur, wer nicht stürzt.«

Wegman überlegte für einen Moment, ob er damit die Sprache auf den Bundespräsidenten bringen sollte. Ob es sogar ein Hinweis war. Aber noch kauten sie am Brot mit Fenchelbutter oder was auch immer das war. Hoffentlich kein Knoblauch. Ellie konnte es nicht leiden.

»Deshalb schaue ich mir nie Kunsteislauf an. Ich habe immer solche Angst, dass sie fallen«, versuchte Wegman.

»Eiskunstlauf – bei mir ist es umgekehrt«, entgegnete Flo. »Ich schaue das sehr gern. Sie dürfen nicht fallen, das stimmt, aber den Grad des Risikos bestimmen sie selbst.«

Hallo, hallo, hier spricht die FDP, dachte Wegman, aber ließ sich nichts anmerken.

Der Hauptgang war gekommen, nicht eben üppig und auf

großen Tellern, also diese Nouvelle Cuisine, auch wenn sie nicht mehr wirklich neu war. Wie Jungen empfanden sie gleichzeitig das Glück, dass gutes Essen kam, einfach so. Man musste nicht nur nicht helfen, man durfte es nicht einmal.

»Wenn er stürzt …«, begann Wegman und wartete Flos Blick ab. Der grinste, und man sah seine nicht ganz regelmäßigen, etwas zu langen Zähne.

»Der Beh-Peh?«, fragte er.

Wegman wusste nicht genau, ob man auch in einem Ministerium das Kürzel benutzte oder ob es Flos Diskretion geschuldet war. Auf keinen Fall sollte irgendjemand mithören, worum es jetzt ging.

»Ja, der Beh-Peh«, sagte er, um anzudeuten, dass er den Code verstand.

Eine Weile aßen sie stumm. Meine Güte, die konnten aber wirklich kochen hier! Am liebsten hätte er über etwas anderes geredet, warum heißt das Restaurant eigentlich Paris-Moskau, ob so ein hoher Minister das aus dem Effeff beantworten könnte?

»Wie du weißt, bin ich nur ein wissenschaftlicher Mitarbeiter im Bundestag.«

»Ein Büroleiter, doch«, versuchte Flo das abzufangen.

»Der Titel wird auf Visitenkarten benutzt. In Wirklichkeit sind wir einfach nur wissenschaftliche Mitarbeiter, per Arbeitsvertrag.«

»Das wusste ich nicht.«

Fast schon war der Faden verloren. Jetzt noch einmal, aber wie? Es war so leicht als Angestellter, sich in Routinen zu bewegen; aber hier saßen zwei alte Freunde, nachdem ein Verkehrsunfall sie zusammengebracht hatte.

»Dennoch … ich werde von Abgeordneten gefragt« – an dieser Stelle entschloss sich Wegman, dreist zu lügen –, »ob ich, weil ich ja auch Verbindungen nach Hannover habe, es für möglich halte, dass die Aufhebung der Immunität beantragt werden könnte.«

»Wenn du das wüsstest, dann wüsstest du mehr als alle.«

»Zum Glück weiß ich es nicht. Aber so viel habe ich gelernt, dass Staatsanwaltschaften nicht unabhängig sind.«

»Aber natürlich sind sie das nicht; im Gegensatz zu Richtern.«

»Nein, das sowieso. Ich meinte einen anderen Aspekt, den der Presse. Man könnte ja denken, darum sollten sich Staatsanwaltschaften nicht kümmern – was so geschrieben wird. Aber umgekehrt gibt es eben auch den Druck der öffentlichen Meinung. Wenn die Unrechtsvermutung zu stark wird, wenn die Leute anfangen zu glauben, dass jemand mit einer strafbaren Handlung wegkommt, dann müssen sie das klären.«

»Du meinst«, und Flo unterdrückte ein Gackern, »dass sich die Staatsanwaltschaft über die Hotel- und Gaststättenrechnungen … du bist übrigens eingeladen.«

Das Lachen tat den beiden gut.

»… hermacht, um zwei Jahre später Freispruch zu beantragen?«

»Das wäre die denkbar krasseste Wendung der Sache. Daran habe ich noch gar nicht gedacht. Und trotzdem, wenn die Aufhebung der Immunität verlangt wird …«

»Ist Zapfenstreich.«

»Zappenduster, oder?«

»Nein«, antwortete Flo mit dem Stolz von jemandem, der sich in Sachen Bundeswehr auskennt. »Zur Verabschiedung eines Beh-Peh spielt das Orchester.«

»Und was spielen die so?«

»Den *Zapfenstreich* auf jeden Fall. Und dann vielleicht noch die *Ode an die Freude*.«

Wegman schätzte das restliche Fleischstück auf Florians Teller und wurde sich darüber klar, dass das Wichtige innerhalb von fünf Minuten besprochen sein musste. Schließlich hatte er keinen offiziellen Auftrag für das, was er mit dem Minister einfädeln wollte. Er konnte schlecht einen Termin mit ihm ausmachen. Dies war die Gelegenheit, auch wenn der Kopf schmerzte. Oder weil.

»Jedenfalls ist in unserem Büro, und auch in angrenzenden Büros, die Frage aufgekommen, was die Regierung unternimmt, wenn der Beh-Peh … stürzt.«

»Dann bleibt ihr doch nicht viel mehr übrig, als einen neuen Kandidaten zu benennen.«

Plötzlich flackerte die irre Idee durch Wegmans Kopf, dass Flo in diesem Amt seine eigene Rettung sehen könnte. Aber nein, so weltfremd konnte sein Freund nicht sein.

»Die Frage wäre, ob es, wie bei der Wahl des jetzigen Beh-Peh, eine Kampfkandidatur sein wird. Ob die Kanzlerin einen weiteren ihrer Konkurrenten ins Bellevue-Elysium befördert.«

»Das kann ich mir kaum vorstellen«, sagte Flo, plötzlich sehr sachlich. Er fixierte Wegman.

Dann sprachen sie dasselbe Wort, »also«, Wegman, um weiterzusprechen, Flo als Frage. Sie grinsten. Die Teller waren leer.

»Vielleicht wäre es für den unwahrscheinlichen Fall – der aber morgen eintreten kann – besser, man hätte quasi einen Konsenskandidaten im Gepäck. Einen, mit dem auch die Opposition gut leben kann.«

»Die Kommunisten?«, stichelte der Minister.

»Nein, von den Linken spreche ich jetzt nicht. Aber ich mache mir Sorgen. Und zwar um das Amt. Es gibt schon dieses Murren, dass es vielleicht überflüssig wäre.«

»Das habe ich auch vernommen.« Es gab eine Pause. »Also wen?«, fragte der Minister, der quasi zwinkernd eine Nachspeise für beide geordert hatte.

Wegman sah sich flüchtig im Restaurant um, ob jemand ihr Gespräch belauschte.

»Vielleicht wäre dieses Mal der Pastor am besten. Letztes Mal war er nicht gewollt. Aber das heißt ja nicht, dass er nicht noch einmal antritt.«

»Interessante Idee«, sagte Flo, ganz still und konzentriert. »Aber wer bringt die Sozialdemokratie für einen solchen Vorschlag auf Linie?«

»Auf Linie – wäre vielleicht zu viel versprochen. Aber sagen wir: eine große Mehrheit frohen Herzens dabei. Da wäre ich mir sicher. Vergiss nicht, er ist beim letzten Mal der rot-grüne Kandidat gewesen.« Einen Moment zögerte Wegman, ob er nun sagen sollte, man bräuchte die Delegiertenstimmen der Liberalen. Er ließ es.

Flo sah ihn durch seine randlose Brille an und nickte. Er hörte gar nicht mehr auf zu nicken.

Dann hob er lässig die Linke, was die Bedienung sofort verstand. Er wollte zahlen.

»ALSO«, SAGTE DAS Kind, während es sorgsam eine zweite Lage Salami auf sein geröstetes Graubrot brachte, »was ist die Antwort?«

Wegman hatte zwei Tage liegend verbracht, mit Übelkeitsanfällen, und war gerade wieder aufgestanden. Er hatte Ellie gefragt, ob er etwas von ihrer Coca-Cola haben könnte, die Marion für sie in Sechserpacks von drittel Litern kaufte. Als wäre er verschwunden gewesen in der Unterwelt und könnte nur durch eines gerettet werden, den Zaubertrank. Den er bekam und gleich runterkippte, unter den ungläubigen Blicken Ellies, die genau das nicht durfte.

»Was ist denn die Frage?«, sprang Marion ein. Diese wunderbare mütterliche Routine.

Ellie schoss in Positur, als wäre sie plötzlich fünf Zentimeter gewachsen, pumpte sich auf, versuchte sich an einem gestrengen Blick und lieferte dieses:

»Die Frage ist, ob dieser Oberbundeskanzler sich von Freunden zum Eis einladen darf.«

»Zum Eis einladen lassen darf«, korrigierte Marion fast unhörbar.

»Ob er das darf, und ob er seine Freunde im Mitte Meer besuchen kann.«

Mitte Meer hieß ein italienischer Supermarkt, den Ellie vom Einkaufen kannte. Tatsächlich kam die Salami von dort, die sie gerade kaute. Sie mampfte jetzt ziemlich genüsslich, so als wollte sie sagen, dass es von ihrer Seite her mit dem Sprechen für diesen Abend getan wäre.

Wegman konnte sich nur schwach erinnern.

»Gibt es in der Causa Wulff etwas Entscheidendes in den Nachrichten?«, fragte er Marion.

»Nicht Causa«, rief Ellie, während sie Angekautes aus ihrem Mund verlor. »Die heißt Bettina.«

Marion hatte jetzt das Man-spricht-nicht-mit-vollem-Mund-Gesicht aufgesetzt, aber sie sagte nichts.

»Okay.« Wegman fixierte das Kind. Er dachte, das ist jetzt typisch Ethikkommission. Man weiß es letztlich selber nicht, aber die Erwartung ist groß. Die ganze Nation hört mit.

»Der Bundespräsident ist der erste Mann im Staat. Er regiert nicht, aber er repräsentiert den Staat. Repräsentieren heißt …«

»Das weiß ich«, kam es aus Ellie raus, von deren Salamibrot ein Happen übrig war, der exakt den Abdruck ihrer Schneidezähne trug.

»Er wird in andere Länder eingeladen, von Königen und Scheichen und Präsidenten …«, erklärte Wegman.

»Und Königinnen.«

»Und von Königinnen auch. Er reist nicht allein, er kommt

mit dem Flugzeug, da sind fünfzehn oder zwanzig Leute dabei. Auch von der Presse und vom Fernsehen.«

»Dann sieht es ja jeder.«

»Was sieht jeder?«

»Wenn er zum Eis eingeladen wird.«

»Das stimmt. Übrigens, er wird, wenn er angekommen ist, normalerweise zu einem Essen eingeladen, wo gut gekocht wird. Darauf sind die Gastgeber sehr stolz. Das darf er nicht ablehnen, und er kann auch nicht am Ende sagen, er wolle dafür bezahlen.«

»Dann sind die stinksauer«, sagte Ellie.

»Eben. Er bekommt auch Geschenke.«

»Was für Geschenke?«

»Das habe ich vergessen, was es genau ist. Worauf man in dem Land besonders stolz ist, eine seltene Vase oder ein Buch oder einen Säbel.«

»Was ist denn ein Säbel?«

»Ein feines Schwert, ungefähr wie Fechter es haben.«

»Und das behält er.«

»Ja, das wird dann im Schloss Bellevue irgendwo eingelagert. Er würde es nicht, sagen wir, an seine Schwester verschenken oder auf eBay verkaufen. Einmal hat ein Präsident in China einen Pandabären geschenkt bekommen. Oder es war der Kanzler. Vielleicht auch zwei. Die hat er dem Berliner Zoo gegeben.«

»Das ist unlogisch«, sagte Ellie, inzwischen ein wenig geschrumpft. Wegman dachte, zum Glück, einen Moralkrieg gibt es jetzt nicht.

»Warum ist das unlogisch?«

»Weil er sie dann ja schenkt.«

»Weiterverschenkt, ja, das stimmt, aber das war von den Chinesen schon so gemeint: Pandas für euren Zoo. Nicht für zuhaus.«

»Ach so.«

»Theoretisch kann man alles kritisieren. Aber wenn jemand in der Zeitung schreiben würde: Der Bundespräsident hat in Thailand einen Säbel geschenkt bekommen, der unter Sammlern zweitausend Euro wert ist – es wäre lächerlich.«

»Was wäre lächerlich?«

»Das zu schreiben.«

»Woher weiß man, was lächerlich ist und was nicht lächerlich ist?«

»Nun, genau darum geht es. Die Zeiten ändern sich, und alle wollen im Moment eine saubere Politik. Aber nicht die Vasen und die Säbel sind es, die Leute aufregen, weil jeder weiß, dass man diplomatische Geschenke annehmen muss.«

Ellie witterte in die Runde, ob ihre Frage zerredet werden sollte. Dann steckte sie sich mit großer Lust den letzten Happen in den Mund und drehte die Cola-Flasche um, in ihr Glas, aber sie gab nur einen Tropfen her.

»Es geht um das Verhalten von Christian Wulff in Deutschland. Er wird dazu sehr genau befragt. Es handelt sich wirklich um Kleinigkeiten. Und viele Menschen finden das total übertrieben. Dennoch geht es um die Antwort. Wenn du ein hoher Politiker bist, und du wirst gefragt: Lassen Sie sich eigentlich von Freunden zum Essen einladen?, dann wäre es gut, wenn du sagst: Ja, klar. Nicht so gut ist, wenn du so etwas sagst wie: Daran kann ich mich gar nicht erinnern. Dann denken die Leute, da stimmt etwas nicht.«

»Das kann auch gar nicht sein«, sagte Ellie. »Wenn man eingeladen wird, das merkt man sich doch.«

»Deshalb kann ich dir deine Frage mit dem Eis nicht hundertprozentig beantworten. Natürlich hat auch ein Bundespräsident Familie und Freunde, und warum sollten sie ihn nicht zum Eis einladen? Aber wie steht es mit der Übernachtung in einem teuren Hotel? Oder ein Urlaub auf einer schönen Finca auf Mallorca, so nennt man dort die Bauernhäuser, und Mallorca ist eine Insel im Mittelmeer.«

»Vielleicht hat er einfach nicht so viel Geld.« Ellie warf ihre Stirn in Falten.

»Er verdient als Bundespräsident genug. Aber dennoch kann es sein, dass seine Freunde richtig reich sind. Man könnte ja denken, in Ordnung, dann ist es doch besser, wenn sie ihn einladen. Bei jedem normalen Menschen wäre das so. Aber er hat das höchste Amt im Staat, und es darf nicht die Situation eintreten, wo er jemand anderem dankbar sein muss.«

»Vielleicht ist er ja gar nicht dankbar.«

»Das kann auch sein. Aber er gibt Empfänge im Schloss Bellevue – große Feste –, und wer ist immer dabei? Genau diese Freunde. Dann denken die anderen, vielleicht haben die auf ihn Einfluss. So kommen Fragen auf.«

»Dann wäre es doch besser, er würde sich überhaupt nie zum Eis einladen. Lassen.«

»Das wäre wirklich besser.« So ganz überzeugt wirkte Wegman nicht, aber er hatte den Kopf in seine Hände gelegt und sah plötzlich sehr müde aus.

»Für mich wäre das nichts«, verkündete Ellie in die Stille hinein.

»Was wäre für dich nichts, mein Liebling?«, fragte Marion.

»Dieser Job. Alle gucken immer da hin, und am Ende hat man keine Freunde mehr.«

Und während nun doch noch die Seen einfroren, lag Wegman auf seinem Bett und starrte an die Decke. Wenn er die Augen schloss, hatte er das Gefühl, er würde die Erddrehung spüren. Gelegentlich rief er innerlich den Kalender auf und war sich nicht mehr sicher, ob drei Tage vergangen waren oder drei Wochen. Er schickte Ellie los, einen Terminkalender auf Papier zu kaufen. Sie brachte ihm einen Rido Septant vom Ramsch. Marion machte ihm ein X auf jeden begonnenen Tag. Langsam wuchs in ihm das Gefühl, wo er war, und Wegman machte sich klar, dass der Bundestag zwei sitzungsfreie Wochen hatte plus drei Wochenenden, das sollte doch reichen, die Folgen eines Fahrradsturzes auszukurieren. Manchmal kam Ellie rein, mit roten Wangen und einer südamerikanischen Kappe mit Troddeln an den Seiten. Im Handy stapelten sich Nachrichten, die er weder las noch abhörte. Einmal wachte er auf und dachte, es wäre 2009, die SPD an der Regierung, hatte nicht soeben der Innenausschuss getagt, unter dem Vorsitz Andi Nairs? Er sah genau die Kollegen vor sich, die den runden Sitzungssaal verließen, und die Frauen, wie sie leere Kaffeetassen auf einen Rollwagen luden. Wegman aß fast gar nichts mehr, und als er an einem Donnerstag zum Abendbrottisch schlich, war er gebückt und bleich. Aber er sah wieder klar, und die Stimmen der anderen verursachten keine Kopfschmerzen mehr.

Jemand hatte den Fernseher angemacht. Der Nachrichtensprecher klang eigenartig hohl, als würde er synchronisiert. Auch hatte Wegman das Gefühl, als könnte der jüngere Mann, dessen Kopf wie ein großer Taler in der Mattscheibe saß, das Feixen nur mühsam unterdrücken. Er verlas die Meldung, die Staatsanwaltschaft Hannover habe beim Bundestag die Aufhebung der Immunität des Bundespräsidenten Christian Wulff beantragt.

»Oh Scheiße, jetzt wird der auch noch krank«, fiel Ellie dazu ein, aber da war Wegman schon auf dem Rückweg ins Schlafzimmer, wo er die nächste halbe Stunde telefonierte.

Andi Nair musste sich sehr beherrschen, als Wegman sich meldete, der mehr als zweiundsiebzig Stunden lang weder Nachrichten noch Mails beantwortet hatte, und, wie sich jetzt herausstellte, seine noch nicht einmal gelesen hatte. Der Bundespräsident – vage schien Wegman, er hätte davon schon einmal gehört, aber seine Erinnerung war immer noch irgendwie neblig – sollte nämlich in der kommenden Woche die Angehörigen von Opfern der Naziterroristen empfangen.

»Vielleicht ist er dann noch im Amt«, sagte Wegman.

»Das glaubst du ja wohl nicht im Ernst!«, rief Nair.

»Wenn nicht, ist bis dahin auf keinen Fall ein Nachfolger gewählt«, versuchte Wegman das zu retten.

»Sag mal, hat dir der Dienstwagen von Florian Janssen das Hirn weggebrettert?«

»Lieber verblödet als kriminell«, antwortete Wegman leise.

»Auch wieder richtig«, lenkte Nair ein, mit einem väterlichen Unterton. »Könntest du morgen im Büro sein?«

»Ist morgen nicht Samstag?«

»Nein, Wegman, morgen ist Freitag.«

»Okay, mh, um zehn?«

»Um zehn.«

Der Abgeordnete hatte aufgelegt.

WÄHREND DIE STRASSENBAHN hügelab ratterte in Richtung Mitte, dachte Wegman an die Zeiten zurück, als er mit Bibi Burose das Büro geteilt hatte. Sie war schneller im Kopf gewesen als Andi Nair und als er selbst, geradezu erschreckend gut informiert und eine glänzende Rhetorikerin dazu. Wie sie Nairs Papiere umschrieb, flüssiger machte und ihnen die propagandistische Schärfe nahm – und kommentarlos an ihn zurückmailte, kein Cc an Wegman, sondern das Gleiche Sekunden später noch einmal an ihn direkt. So dass Nair am Anfang gar nicht verstand, dass sie ein Team waren. Ein Dreamteam nämlich. Und als sie ihre Berufung nach Bielefeld bekam, war Wegman sprachlos. Er schmiss das Büro zwei Monate mit einer Hospitantin aus Emden, und dann holte Nair sich einen Dr. Meier-Stein. Der war dreiunddreißig Jahre alt und hatte sich mit Lehraufträgen am Otto-Suhr-Institut über Wasser gehalten. Wegman konnte sich genau erinnern, wie der Jüngere ganz beiläufig das Wort

»Kommunitarismus« ausgesprochen hatte, und Wegman ahnte nur so eben, wovon die Rede war.

Alexi Meier-Stein war größer und ohne Zweifel stärker als Wegman, mit einem unlesbaren ovalen Gesicht und schwarzen Kräuselhaaren, die Ohren etwas klein geraten, dafür aber Riesenpranken an zu langen Armen. Der neue Kollege war vor einigen Jahren im November angestellt worden, in einer laufenden Legislaturperiode. Nach der Sommerpause hatte er sich die Krause bleichen lassen und trug einen silbernen Ring im linken Ohr. Nair hatte damals die Zimmertür zu Wegman hin geschlossen und mit Meier-Stein versucht, ein Gespräch unter vier Augen zu führen, das dieser konterkarierte, indem er absichtlich laut sprach. Seine ultimative Antwort war, dass heute keiner mehr seine Homosexualität verstecken müsse, und nicht nur nicht müsse, auch nicht solle. Im Herbst war ein kleines Tattoo am Hals dazugekommen, das sichtbar wurde, wenn der wissenschaftliche Mitarbeiter nur ein T-Shirt anhatte, was vorkam.

Als er am siebzehnten Februar 2012 um fünf vor zehn ins Büro kam, war Andi schon da und Alexi auch. In Nairs Zimmer lief der Fernseher stumm. Ein Bericht über die Krise der Präsidentschaft. Das gelblich verklinkerte Haus wurde gezeigt, in einem Kameraschwenk bei gespenstischem Winterlicht mit einem Superweitwinkel. Wegman musste an die Fassadenhäuser denken, die in militärischen Sperrgebieten zu Übungszwecken errichtet werden.

Andi Nair war in abgeklärter Stimmung, lauernd. Wegman wollte ihn zum Sprechen bringen und fragte, ob er sich das Scheitern Wulffs erklären könne. Aber Andi gab mit einer Geste der rechten Hand Alexi das Wort:

»Ich war nur zwei Jahre in Hannover, aber da habe ich diesen Mann aus der Nähe gesehen. Tatsächlich ist er unnahbar, ein Politiker der Pose, der sich im Getümmel an die kleine Oma hält, zu der er sich herunterbeugt, mit der er unbedingt fotografiert werden möchte. Im Apparat herrscht steile Hierarchie, er hat nur auf Olaf Glaeseker gehört, den Typ mit den Medienantennen. Viel mehr als ein Sprecher, ein Einflüsterer. Die zweite Ehe war, glaube ich, nicht das Problem, nur für ihn selbst als Katholiken, weil seine Kirche das eben nicht anerkennt. Die Tusse ist natürlich beschränkt, aber das hat noch keiner geschadet, die so aussieht. Im Bundespräsidialamt war ich auch, und zwar davor, noch zu Zeiten Horst Köhlers, lange vor dessen Rücktritt. Ich war nur ein kleines Tier im großen Stab der Redenschreiber. Dieser Apparat ist noch hierarchischer aufgestellt, sagen wir, als ein Ministerium oder das Kanzleramt; sowieso, von sich aus, weil man mit dem ersten Mann im Staate nicht diskutieren kann. Es gibt einfach keinen Verfahrensweg, um zu sagen: Sie irren! In jedem anderen Apparat ist Kritik mittelbar, aber da ist es anders. Sofern sie ernst gemeint ist und auf Änderung dringt, richtet sich Kritik direkt an den Präsidenten oder eigentlich gegen ihn. Das muss man sich vorstellen wie einen königlichen Hof, nur ohne Galgen.«

Andi grinste, und Wegman lachte herzlich.

»Aber wenn er selbst so hierarchisch drauf war, dann war das Bundespräsidialamt doch eigentlich ideal für ihn?«, fragte Wegman, obwohl er die Antwort des Politologen durchaus erahnte. Er hatte in der Vergangenheitsform gesprochen, und Alexi nahm das auf.

»War es auch, und das erste Jahr ist gar nicht so schlecht gelaufen. Der Präsident wird ja gern dafür kritisiert – in den Medien –, sein Thema nicht gefunden zu haben, was auch bei Wulff wieder zu hören war, aber tatsächlich hat er nur drei Monate gebraucht, da haben wir von ihm gehört: Der Islam gehört inzwischen auch zu Deutschland.«

Plötzlich saß Andi in seinem Chefsessel aufrecht und klemmte die Rückenlehne über einen Hebel fest, der sich unter der Sitzfläche befand.

»Und das mehr als ein Jahr bevor das Thüringer Nazipack aufgeflogen ist.«

»Ja, das wäre die Kontextualisierung gewesen. Die Friedlichkeit des Islam plausibel zu machen, ist unter dem Druck der Verhältnisse gar nicht so leicht, aber wenn die Deutschen wieder Nazis sind, Nazis *und* Terroristen, dann wäre eine Ehrenrettung des Islam quasi eher human als politisch, eher eine konfessionelle Angelegenheit als eine staatspolitische Vorgabe – gewesen.«

»War die Islam-Äußerung in Osnabrück …« – Alexi unterbrach Wegman: »In Bremen …« »Okay, danke, in Bremen, denn überhaupt mit dem Apparat abgesprochen, oder hat er das wie das berühmte Zettelchen aus der Anzugtasche gezogen?«

»Nein«, antwortete Alexi gewiss. »Das war Teil einer offiziellen Rede. Was aber nicht bekannt war und auch jetzt noch nicht wirklich bekannt ist: dass Wulff seine Überlegung zu dieser Äußerung vorab mit Kai Diekmann geteilt hat.«

»Was?«, rief Andi Nair.

»Der mit dem kleinen Penis?«, warf Wegman scherzhaft ein.

»Wieso kleiner Penis?«, fragte Nair irritiert.

»Das bezieht sich auf eine Satire in der taz, gegen die Diekmann geklagt hat«, ergänzte Alexi.

»Ach ja?«

»Und woher weißt du das?«, fragte Nair.

»Das mit dem kleinen Penis?«

»Blödsinn«, rief Nair, »dass der Boss der Bild davon wusste!«

Einen Moment war Stille. Keiner wagte noch einmal den Peniswitz.

»Weil Wulff seine Querelen mit der Bild-Zeitung – der Urlaub auf Sylt und dieser ganze Quark – irgendwann mit seinen Beratern thematisiert hat.«

»Und Meier-Stein war dabei«, wandte Nair süffisant ein.

»Indirekt schon. Ich kenne da eben Leute.«

»Hätten wir das nicht mal früher wissen können?«

»Wieso, brauchtest du Beratung bei einem Hauskredit?«

Jetzt musste auch Nair lachen. Er griff nach der Fernbedienung und schaltete den Fernseher laut. In einem weißen Saal erschienen der Bundespräsident im dunklen Anzug, schmal, angespannt, und hinter ihm diese blonde Frau, die in einigem Abstand zum Rednerpult Aufstellung nahm. Die Einstellung, die das Geschehen im Weiteren wiedergab, war fixiert und zeigte ihn links und sie rechts, im immer wieder grell aufflackernden Licht, obwohl man keine Geräusche fotografischer Kameras hörte, so dass man das in Spasmen rasende Weiß durchaus für eine Bildstörung hätte halten können, eine elektrische Entladung unkontrollierbarer Energien. Während er sich selbst als Präsidenten der Integration schilderte, lächelte sie, ein Lächeln, das überging in Geistesabwesenheit, als er auf den Vertrauensschwund zu sprechen kam. Es erlosch, als er sagte: »Ich trete deshalb heute vom Amt des Bundespräsidenten zurück, um den Weg zügig für die Nachfolge freizumachen.« Er erwähnte sie in der kurzen Rede zweimal, aber ohne ihren Namen, als seine Frau. Ihr Gesicht hatte nun den Ausdruck freundlichen Desinteresses angenommen, in dem sich weder die Rhetorik noch die Tragik des Augenblicks in irgendeiner Weise wiederfand. Sie sah nicht zu ihm hin, noch nicht einmal, als er von ihr sprach, so dass jemand, der von den Verhältnissen nichts wusste, hätte denken müssen, dass es sich um die Protokollchefin handelte. Aber nein, noch nicht einmal das, denn Offizielle haben für jede Situation ein Gesicht. Sie wirkte im persönlichen Teil der Rede wie eine Hostess, die die Landessprache nicht versteht, eine am Vortag eingestellte Dänin vielleicht. Das Paar berührte sich nicht, auch nicht, als es schon auf dem Rückweg war.

Keiner hatte auch nur einen Ton von sich gegeben, nicht Andi, nicht Wegman, nicht Alexi. Der Fernseher war jetzt ausgeschaltet.

»Das ist eben Niedersachsen«, höhnte Alexi.

»Nämlich was?«, fragte Wegman.

Andi Nair machte eine Bewegung mit dem rechten Arm, als wolle er einen üblen Geruch vertreiben.

»Sie kommen nicht raus aus ihrem Klein-Klein. Sieh mal, wo sind wir denn historisch? In einer Staatskrise«, fuhr Alexi fort, und Nair nickte heftig. »Wir haben seit Jahren einen Terrorismus gegen Migranten, der soeben aufgeflogen ist, und die Angehörigen verlangen vom Staat eine angemessene Geste mindestens.«

»Mindestens«, wiederholte Nair.

Alexi: »Nächste Woche gibt es eine Art Feier. Eine Art Gedenkfeier für die Angehörigen der Opfer.«

Wegman: »Die jetzt die Kanzlerin übernimmt, wie der scheidende Beh-Peh doch soeben im Fernsehen angekündigt hat.«

Nair: »Weil sie muss.«

Alexi: »Im Gegensatz zu Hannover kann sie das Wichtige vom Unwichtigen unterscheiden. Es ist ja nicht so, dass die Staatsanwaltschaft von dem Termin nichts wissen konnte. Sie hätte ja auch *danach* die Aufhebung der Immunität beantragen können. Aber die Klärung, ob jemand seinen Imbiss selbst bezahlt hat, ist dringlicher, auch wenn diese Petitessen zu durchstöbern sowieso Monate dauern wird, wenn nicht Jahre.«

»Wir werden uns rächen«, sagte Nair unvermittelt. Er sah zum großen Fenster hinaus. Wegman und Alexi suchten Augenkontakt.

»War's das für heute?«, fragte Wegman. »Ich bin nämlich nicht so ganz auf dem Damm.«

Den Rückweg ging er zu Fuß. Er empfand einen gewissen Stolz in seinem Herzen zu wissen, wer der Nachfolger des niedersächsischen Bundespräsidenten sein würde. Ein nordostdeutscher Pastor. Den die Kanzlerin nicht hatte haben wollen. Vielleicht war ihre Zeit irgendwann auch einmal vorbei.

Nur noch fünf Wochen bis zum letzten Schultag. Wegman, achtzehn Jahre alt, packte einen der schweren Stapel Flugblätter, die in seiner Kammer abgestellt waren: ganz ordentlich auf weißem, glänzendem Papier gedruckt, mit dem roten Schriftzug »Wir Sozialdemokraten in Niedersachsen«. Er war ein ständiger Wahlkämpfer im Einsatz, denn sie wohnten schließlich in der Fußgängerzone. Er hielt sich, aus Gewohnheit, in den ersten Tagen an die Schüler, von denen aber die meisten noch nicht wählen durften, und wagte dann Gespräche mit jungen Erwachsenen, Angestellte mit Sorgen, von denen er zuvor noch nie gehört hatte, Sozialabgaben, Rentenversicherung, Pendlerpauschale, Kosten für den Kindergarten. Viele waren optimistisch, dass Gerd Schröder, wie sie ihn nannten, die Vorherrschaft der Christdemokraten würde beenden können; die Älteren winkten ab – das sei vielleicht wünschenswert, aber ganz unwahrscheinlich. Am zweiten Sonntag im Mai erschien Wegman Frost mit seiner Wahlbenachrichtigung und dem Personalausweis um Viertel nach acht am Morgen – »erste Stunde« –, und er war unglaublich stolz, sich in die Wahlkabine zurückziehen zu dürfen, um seine Kreuze – Erststimme und Zweitstimme – bei der SPD zu machen. Es war seine erste Wahl überhaupt. Als zehn Stunden später die ersten Prognosen da waren, umarmte er voller Rührung seinen Ziehvater Eike, das war schon seit vielen Jahren nicht mehr vorgekommen, und es schien ihm, dass er genau in diesem Moment erwachsen wurde. Dann gingen sie mit Bella und Lisa gemeinsam raus und feierten. Zunächst waren da nur die Genossen aus der Nachbarschaft. Gegen neunzehn Uhr sah es schon aus wie ein Volksfest. Um Mitternacht besah sich Wegman in seinem abgeschlossenen Zimmer nackt im Spiegel, band seine Haare hinter dem Kopf wie ein Mädchen und fand sich sehr schön. Er beschloss, in die Politik zu gehen.

Wer nun dieser Schröder war, hatte bis dahin keine allzu große Rolle gespielt, »ein Mann aus kleinen Verhältnissen«, gewiss, ein studierter Jurist, ein Linker, aber nicht vom linken Rand. Im Juli, er war bereits als Ministerpräsident des Landes Niedersachsen vereidigt, mit den Stimmen auch der Grünen gewählt, erschien ein Bericht in einer Hannoveraner Zeitung, in der von seiner Kindheit die Rede war als Sohn eines Wehrmachtssoldaten, den der Junge nie gesehen hatte, von den Halbschwestern, der Holzhütte am Rande des Fußballplatzes und seiner Mutter, die für fremde Leute putzend das Geld für die Familie verdient hatte. Es gab von diesem Artikel Fotokopien, und Wegman besaß von diesen eine. Erst beim dritten Lesen und mit Hilfe des Schulatlasses wurde ihm klar, dass diese Kindheit zwar im Lippischen spielte, aber doch jenseits der Landesgrenze. Was, dieser Schröder war ein Westfale? War das nicht eine Art von Betrug?

Fünf junge Leute auf Fahrrädern, vier Jungen und ein Mädchen. Sie haben Bückeburg südlich verlassen, sind unter der Autobahn A2 hinweg und haben sich hochgestrampelt in einen dunkelgrünen Landschaftsriegel, der allerlei Kleinindustrien birgt, die mit Eisen zu tun haben. Es gibt Ansiedlungen, die übergehen in Fabriken, und Siedlungen, die an Straßen aufgereiht sind, als habe man vom Prinzip des Dorfes nichts gewusst. Das Lippische hat hier nichts Fürstliches mehr, nichts Dekoratives, und was sind das für Ortsnamen: Stemmen, Rott, Silixen und Almena. Aber sie befinden sich, wie der Apotheker in Bösingfeld sagt, auf sozialdemokratischem Terrain. Das Land hat stolze Handwerker hervorgebracht, Freigeister, beginnend mit den Zieglern im neunzehnten Jahrhundert, die die Saison auswärts verbrachten und mit viel Geld zurückkamen. Noch ist er gebunden durch seine Apotheke, die er aber verpachten wird. Dass man ihn bald für den Bundestag aufstellen werde, hält er durchaus für wahrscheinlich.

Die Verbindung hat Eike hergestellt, von Apotheke zu Apotheke, von Sozialdemokrat zu Sozialdemokrat. Die jungen Leute sitzen im Wohnzimmer und freuen sich über den Empfang.

Dass Gerd Schröder in Talle Fußball gespielt hat, ist hier bekannt. Wenn sie weiterführen ins Westfälische und Übernachtung bräuchten, gebe es da einen Bauernhof, wo sie gewiss bleiben könnten. Soll er gleich mal anrufen?

Dann schickt er sie auf die Hohe Asch, eine windige Erhebung mit weiter Aussicht. Sie schauen auf ihre Landschaft zurück und wundern sich, warum sie noch nie in dieser Gegend waren. So als hätte die Öffnung der deutschen Grenze auch die Porta Westfalica aufgeschlossen.

Den Zeitungsartikel haben sie dabei, aber als sie am frühen Abend eintreffen, zeigt sich, dass er als Baedeker für Talle nicht taugt. Sie gucken sich im Dorf ein Haus aus, die Tür geht auf, und sie werden freudig begrüßt: Ja, dies sei das Geburtshaus von Gerhard Schröder. Der Wirt vom Alten Krug lacht, als sie für eine Limonade bei ihm einkehren: Der ist doch gar nicht in Talle geboren! Er schickt sie weiter zum Fußballplatz, wo Zehnjährige trainieren – sie haben den Namen des Wahlgewinners in Niedersachsen noch nie gehört. Es gibt den Ortskern, eine Siedlung, eine andere Siedlung, einen anderen Gasthof, und dann stehen sie auf einer grünen Wiese in Waldesnähe, die ein lokaler Bolzplatz der Nachkriegszeit gewesen sein muss. Noch stehen die Tore, wenn auch ohne Netze. Am Spielfeldrand, angrenzend an die hintere Ecke, soll die Hütte gestanden haben, die Holzhütte der Schröders nach dem Krieg. Sie kriechen auf dem Boden herum, schaben mit Steinen, und tatsächlich kann man die Reste eines Fundaments ausmachen, die den Grundriss ahnen lassen. Sie rufen: »Hurra, hurra, hurra!«

Während sich die Kohorte auf Fahrrädern über das Land schiebt, wiederholen sie, was sie gelesen haben: dass Gerhard Schröder ein Torjäger war, den sie »Acker« nannten. »Warum Acker?«, fragt Gesa. »Weil er sich durchgewühlt hat!«, ruft Jens-Uwe. »Geackert!«, legt Dieter nach. »Nix mit Taktik«, erklärt Hüseyin, »nicht Pass und Doppelpass und Fallrückzieher, sondern immer wieder mitten durch die Mitte!« Die anderen lachen über »mitten durch die Mitte«. Gesa sagt, sie habe das jetzt verstanden. Aber habe er nun auf der Wiese da unten gespielt oder auf dem echten Vereinsfeld oben? »Beides«, vermutet Dieter. »Und als er seine Lehre gemacht hat, haben sie ihn schon bezahlt, damit er sonntags spielt«, trägt Hüseyin nach. »Nee, nee«, brummelt Jens-Uwe, »nicht bezahlt, aber er hat das Fahrgeld bekommen und reichlich zu essen.« Gesa tut so, als habe sie den Artikel nicht gelesen, weil die Jungen darüber so gern sprechen. Was sie selbst in Talle in Erfahrung gebracht haben, ist eher dünn geblieben: Hat er denn kein Abitur gemacht? Doch, später! – Sonst hätte er ja nicht in Göttingen studieren können. – Zweiter Bildungsweg, eine Neuerung der sozialliberalen Bundesregierung! – Stimmt nicht, das war nämlich schon Anfang der sechziger Jahre. – Was denn? – Sein Abitur, natürlich!

Die Gruppe bewegt sich hügelan, die Fahrräder hin- und herschwankend, weil sie in den Pedalen stehen. Sie geben sich etwas mehr Platz, über ihre Lenker gebeugt, und bemerken viel zu spät das Weiße oben auf der Kuppe, das sich sogleich materialisiert als alter BMW 2002, der, auf ihrer Spur auf sie zurasend, den Rollerfahrer, den er überholt, abdrängt, hupt und dann zwischen Roller und Fahrradfahrern hindurchschießt, auf beiden Seiten nur Zentimeter; und weg ist er. Die Fahrradgruppe ist zum Stehen gekommen, Gesas und Jens-Uwes Fahrräder ineinander verkeilt, ohne dass sie gestürzt sind, Gesa kreidebleich. Der Rollerfahrer ist ein Malergeselle in Latzhose, der man seinen Beruf ansieht. Er hat angehalten und beruhigt die Jüngeren: »So knapp war das gar nicht. Ihr müsst echt aufpassen, die Leute fahren hier wie die Irren!« Für den Rest der Strecke tuckeln sie hintereinander her, und es gibt keine Gerhard-Schröder-Anekdoten mehr. Auf einer Anhöhe über Lemgo finden sie den Bauernhof, den der Apotheker aus Bösingfeld ihnen beschrieben hat.

Johannes hat das schmiedeeiserne Tor schon geöffnet. Er begrüßt die müden Radfahrer und merkt sich ihre Namen sofort. Ihr könnt mich John nennen, sagt er, aber die Großeltern mütterlicherseits, die den Hof betreiben – »noch« – sprechen über ihn als »unser Johannes«. Er schreibt gerade an seiner Diplomarbeit: »Ein tüchtiger Junge«, wie der Großvater sagt. John ist siebenundzwanzig, rund im Gesicht und neigt zum Grinsen. Wahrscheinlich isst er jeden Tag zwei Kartoffeln zu viel. Er fühlt sich gut dabei. Seine prächtige Laune hat vielleicht zu tun mit dem Kölschen Einschlag in seiner Sprache. Er zeigt ihnen den Heuboden, wo sie schlafen können, und sie rollen schon mal die Schlafsäcke aus, bevor es dunkel wird. Gesa wird ganz außen liegen, neben Dieter. Der gilt als der Vernünftigste.

Sie sitzen in der Stube, werden auf zünftige Weise versorgt und hören sich an, was die Bauern zu sagen haben. Sie sind nicht in der Politik, aber haben – wenn überhaupt – immer christdemokratisch gewählt. Gläubige Christen sind sie nicht, und doch in der lutherischen Kirche. John grinst. Und das verstehen sie nicht, wie ein katholischer Junge, der es viel weiter gebracht hat als sie selbst, ein Sozi hat werden können. Sich sogar auf einen Leitungsposten hat wählen lassen.

Stille für einen Moment. Dann sagt Hüseyin das, worauf alle gewartet haben: »Wir sind doch alle Sozialdemokraten.«

Es stimmt also nicht, denkt Wegman, dass alle Katholiken rechts sind und alle Protestanten links. Plötzlich vermisst er Flo. Der sich den Liberalen angeschlossen hat – aber doch nicht, weil er Katholik ist? Warum ist er eigentlich Katholik? Er sagt, das käme vom Kindergarten her. Aber ist es nicht auch so, dass ihn katholische Schwestern einst gerettet haben? Und sind nicht die Liberalen eher gegen die Kirche, gegen die Kirchen überhaupt? Wo sind eigentlich die Katholiken in der SPD, das wird er diesen John fragen, aber nicht jetzt, vielleicht am Morgen, wenn die Bauern nicht dabei sind. Das denkt Wegman, dieser schmale Junge mit den gleichmäßigen Zügen und dem schwarzglänzenden Haar, zum Pferdeschwanz gebunden. Er sitzt auf der einstmals weiß gestrichenen Holzbank, an einen kalten Kachelofen gelehnt. Die Bäuerin betrachtet ihn, ohne dass er es merkt. Etwas ganz tief in ihr drinnen sagt ihr, dass dieser Junge keine Mutter hat.

Am Morgen, sie sind früh wach, hat Wegman die Frage nach den Katholiken vergessen. Sie wird ihm erst auf der langen Tagesreise nach Bückeburg wieder einfallen. Jetzt sind sie unterwegs zu einem Teich, der von einem Wäldchen umkränzt ist. Es gibt dort eine Badestelle, und gegen neun Uhr morgens sind sie hier unter sich. John Voigt zieht sich als Erster aus, um zu zeigen, wie es geht – einfach so tun, als wäre man gar nicht nackt. Die anderen sind natürlich, wie soll man sagen, solidarisch. John ist schon im Wasser, Jens-Uwe, bis halb zum Po drin, zögert, es ist nicht gerade warm. Hinter ihm, bis zu den Knien im Wasser und als Dreiviertelfigur gespiegelt, Gesa. Hüseyin muss sich ein bisschen beeilen, ins Wasser zu kommen.

»Der ist das nicht gewohnt«, flüstert Dieter in Richtung Wegman, während die beiden nebeneinander im flachen Wasser stehen, das Oval des westfälischen Teichs betrachtend. Wegman ist überwältigt von der Schönheit der Szenerie, der natürlichen oder der menschlichen. Er läuft los, und bevor er sich ins Wasser stürzt, formt er seine Hände zu einem Trichter und ruft: »Gerhard Schröder!« Es gibt sogar ein Echo, wer hätte das gedacht.

Andi Nair, vor kurzem noch gefangen in den öden Routinen der Opposition, hatte seine Lethargie abgelegt. Und Wegman musste man nicht erklären, worum es ging. Die Ämter und Behörden hatten mindestens dreißig Jahre lang die Gefahr von rechts heruntergespielt, und nun war die Stunde gekommen, die ganz großen Fische der Politik, der Geheimdienste und der Verwaltung vor einen Ausschuss des Bundestags zu laden. Das hieß, dass sie kommen mussten. Wegmans beiläufige Gratulation zum Vorsitz hatte Andi Nair stumm zurückgewiesen.

Dieser Untersuchungsausschuss war, wie jeder zuvor und danach, ein Tribunal, ein Blick hinter die Kulissen, ein Guckfensterchen auf peinliche Dinge. Für gewöhnlich betrieb die Opposition die Einsetzung, während die Regierung versuchte, diese zu verhindern. Wenn Starfighter in Serie vom Himmel fielen, durfte man doch mal fragen, was für ihre teure Akquise die Gründe gewesen waren. In diesem Fall jedoch hatte keine Fraktion die Rolle des Abwieglers spielen wollen, was entweder daran lag, dass das Versagen, um das es ging, nicht bestritten werden konnte, oder an der heimlichen Hoffnung, es möge den politischen Gegner schwer und die eigenen Leute weniger schwer treffen. Gewiss sah keiner voraus, dass nicht einmal der Chef des Bundeskriminalamts die Befragung überstehen würde.

Das hatte zu tun mit Andi Nair, mit seinem wie geschnitzten Kopf, seiner körperlichen Ruhe, seiner Unerschütterlichkeit, seiner Schärfe im Moment größter Verletzbarkeit der Zeugen. Die als solche geladen waren, obwohl etliche von ihnen durchaus wie Angeklagte betrachtet wurden und sich so auch benahmen. Während der Erfolg eines Untersuchungsausschusses immer darin bestanden hatte, Licht in die Sache zu bringen, war es in diesem Fall andersherum. Je mehr man hineinschaute, desto dunkler wurde es.

Andreas Nair war in den ersten Jahren seines Bundestagsmandats Hinterbänkler gewesen, klug, nicht zu früh nach vorn zu drängen, und hatte sich dann als Funktionär in Ausschüssen bewährt, dem Spiegel der Ministerien im Parlament. Er war früh dabei gewesen, hatte schon als Student in Hannover im Landtag gejobbt, bald in das Büro des regionalen Abgeordneten in

Bonn gewechselt und, als dieser aufgab, sich mit achtundzwanzig Jahren selbst für den Bundestag aufstellen lassen, mit Gespür für die Gunst der Stunde. Ein Überflieger, und Gerhard Schröder würde das Tor öffnen, an dem er zuvor gerüttelt hatte. Nair saß auf einem solide sozialdemokratischen Wahlkreis, belesen, studiert, kundig in den Verfahrensfragen der Politik, allein durch sein Alter der Sendbote einer neuen Ära, ohne die Last vergangener Kompromisse und kein Nutznießer irgendwelcher Gefälligkeiten. Er hatte sich im Bundestag gründlich umgesehen; nun, mit Anfang vierzig, sollte seine Zeit wohl kommen. Wenn ihm die Leitung des Ausschusses glücken würde, könnte er in einer neuen Regierung Staatssekretär werden oder sogar mehr. So vertraut war er mit Wegman Frost, dass er ihn das wissen ließ. Aber was geschähe mit ihm, Wegman, wenn Nair sein Mandat niederlegen würde?

Beide ahnten, der Abgeordnete und sein Büroleiter, dass ihnen jetzt etwas aufgetragen worden war, das sich schwer ummünzen ließ in Tagespolitik, vielleicht sogar gegen diese herausgehoben werden musste, *inszeniert*, wie Alexi Meier-Stein es ausdrückte. Denn auch wenn man beweisen konnte, dass Deutschland voller Nazis steckte, vielleicht bis in die Geheimdienste hinein, blieb dennoch völlig offen, ob die Demokratie daraus etwas würde lernen können.

Und lernen woraus? Kaum konnte man sich den Verlauf der kommenden Befragungen ausmalen, sie nicht einmal skizzieren. Woher sollte man denn wissen, was gefragt und was geantwortet, welche Akten geliefert werden würden und welche nicht? Nairs Dienst an der Republik, seit der Ausschuss das erste Mal getagt hatte, war das Überbringen einer schlechten Nachricht, dann mehr davon, und je mehr die Nachrichten wurden, desto schlechter würden sie klingen in den Ohren demokratisch gefestigter Wähler.

»Was das Kriminalistische angeht, beginne ich, es zu begreifen«, versuchte sich Wegman. Es war ein Abend im März, Alexi und Wegman im Büro allein, keine Sitzungswoche im Bundestag, Nair auf einem Besuch im Wahlkreis, wo er seine Wohnung behalten hatte.

»Nämlich?«

»Es hat mit dem Abtauchen zu tun. Natürlich ist der polizeiliche Fehler am Anfang unverzeihlich: Da horten junge Leute in einer thüringischen Garage Rohrbomben, und als man ihnen auf die Spur kommt, und einen haben sie schon, Böhnhardt, fährt der einfach davon. Danach werden sie gesucht, aber niemand wird für immer gesucht.«

»Du meinst, das Interesse lässt nach?«

»Nein, sie werden offiziell von der Fahndungsliste gestrichen, sobald die ihnen zur Last gelegten Taten verjährt sind. Bis dahin hatten sie ja niemanden getötet.«

»Ich denke eher doch. Sie sind abgetaucht, und schon ging das Morden los.«

»Stimmt! Ich muss es anders beschreiben: Die Polizei suchte sie für die im Vergleich geringe Tat so lange, wie sie musste oder durfte; da sie verschwunden waren, gab man auf.«

Alexi machte auf seinem Schreibtischstuhl eine Drehung um dreihundertsechzig Grad. »Oder so: Terrorismus ohne Bekenner – echte oder falsche – war bis dahin unbekannt.«

»Ja, es hat sich ein Spalt aufgetan. Eine Art Blendung der Fahnder, die die Täter aus den Augen verloren hatten und die Mordtaten kategorial nicht fassen konnten.«

»Mir fällt nur auf, dass sich ostdeutsche Nazis als Ziele westdeutsche Städte ausgesucht haben.«

»Aus taktischen Gründen?«

»Das glaube ich kaum. Mit einer derartigen Lähmung und Konfusion im Polizeiapparat können die unmöglich gerechnet haben.«

»Warum dann?« Wegman wusste, dass Alexi zum Überbau

neigte, zu den ganz großen Erklärungen. Ob der einfach mehr draufhatte als er selbst?

»Vielleicht wollten sie der Bundesrepublik Deutschland etwas beweisen. Sie waren schließlich Kinder der DDR. Und die Propaganda dieses Staates hat immer impliziert, dass die BRD auf einem faschistischen Fundament gebaut worden wäre.«

»Aber die Uwes waren doch selbst Faschisten, astreine Nazis sogar.«

»Stell es dir vor als pervertierte historische Matrix: Der Osten erbt vom Westen nicht die Demokratie, sondern den Faschismus.«

»Du meinst das Verbotene, das immer stärker ist?«, fragte Wegman.

Und Alexi drehte sich noch einmal um seine Achse, aber andersherum. »Statt dass der Geist aus der Flasche weicht, zieht er um in die andere. Es ist wie eine Karikatur.«

DIE SITZUNGEN FANDEN donnerstags statt. Wegman und Alexi saßen hinten. Sie schrieben mit, sie wechselten sich ab. Der Ausschuss tagte in Hufeisenform mit Andi Nair in der Mitte, dessen Rücken zum hohen Fenster. Die geladenen Zeugen wurden an der offenen Seite des Runds platziert. Die beste Aussicht bot sich von der Tribüne; vor dem Fenster zogen Ausflugsschiffe auf der Spree vorbei. Touristen winkten, aber es winkte nie jemand zurück.

Die Zeugen teilten sich in solche, die Reue zeigten, und die anderen. Das Bekunden von Reue klang manchmal wie aufgesagt, dann wiederum kam sie offensichtlich von Herzen. Aber auch die Reuigen wussten vor allem, dass sie nichts gewusst hatten. Entweder hatten sie geglaubt, was ihre Untergebenen ihnen zugetragen hatten, oder sie waren den blinden Direktiven ihrer Vorgesetzten gefolgt. Im Laufe des Jahres bildeten die Landtage einiger Bundesländer ebenfalls Ausschüsse, so dass die gepeinigten Chefs der Sicherheitsbehörden von einer Befragung zur nächsten reisen mussten.

Wegman dachte oft an die Abwesenden, an Kriminalpolizisten in Köln und Nürnberg, die Jahre ihres Lebens verschwendet hatten mit dem Verfolgen der falschen Spur. Sie hatten die Angehörigen der Opfer befragt, belauscht, waren in ihre Wohnungen eingebrochen, wirklich davon überzeugt, in einem kriminellen Milieu zu ermitteln. Sie saßen fest in Hierarchien. Sie wurden bedrängt und gemaßregelt. Und wie einfach es gewesen wäre, den eigenen Irrtum einzusehen, denn alle Erschießungen waren mit derselben Waffe ausgeführt worden. Genau das sprach gegen das Milieu, dessen Killer ihre gebrauchten Waffen einfach im nächsten Fluss versenken.

Er stellte sich vor, er wäre beim Verfassungsschutz und dürfte gegenüber Ellie mit keinem Wort erwähnen, was er überhaupt täte. Auch Marion würde ihn nie etwas fragen. So wäre er eingeschlossen mit Kollegen, die sämtlich berufliche Geheimniskrämer waren, nicht Polizisten und nicht Soldaten, sondern Eckensteher und Aktenkritzler, die aus höchst unzuverlässigen Quellen verlässliche Informationen zu destillieren hofften. Die spitzelnden Neonazis nahmen das Bargeld vom Staat gern, ihre Führungsoffiziere mit Lappalien fütternd. Die Hinterstubentreffen, die Konzerte, die Flugblätter und die Tätowierungen hatten die Schlapphüte gebannt und abgelenkt. Wegman empfand dabei eine gewisse Traurigkeit.

Wäre er an Andi Nairs Stelle gewesen, er hätte es andersherum gemacht. Er hätte jene, die alles abstritten, mit einfühlsamen Überlegungen zu ihrem Alltag umgarnt, und denen, die auf der Schwelle waren, etwas herauszurücken, tief ins Gewissen geredet. Andi beantwortete Schärfe mit Schärfe und musste sich schließlich von einem Zeugen vorwerfen lassen, er habe das

Neutralitätsgebot verletzt. Tatsächlich strahlte er aus, er habe es generell mit Versagern und Lügnern zu tun, und je mehr Zeugen aufgerufen wurden, desto klarer spiegelten sich Nairs Zorn und Ungeduld in den Berichten der Zeitungen. Aussagen, denen er keinen Glauben schenkte, kommentierte er mit »Na ja«.

Wegman begann, von Zeugen zu träumen, Tage und Wochen bevor sie vorgeladen waren. Sein Traum gab ihnen ein Gesicht, einen Habitus, eine Stimme, und er hörte Andi Nair zischeln:

»Ach, das ist Ihnen entgangen?«

Dem Befragten schoss die Röte in den Kopf.

»Was wissen Sie schon davon, was in einer Behörde dringlich ist und was nicht!«

Er träumte vom Glitzern der Spree an der Decke des Sitzungssaals, von einem Zeugen, der stumm mit seinem Schlips das Erhängen andeutete, von einem Gerangel in der Sitzungspause, von einem umgestürzten Tisch, dessen Aktenlast auf dem Boden landete, sich verwandelte in grünlichen Schleim und im Parkett versickerte.

Der Ausschuss war jetzt immer mit ihm, hinter ihm, in ihm. »Du bist auf einem Trip, nich'?«, fragte ihn Ellie. Am Freitag wurden die Sitzungsprotokolle geordnet, kommentiert und im Computer gespeichert für kommende Generationen. Das dauerte den ganzen Tag. Wegman stellte das Telefon um auf Alexi und schloss beide Türen, die zum Flur und die zu Alexis Zimmer. Er war jetzt allein mit den Stimmen, den halben Sätzen, den Atempausen, dem Raunen. Er würde nicht übertreiben. Nichts verfälschen. Er würde ein Protokoll abliefern, das nichts durchblicken ließ von moralischer Empörung. Sein Auge wäre das eines Wesens, das nie den Blick abwendet und niemals zwinkert. Dies war die Aufgabe seines Lebens. Jemand hatte ihn an die richtige Stelle gesetzt.

Versuch Blauer See. Hätte man vorausschauen können, wäre es ganz leicht zu erklären gewesen: Gerhard Schröder, als Fußballer in Talle »Acker« genannt, würde das politische Feld umpflügen. Er würde die Herrschaft des Bahlsen-Kekses in Hannover beenden und etwas Neues beginnen, was aber auch das Alte war. Der hatte genau hingeschaut: In seinem ersten Göttinger Semester war Willy Brandt bereits Vizekanzler in einer Koalition mit den Christdemokraten, wartend, dass der Wind sich drehte, und er drehte sich. Kaum stellte die SPD den Kanzler, hatten die Wähler ihre Bedenken verloren. Sie konnten sich gar nicht mehr erinnern daran, wann und warum sie gedacht hatten, die Sozialdemokraten würden die Bundesrepublik Deutschland in eine Krise führen.

Nun war dieser Schröder gewiss kein Brandt, was ohnehin unmöglich war, denn Willy hatte Rätsel in sich aufbewahrt, seine Aussprache, seinen Namen, seinen besonnenen Blick auf das große Ganze. Einer, den man auch in ferner Zukunft nie verwechseln würde, so wie Churchill oder Nehru, Bild und Name wie die zwei Seiten einer Münze. Aber ein Haudegen war Schröder, schnell im Kopf, intuitiv, ironisch. Wenn er abtauchte, dann taktisch, wenn er wieder da war, dann als Teil der Lösung; fordernd, lauernd und nie auf Linie. Für die CDU war vielleicht der Sonntag der schönste Tag, da passte der Anzug am besten, da wurde der Scheitel noch einmal nachgezogen, und alle schönen Sätze hatten am Ende einen Punkt. Für die SPD würde der Montag der Tag sein, das wäre der Anfang, und der Dienstag für die großen Fragen, der Mittwoch für die Bündnisse, der Donnerstag für das Einheizen der Fraktion, der Freitag für die Entscheidung und der Samstag für das Echo in der Presse. Die Bild-Zeitung würde Schröder hofieren, und er würde jovial mit deren Redakteuren verkehren: Sprach das jetzt gegen ihn? Oder war er schlichtweg, wie kein anderer, ein Mann des Volkes?

Er gewann die Wahl, verhandelte mit den Grünen, bildete ein Kabinett und ließ sich am 21. Juni 1990 in Hannover zum Ministerpräsidenten wählen. Ein halbes Jahrzehnt darauf war Hannover eine Riesenbaustelle, und ein weiteres halbes Jahrzehnt später würde auf dem Messegelände in Laatzen die Expo 2000 eröffnet werden. Die Oberfläche des Maschsees glitzerte mehr als zuvor, so wie der Lack des Golf II (oder war es schon der dritte), und im Krökelkeller wurde jetzt Prosecco ausgeschenkt. Das war neu. Die Scorpions gingen auf Tournee, sangen *Wind of Change* in Kuala Lumpur und kamen wieder nach Hannover zurück. Ihr Sänger gab im Radio zu Protokoll, dass er Weihnachten bei seiner Mutter verbringen würde. Man musste nur genau darauf achten, dass der Boss der Hell's Angels mit dem Chef der Regierung nicht auf einem Foto zu sehen war.

In der Zwischenzeit war Wegman erwachsen geworden.

Und die Hauptstadt war umgezogen, sechshundert Kilometer in Richtung Osten. Es hatte nicht alles so schnell in die Kisten gepasst, der rheinische Frohsinn, das Grundgesetz, die Transparenz, der Kanzlerbungalow, die Geliebte des Kanzlers, sechshundert blaue Sessel, die Geheimnisse, die Intrigen und die Lobby für die Lobbyisten. Hinter der belgischen Grenze musste ein Magnet sein, der die Regierung hielt, dann Teile davon, dann einige umständliche Ämter, und auf der anderen Seite, von Polen her, war kein Zug zu spüren. Dennoch, das Parlament am Rhein, ge- und verstärkt durch wackere Sozialisten aus dem deutschen Osten, hatte entschieden, dass Bonn wieder werden sollte, was es zuvor gewesen war, eine lauschige Stadt in der Nähe von Köln, plus Beethoven natürlich. Die Bundeskunsthalle und das Haus der Geschichte würden bleiben, und Bonn würde dann selbst ein Kapitel in diesem Museum sein. Die Lastwagen wurden also beladen und ihre Anhänger ebenfalls, die großen Türen geschlossen, verriegelt und verplombt.

Auf der Hälfte der Strecke verspürten die Fahrer Hunger,

und sie hielten am Blauen See für eine Frikadelle oder zwei. Der Umzugswagen stand brav diagonal zwischen anderen Lastern, unbeobachtet. Während sie im Rasthaus saßen, wehte der Wind von Westen, schlug um, kam als kaltes Gebläse aus dem Osten zurück, gönnte sich eine Pause. Bald aber spürte man eine Brise von Süden her, aus Hannover, und sie brachte Insekten mit, die auf dem Rastplatz am Blauen See nach einem günstigen Hort suchten. Es waren die Zecken der Beharrlichkeit, die Maikäfer des Aufbruchs, die Mistkäfer der Rüpelhaftigkeit und die Larven der Lust auf Macht. Sie bissen und sie saugten sich fest an der Unterseite des LKWs aus Bonn und auf der Unterseite des Anhängers auch, und wenn der nächste Umzugswagen haltmachte, geschah das Ganze von vorn. All das fand sich später wieder in Berlin und fiel dort auf fruchtbaren Boden. Ob Hannover jemals am Rhein hätte wiedererrichtet werden können, als Idee und Stil, ist fraglich. Aber in Berlin wurde noch Geschichte gemacht. Bald sollte alles hannöversch werden, von den höchsten Ämtern an abwärts. Wegman Frost war dabei letztlich nur Zaungast, aber er war dabei.

Im Frühjahr war Wegman seltener zuhaus, falls Marions Wohnung mit der Kupferbadewanne überhaupt sein Zuhause war. Einmal passte ihn Ellie ab, in einem von oben bis unten geringelten Frotteeschlafanzug mit grellroten Bündchen. Sie hatte Wegman als Quelle entdeckt, auch wenn das Wort »Politik« noch nicht zu ihrem Wortschatz gehörte. Der neue Bundespräsident war erst wenige Tage im Amt. Sie hatte sich ein Video vom Abschied des alten mehrere Male angeschaut.

»Hast du das kleine Auto gesehen, mit dem die weggefahren sind?«

»Wer jetzt bitte nochmal?«

»Der Wulff und die Bettina.«

»Ach so, die.«

Sie sah Wegman zu, wie er den Kühlschrank auf fertig Essbares absuchte. Sie rückte vor, um sein Gesicht von der Seite zu sehen.

»Das kleine Auto«, wiederholte er, nachdem er etwas gefunden hatte.

»Das habe ich gekauft«, flüsterte sie.

»Hast du? Was hast du gekauft?«

»Das Brot.« Von dem er sich soeben eine Scheibe abgeschnitten hatte.

»Sehr gut.« Er setzte sich auf den dreibeinigen Schemel, ein Ding aus hellem Holz, und umarmte sie heftig. Sie duldete es einige Sekunden und entzog sich dann entschieden. Was war er müde vom Bundestag. Wo mochte Marion sein?

»Das sah nämlich überhaupt nicht so aus, als wenn die Geschenke bekommen hätten.«

Ihm war gar nicht aufgefallen, dass Ellie im Deutschen keine Fehler mehr machte. Ja, mehr als das, eine eigene Diktion entwickelte, Melodie und Rhythmus.

»Du weißt ja nicht, was sie im Kofferraum hatten«, alberte Wegman. Es tat ihm sofort leid. Ellie war immer noch ganz im Bann der Wulffs.

»Was denn?«, fragte sie entsetzt.

»Das war nur ein Scherz, Ellie. Wahrscheinlich hatten sie darin zwei Koffer und ein bisschen Kinderspielzeug.«

»Aber in dem Auto waren keine Kinder!«

»Vielleicht waren die nur nicht zu sehen. Oder schon in Hannover.«

»Glaubst du, dass die im Kofferraum Geschenke hatten?«

»Ja, ein paar Kleinigkeiten aus dem KaDeWe für die Großeltern.«

Ellie hatte sich im Schneidersitz auf den löchrigen, aber auf Glanz lackierten Dielen niedergelassen.

»Aber warum mussten sie dann ausziehen aus dem Bellevue?« Offenbar hatte das Video vom Abschied der Wulffs eine Tonspur gehabt, denn sie sprach den Namen des Amtssitzes richtig aus.

»Weißt du, wie man das schreibt?«

»Was schreibt?«

»Bellevue.«

»Das ist mir egal. Übrigens …«

»Ja?« Wegman ließ sich vom Hocker herunter auf den Boden gleiten und nahm seine Brote dabei mit.

»Stimmt das, dass du jetzt in dieser Gruppe bist?«

»In welcher Gruppe?«

»In einer Kommission?«

Wegman sah sie an, als wenn er überhaupt nicht verstünde.

»Ein Gericht.«

»Der Ausschuss?«

»Wieso Ausschuss?«

»Der Untersuchungsausschuss!«

»Ja der! Und Andi Nair ist der Richter, nicht?«

Wegman fürchtete Ellies Furor. Er versuchte sie abzulenken, fragte nach dem Tanz, nach der besten Freundin, aber sie versank in Schweigen.

»Er ist der Vorsitzende, Ellie.«

»Bist du auch dabei?«

»Wenn ich Dienst habe, ja. Aber ich bin nicht Teil vom Ausschuss. Ich darf keine Fragen stellen.«

»Aber wieso denn Ausschuss?«

»Der heißt so.«

»Ich dachte, das ist, wenn man etwas wegwirft.«

Wegman verschluckte sich an seinem Brot. Ellies Stirn sah aus wie ein getrocknetes Flussbett.

»Der heißt so. Es ist eine Arbeitsgruppe.«

»Leander sagt …«

»Wer ist Leander?«

»Aus der Sechsten. Der sagt, Andi Nair ist ein ganz scharfer Richter, und der kriegt auch raus, wer all diese armen Leute erschossen hat.«

»Arme Leute erschossen?«

»Du willst eben auch nichts davon wissen!«

Wegman versuchte sie sanft zu korrigieren. Aber wie sollte er ihr beibringen, was wirklich los war? Ellie, wenn er das richtig verstand, war skandalisiert von einem Bettler, der jeden Tag in der Nähe ihrer Schule auf der Straße saß. Und sie hielt Bundespräsident Wulff die Treue. In ihren Augen gab es da lauter Ungerechtigkeit, und die Erwachsenen, die sie kannte, hatten sich verbündet, um diese zu verdecken. Wie sollte er ihr denn erklären, dass die Opfer nicht arm waren, sondern – sondern was? Dass man die Mörder hatte morden lassen. Dass der ganze Staatsapparat kopfstand? Wie konnte er ihr jemals berichten, worum es ging, ohne dass sich ihr Unbehagen in Unmut verwandeln würde? Wenn das nicht schon geschehen war. Sie saßen sich eine ganze Weile schweigend gegenüber, bis sie hörten, wie die Haustür aufgeschlossen wurde. Da war Ellie in Sekunden weg, Lichter aus.

»Nanu!«, rief Marion, die Wegman auf dem Küchenboden sitzen sah, ein leeres, krümeliges Brettchen neben sich. Die Hände wurden mit Spülmittel gewaschen und mit Papier getrocknet. Das machte sie so seit New York. Sie strich ihm über sein glattes, tiefschwarzes Haar, das sich ganz oben, wo man sich selbst nicht sieht, minimal zu lichten begann. Sie griff aus der Kühlschranktür eine Flasche Aperol, brach Eiswürfel aus ihrer Form und reichte Wegman ein Glas. Plötzlich fiel ihm ein, dass sie mit ihrem Chef und dem Berliner Investorenteam zu Abend gegessen hatte.

»Bist du befördert worden?«

»Nein, aber es gibt eine gute Nachricht. Wir haben uns eine

ziemlich schöne Scheibe der Karl-Marx-Allee gekauft, und es werden, zu unseren Bedingungen natürlich, in den nächsten drei Monaten einige Wohnungen frei. Parkett, Einbauküche, viel Licht. Alles, was man so braucht.«

»Müssen wir umziehen?«

»Wegman! Hast du vergessen, wie wir uns kennengelernt haben?«

»Wohnungen für sozialdemokratische Abgeordnete!«

»Sagen wir: für Abgeordnete. Wenn du so etwas vermitteln kannst. Ohne dass es Stunk gibt. Denn Investoren wollen nichts über sich in der Presse lesen, falls du mich verstehst. Chinchin!«

»Auf Capital Real!«, rief Wegman.

»Pscht, nicht Ellie wecken«, raunte sie.

Traum vom Zeugen. In Wegmans Träumen gab es keinen Ozean zwischen der Alten und der Neuen Welt. Da waren flinke Indiojungen und prächtige Cowboys, es gab junge Frauen in weißen Leinenkleidern und Ladies mit überlangen Wimpern und Turmfrisuren. Rapsfelder und Baumwollfelder, verklinkerte Mietskasernen und ärmliche Holzhäuser mit großen Balkons an staubigen Straßen. Er war überall ein Fremder und nirgends zuhaus.

Etwas aber war aus den Fugen geraten. Der Sheriff stand auf dem Dorfplatz, eine Waffe im Halfter rechts und eine links, aber statt der gebügelten Diensthose trug er nur einen Slip. So eine Art Tanga. Sein Auto, das er quer geparkt hatte, um seinen dringenden Einsatz anzuzeigen, war ein verbeulter Pick-up-Truck, der Spiegel auf der Fahrerseite hing herunter. Er und seine Leute hatten ihre Augen auf eine große Scheune ohne Fenster gerichtet, die steil von hinten beschienen war, so dass sie dalag wie ein schwarzer Würfel. In der Tat, jetzt strengte Wegman seine Augen an und machte die Punkte an der Fassade aus, drei in der Diagonalen, und er musste sich nur vom Sheriff wegbewegen, was ihm ohnehin lieb war, um zu erkennen, dass die nächste Seite des Gebäudes, neunzig Grad um die Ecke, die vier Augen darstellte. In dem Moment kippte die Scheunenkiste auf ihre Vorderseite. Wegman sah noch so eben die Sechs, als die Fassade aufsprang, nach oben, ein Vordach bildend. Wegman schaute sich nach dem Sheriff um, ob es ihn erwischt hatte. Er war noch da, aber hatte sich verwandelt in einen deutschen Polizisten. Der trug nur eine Waffe am Halfter und hatte untenherum gar nichts mehr an.

Wegman war nie der Akteur seiner Träume, hatte weder einen Beruf noch eine Aufgabe, er stand einfach nur herum, und auch dieses Mal setzte er sich erst in Bewegung, als die anderen es taten, es waren doch etliche Leute auf dem Platz, der ganze Ausschuss, dachte er. Als sie unter dem Vordach eintraten, konnten sie ins Innere der Scheune sehen, ein Büro oder eher eine Bühne, die ein Büro darstellte. Der Sturz des Würfels oder der Umstand, dass es eben noch in der Vertikalen hatte organisiert sein müssen, spielten dabei keine Rolle. Es war alles an seinem Platz, die Metalltische und die Schreibtischstühle mit ihren gusseisernen Füßen. Paravents vollgesteckt mit Notizen. Ein auf Hochglanz polierter Oldtimer, ein Rover, war an der Außenwand geparkt. In einer Ecke des Saals, der nur vom Dorfplatz her Licht bekam und deshalb unnatürlich leuchtete, saßen die Sekretärinnen an einem Billardtisch halbnackt und spielten Karten. Sie wurden nicht wahrgenommen von den Männern an ihren Schreibtischen, die alle Schnurrbärte trugen. Manche von ihnen hatten auf ihren Schreibtischen schwere Tonbandgeräte stehen, deren Spulen sich drehten, während sie telefonierten. In der Mitte des Raums, im Zentrum einer grafischen Ordnung, die sich Wegman nicht erschließen wollte, war ein runder Tisch in Chrom aufgebaut, aus dem ein stählerner Stab ragte, eine Plattform, auf der ein Cowboy, auch dieser schnauzbärtig, sich an einer Stange drehend wie eine Stripteasetänzerin bewegte. Er war aber Cowboy nur im Habitus, denn er sah eher aus wie eine Figur aus dem Kaiserreich, mit Pickelhaube. Die ersten Mitglieder des Ausschusses waren inzwischen vorgedrungen bis an die Rückwand der Scheune, die Sekretärinnen hatten aufgehört, Karten zu spielen, und die Tonbänder liefen nicht mehr. Der Polizist hatte sich eine schwarzglänzende Trainingshose besorgt und war mit den Leuten vom Ausschuss nachgerückt. Er hielt einen Notizblock in der Linken und einen Stift in der Rechten. Er protokollierte, was der Cowboy mit der Pickelhaube von sich gab. Dessen schnarrende Stimme war, obwohl er kein sichtbares Mikrophon trug, verstärkt. Wegman hörte diesen Mann sagen, er bedaure, ein ganzes Amt voller Schwachköpfe zu beschäftigen. Die meisten habe er versucht loszuwerden, aber die Dümmsten blieben. Dennoch habe er die Koordination im Griff, was seiner umfassenden beruflichen Erfahrung geschuldet sei. Die Berufung in sein Amt hätte er in einer langen Nacht im Spielkasino gewonnen. Jemand habe ihm das Schreiben, in einem gelben Umschlag, ins Jackett gesteckt. Inzwischen war der Cowboy mit der Pickelhaube an der Stange mit Kraft und Routine bis zur Hälfte der Höhe des Würfels aufgestiegen, wo er eine Weile, ohne weiterzusprechen, verharrte. Nun rutschte er langsam, die Beine von sich streckend, auf die Plattform herunter. Wegman erwartete, dass er sich verbeugen würde, aber stattdessen schlug das Vordach zu, der Würfel fiel abermals nach vorn – er musste nun mitten auf dem Dorfplatz liegen –, während sich die Rückseite mit einem stählernen Krachen öffnete, diesmal kein Dach, sondern eine Bodenplatte. Das ganze Büro, inklusive des Autos und des Billardtischs, war exakt darauf umgeschlagen worden und lag nun im Freien unter der sengenden Sonne. Die Plattform und die Stange waren allerdings verschwunden, und Wegman, der beim Sturz des Würfels an irgendetwas auf halber Höhe hängengeblieben war, sah nun für einen Moment die Ordnung von oben und merkte, dass sie ein Hakenkreuz darstellte. Das Ganze hatte bereits Feuer gefangen. Jedenfalls verdeckte weißer Rauch, der aus den Tonbandgeräten zu kommen schien, bald die Sicht, und die Luft wurde knapp.

»Was ist los?«, fragte Marion, als sie ihn beim Frühstück Löcher in die Luft gucken sah. Er war in Gedanken seinem Traum nachgegangen, einem Westernstück mit einem Würfel und einem Polizisten, der nackt war.

»Ach, gar nichts«, antwortete Wegman, der gar nicht wusste, wie man einen Traum erzählt. Den ganzen Wahnsinn.

»Wie viele Wohnungen sollen das eigentlich werden – in der ehemaligen Stalinallee?«

Marion grinste. »Nicht weniger als zwanzig, weil so viele Parteien ihre Umsetzung in andere von unseren Häuser bereits akzeptiert haben. Allerdings ist unser Vorrat an freien Wohnungen damit fast auf null geschrumpft. Es könnte sein, dass fünf, vielleicht sechs weitere Parteien von alleine gehen, sobald ihnen der Umfang der Baumaßnahmen klar wird.«

»Baumaßnahmen?«

»Renovierung, aber gründlich. Ich rechne mit einem halben Jahr.«

Während die Straßenbahn bergab ratterte, überlegte Wegman, wie er die Verteilung der Wohnungen steuern würde. Unter Sozialdemokraten, das wäre relativ leicht. Nachfrage, Bedürftigkeit, ganz einfach. Große Wohnungen an Abgeordnete mit Kindern. Sofern diese nicht im Wahlkreis geblieben waren. Sollte man Abgeordnete ohne Wahlkreis begünstigen, weil sie eher angewiesen waren auf Berlin? Schwierig das alles, doch. Jedenfalls schwieriger als gedacht.

Aber was hatte Marion von ihm verlangt? Es drückte ihm auf den Magen, weil seine Gedanken zu Alexi schweiften, der neulich gesagt hatte, er denke genau, aber frage nicht genau. Das Kompliment als Rhetorik abgezogen, war das massive Kritik. Und recht hatte der Kollege – all das hätte er sofort erfragen müssen. Was kosten denn überhaupt grundrenovierte Wohnungen in der Karl-Marx-Allee? Sollten dort wirklich nur Bundestagsabgeordnete einziehen – und nach welchem Proporz? Waren es dann eigentlich so etwas wie Dienstwohnungen, die man verlassen sollte, wenn man sein Mandat verlor? Überhaupt, vom Herbst an gerechnet war nur ein Jahr übrig bis zur Wahl. Und von wegen keine negative Presse: Was, wenn Capital Real ins Gerede käme, es begünstige Bundespolitiker? Es sei, als expandierendes Immobilienunternehmen, auf Gegenleistungen aus?

Ihn gruselte vor der Aufgabe, und er überlegte, wie er sie loswerden könnte. Was vielleicht typisch für ihn war. Er konnte es nicht ausstehen, herausgehoben zu werden, Schulterklopfen, Beifall, Daumen hoch. Das hatte er probiert; die Kampfkandidatur, die Wahl ins kleine Amt. Er wollte nichts anderes mehr sein als der Mann im Hintergrund, höflich, effektiv, jemand, der auf Tricks nicht hereinfällt. Der anderen, wie sagt man, den Rücken freihält.

Mehr noch, er wollte … die Straßenbahn war bereits unten in der Stadt. Vielleicht sollte er nach Dienstschluss mal eine Stunde herumfahren. Oder in der Nacht. Rumpelpumpel. Gar nicht schlecht für den Fluss der Gedanken.

»Ich möchte ein leichtes Leben.« Wie war dieser Satz in seinen Kopf gekommen? Gab es nicht genug Not in der Welt? Hunger, Leute in Gefängnissen, Arbeitsbedingungen nahe der Sklaverei? Hatte er aufgegeben? Hatte Marion ihn, ohne ein Wort zu verlieren, politisch umgedreht? War er ein Sozialdemokrat ohne Herz geworden, wie ein Pastor ohne Glauben?

Was war das Gegenteil eines leichten Lebens – ein schweres? Warum sollte man ein schweres Leben haben, nein, nicht haben, sondern sich wünschen? Und hatte er dieses nicht schon gehabt, der schwarze Schatten seiner Kindheit. Ganz anders als bei Flo Janssen, der seine leiblichen Eltern gar nicht kannte, nicht einmal dem Namen nach. Wie der sich darüber hinweggesetzt hatte, ja, auf einer Dienstreise nach Vietnam hatte er noch nicht einmal den Ort besucht, in dem das Baby ohne Namen gefunden worden war.

Vielleicht war das überhaupt das Wunder im Leben von Flo, dass jemand ins untergehende Land geflogen war, um ihn zu retten. Davon konnte bei Wegman keine Rede sein. Er war einfach beim Onkel abgegeben worden, das unnütze Kind einer brutal gescheiterten Liebe, und ja, Eike hatte ihn behalten. Es war dies, was er gern zurückgeben wollte, oder weitergeben, wenn das überhaupt möglich war. Nein, er hatte nicht mit dem Helikopter vom Schauplatz eines verlorenen Krieges gerettet werden müssen. Er brauchte auch nicht das große Drama des Lebens, um die Kindheitsszene zu überbieten. Doch das Warten hatte sich gelohnt: Was hatte Marion denn anderes getan, als ihm den Weg zu zeigen? Wunderlicherweise hatte sie ihm sogleich angesehen, was er suchte: das Leben in einer Familie, die biologisch nicht die seine war. Das Gen seines Vaters … nein, über seinen Vater wusste er nichts zu denken. Aber von seiner Mutter wollte er gar nichts weitertragen, im Gegenteil. Nicht weil sie ihn allein gelassen hatte, sondern weil sie kalt und gleichgültig geworden war. Falls er das überhaupt begründen müsste. Er suchte das Resümee: Es ist nicht dasselbe, sich ein leichtes Leben zu wünschen und gleichgültig zu sein.

Als er aus der Straßenbahn ausstieg, fühlte sich Wegman größer und fester, so wie manchmal, wenn man aus dem Kino kommt. Nach bestimmten Filmen.

Auch die anderen schienen mit ihm gewachsen zu sein, Andi und Alexi, und der neue Praktikant aus dem Lippischen war gleich von vornherein eins neunzig groß. Die Arbeit in der Opposition, ehrenvoll und unwirksam, ging natürlich weiter. Man durfte nichts anbrennen lassen. Man wollte nach der nächsten Wahl wieder an der Regierung sein. Aber seit der Untersuchungsausschuss tagte, fühlte es sich nicht mehr so zäh an wie zuvor. Andi Nairs Name fand sich nun jede Woche in der Zeitung, und zwar auf den vorderen Seiten. Die Sitzungen waren wie ein Roman in Fortsetzungen.

Niemand kannte die gemeinsame Vorgeschichte, und auch Andi erwähnte sie nie, aber Wegman dachte oft an die erste Begegnung in Loccum, und wie Andi ihn und Flo aus der Ferne – na ja, dreißig Kilometer weiter – gelenkt hatte, um den Vertrauenslehrer bloßzustellen, der tatsächlich im Folgejahr diesen Posten aufgegeben und sich öffentlich zu den »Republikanern« bekannt hatte, da war ein Aufkleber am Opel. Flo und Wegman hatten sich die Frage gestellt, ob das überhaupt ein Fortschritt war. Die Frage kehrte jetzt, nach einem Vierteljahrhundert, wieder und ließ sich plötzlich ganz leicht beantworten, denn das Zwickauer Terrortrio war erst in der Unsichtbarkeit richtig gefährlich geworden. Zu gerne hätte er mit Flo darüber gesprochen, aber der Vizekanzler war äußerst beschäftigt und antwortete auf Mails nur knapp, wenn auch freundlich.

Nair war im Bundestag und in manchen seiner Hinterstuben eher forsch aufgetreten, bisweilen sogar rüpelhaft, aber im Untersuchungsausschuss erschien sein Insistieren auf dem eher Augenscheinlichen als Methode. Die Journalisten fanden sein sarkastisches »Ach nein?« und »Ach ja!« völlig angemessen. Die leugnenden Zeugen wurden mit Hohn und Spott überzogen, die selbstkritischen Zeugen in ihrer Selbstkritik bestärkt. So sehr, dass Männer in Spitzenpositionen an sich zu zweifeln begannen und sich kurz nach ihren Auftritten im Ausschuss nicht mehr würdig befanden, den Verfassungsschutz oder eine obere Polizeibehörde zu leiten.

Wegman hatte in einigen Untersuchungsausschüssen in der hinteren Reihe gesessen und mitgeschrieben, zumindest tageweise, aber keiner glich diesem, was die Absicht und die Atmosphäre betraf. Die Regeln schienen in diesem Fall vorübergehend außer Kraft gesetzt. Es hatten nicht nur alle Fraktionen zugestimmt – sie durften nicht einmal den Verdacht auf sich ziehen, es zu bereuen. Der gute Wille wurde gut gespielt. Kein Parlamentarier verwahrte sich gegen ätzende Fragen. Und die Karrieristen aller Parteien, sofern sie mitmachten, wurden eine Weile lang nur noch zart angefasst, im Tausch.

Der Ausschuss, wie alle Ausschüsse zuvor, kämpfte mit den Bedingungen seiner Einsetzung: dass man ihn nicht gebraucht hätte, wenn alles gut gelaufen wäre, und man nichts mehr daran ändern konnte, dass etwas schiefgegangen war. Dahinter aber stand Größeres, und das Größere stand in Frage, die Existenz von Geheimdiensten überhaupt. Die Geheimdienste waren so geheim, dass ihre Akteure für die Polizei nicht erkennbar gewesen waren. Die Akteure wiederum gehörten, soweit sie Informanten waren, selbst zur rechten Szene, verwickelt in deren Machenschaften. Sie wurden als Verräter beschützt und als Straftäter gedeckt. Kritische Fragen rührten an die Schmerzgrenze. Die Abschottung und Unantastbarkeit einer staatlichen Organisation mochten hinzunehmen sein, sofern es ihr gelang, das Gemeinwesen vor blutigen Taten zu schützen. Sie war aber nicht nur schwach, wenn das nicht hatte gelingen wollen, sondern möglicherweise überflüssig. Falls nicht selbst kriminell.

Schnell hätte man die politisch Schuldigen gefunden, wenn die Morde alle in Thüringen stattgefunden hätten. Stattdessen hatten sich die Täter, schon untergetaucht, zurückgezogen nach Sachsen; in beiden Bundesländern aber nicht gemordet, sondern stattdessen Sparkassen überfallen.

Alexi hatte ein Auge darauf, als er mit Wegman sprach, am späten Donnerstagabend, um den Blick freizumachen für die kommende Woche.

»Es wirkt so, als wäre Ostdeutschland wiedererstanden. Mensch, was haben wir gestaunt, als herauskam, dass die DDR Linksterroristen eingebürgert hatte. Auch da war der westdeutsche Staat geblendet, das galt als so gut wie ausgeschlossen, dass der Kleinbürgerstaat Honeckers ausgeflippte Anarchisten deckt. Jetzt kehrt das irgendwie zurück, dieses Unheimliche am Osten, dass wir einfach nicht …«

»Wer sind jetzt *wir*?«, fragte Wegman.

»Die Bundesrepublik, historisch.«

»Ja?«

»Dass wir einfach nicht wissen, was da drüben los ist. Als wäre die Grenze nicht wirklich abgebaut, und in der Tat muss man sich doch einmal fragen, ob es zwingend war, die Neuordnung der Länder so zu regeln, dass es fünf neue Bundesländer gibt, also die Grenze zumindest administrativ weiter existiert.«

»Wo hättest du denn da rumgeschoben?«

»In Südthüringen, zum Beispiel, das einstmals zu Coburg gehört hat.«

»Oder andersherum. In Berlin ist es ja passiert.«

»Was ist passiert?«, fragte Alexi.

»Dass die Bezirke neu zugeschnitten wurden. Die alten Kreuzberger haben heute noch mulmige Gefühle, wenn sie zu einer Behörde in Treptow müssen.«

Eine Weile schwiegen sie.

»Glaubst du wirklich, dass es da im Osten ein Geheimnis gibt, das die Wessis nicht verstehen?«, fragte Wegman.

»Ja, und umso mehr, als der Osten nicht homogen ist. Was die Frage des politischen Selbstverständnisses angeht – historische Schuld und aktuelle Verantwortung –, ist der Osten ein schwer überschaubares Terrain, selbst für Leute, die Görlitz oder Eberswalde nie verlassen haben. Was mich so beunruhigt, ist, dass die westliche politische Infrastruktur umfassend installiert wurde, es gibt einen Rechtsstaat, und dennoch hat es nicht gereicht, um die Abgründe einer sozialistischen Gesellschaft im Verfall zu verstehen oder auch nur zu erahnen. Wenn man jetzt offen sagen würde, der Naziterrorismus ist ein echtes Ossiproblem, dann würde man das ganze Land spalten. Wenn man es aber nicht zu denken wagt, kommt man an das Wesen der Angelegenheit womöglich nicht ran.«

Einige Minuten war Stille. Alexi starrte auf eine Tür. Wegman sah auf den gegenüberliegenden Riegel des Gebäudes, wo keines der Büros noch beleuchtet war, von den weißen und grünlichen Nachtfunzeln abgesehen.

»Das würde ja heißen, selbst wenn wir tief graben, bliebe etwas übrig, was nicht gesagt werden wird.« Wegman ließ es sich nicht anmerken, aber für seine Verhältnisse, dachte er, war das ziemlich tief. Schon fast philosophisch.

»Egal wie tief gegraben wird«, antwortete Alexi, »da bleibt immer etwas, das nicht gesagt wird. Und ich würde wetten: das Wichtigste.«

Sein Fahrrad hatte jeden Morgen einen platten Reifen, so dass Wegman Frost es sich zur Gewohnheit machte, die Straßenbahn zu nehmen, obwohl es fast Sommer war. Er sah aus dem Fenster, ohne etwas zu sehen, und hing stattdessen seinen

Gedanken nach. Im Moment dachte er, wie aufmerksam von Marion es gewesen war, ihm Vidal Sassoon zu empfehlen, die sein schwarzes Haar mit der ganz kleinen lichten Stelle oben irgendwie in Form gebracht hatten, nichts Besonderes, würde man denken, aber der Nacken fühlte sich gut an, und vorn hatte man eine längere Strähne stehenlassen. Die in die Stirn fiel, und dann konnte man sie beiseitestreichen, was wahrscheinlich gut aussah oder süß, obwohl Wegman es sich verbot, dieses Wort in seinem Kopf laut werden zu lassen.

Er hatte schon immer gekämpft mit den Worten, nicht den großen Worten der Geschichtswissenschaft, sondern mit den persönlichen. Mit zwanzig Jahren hatte er sich vorgenommen, niemals in seinem Leben »Ich liebe dich« zu sagen, weil er dachte, das ist dumm, das ist Hollywood; nicht dass Hollywood dumm war, aber es nachzuspielen allemal. Wegman war sich in dieser Sache nie ganz sicher, was angemessen war, und als er kurz vor dem Magister in Göttingen zu einer Kommilitonin dann doch »Ich liebe dich« sagte, erwiderte sie, das wäre nun wirklich schön aufgesagt. Umso verblüffender die Wirkung, denn am selben Nachmittag nahm sie ihn mit in ihr Bett.

Zurzeit jedenfalls fühlte er sich etwas größer, als er war. Wie fühlte man sich mit einem Meter achtzig? Dazu kam ein Zentimeter zusätzlich von den Navyboots, die er sich geleistet hatte, was aber keine Marinestiefel waren; es war einfach der Name einer Schweizer Schuhfirma, zu deren Schaufenster Ellie ihn in der Woche davor gelenkt hatte. Er war also etwas größer, und die kahle Stelle, die er ohnehin nicht sehen konnte, erschien ihm beim Tasten viel weniger bedenklich als zuvor, als vor Vidal Sassoon. Aber er musste das nicht abschließend beurteilen, weil er ja nur, und ohne den Mund zu öffnen, mit sich selber sprach. Plötzlich fiel ihm ein, dass er am letzten Apriltag vierzig Jahre alt geworden war und es dabei belassen hatte, Marion und Ellie zu Häagen-Dazs einzuladen, was Ellie, wahrscheinlich ihrer frühen Kindheit in New York geschuldet, als unübertrefflich galt. Sie waren dafür extra zum Kurfürstendamm gefahren, im silbernen Cabrio. Marion hatte ihm vorgeschlagen, ganz groß einzuladen. Nun war ihm danach, ein großes Fest auszurufen, aber er hatte den Anlass verstreichen lassen.

Während die Tür der Straßenbahn, kaum dass er ausgestiegen war, sich hinter ihm mit einem theatralischen Stöhnen schloss, dachte er an seinen vierzehnten Geburtstag, zu dem keiner seiner Freunde erschienen war, nur der neue Freund Flo Janssen. Wahrscheinlich hatte er schon mit dem fünfzehnten aufgehört, überhaupt Geburtstage zu feiern, und die einzigen wirklich großen Feste in seinem Leben waren die Hochzeiten der Zwillinge gewesen, die als seine Schwestern galten – die eine in einer australischen Kleinstadt, deren Namen er sich nicht merken konnte, und die andere in Madrid. Eine Hochzeit wäre ein guter Anlass, dachte Wegman, während er schon stand, ganz korrekt mit seiner schmalen Aktentasche unter dem linken Arm, und er fragte sich, ob es eine soziale Pflicht war, etwa die gleiche Anzahl Gäste einzuladen, halb seine und halb ihre? Jeder fünfzig oder jeder zehn? Zehn war zu wenig, denn wenn die Zwillinge anreisen würden mit ihren Ehemännern und ihren Kindern, dann wären das schon sieben, und natürlich würde Eike aus Bückeburg kommen, Flo vielleicht mit seiner kleinen Familie. Alexi, nein, den müsste er nicht einladen, oder Andi, aber der würde nicht kommen. Der Grund wäre immer irgendein Termin. Und während er die Immanuelkirchstraße hochging, gab es da etwas, das von hinten an seinem Jackett zerrte, und diese Störung war es, die ihm schlagartig bewusst machte, dass er dabei war zu phantasieren, Marion zu heiraten. Die an seinem Jackett zerrte, war Ellie.

»Es ist nämlich so, Ellie, weil du es ja genau wissen willst …«

»Ja!«

»Dass ich nicht wirklich so viel über meine Herkunft weiß.«

»Herkunft?«

»Die Familie. Über meinen Vater, auch über meine Mutter, letztendlich. Ich bin mir aber sicher, dass ich in einem Holzhaus geboren worden bin. Nein, sicher bin ich mir nicht, aber es wurde so gesagt, und wir haben in diesem Haus auch gewohnt. Nicht allein, übrigens, und es war nicht etwa eine Hütte, sondern ziemlich groß, und hatte zwei Etagen. Und um uns herum eine ganze Community, die komplett in Holzhäusern wohnte.«

»Aber das ist doch nicht so wichtig.«

»Für mich schon, denn es gibt nicht so viel, woran ich mich überhaupt erinnern kann. Da haben wir zusammen gelebt, bis ich sechs war. Von einem Tag auf den anderen ist meine Mutter weg aus Hope. Und hat mich mitgenommen. Leider.«

»Leider!«

»Die Geschichte kennst du doch, nicht wahr?«

»Ein bisschen.«

Wegman war im Osten Berlins auf den Ring gefahren und musste aufpassen, dass er das Autobahnkreuz nicht verpasste, wo es nach Dresden ging.

»Was für eine Community denn? Wo nur Indianer wohnen?«

»Nein, kein Reservat. Umgekehrt, außer meinem Vater waren dort alle weiß. Als Historiker kann ich dir sagen, dass mein Vater Floyd Frost geheißen hat oder heißt. Auf meinem Geburtsschein auf jeden Fall.«

»Aber dafür musst du doch nicht Historiker sein! Jeder weiß, wie die eigenen Eltern heißen.«

»Das stimmt nicht, ich hatte in meiner Jugend einen Freund, du kennst ihn, er ist jetzt Minister und Vizekanzler. Der wurde im Krieg aus einem Kinderhospital geholt, nach Deutschland. Er weiß noch nicht einmal, *wann* er geboren wurde.«

»Worden ist.«

»Wurde oder worden ist. Über seine Geburt weiß man sowieso nichts und über die ersten Jahre auch nicht.«

»Fotos? Filme?«

»Ja, es gibt eine Menge Filme über Vietnam. Aber was sagt das über Flo?«

»Nein, bei dir!«

»Meine Mutter hat nichts mitgenommen, nichts, was für mich wertvoll gewesen wäre. Woran ich mich erinnern kann, ganz deutlich, ist der See. Die Holzhäuser liegen am Pend Oreille, einem der tiefsten Binnengewässer Amerikas. Er ist absolut dunkelblau oder schon fast grün.«

»Blau oder grün?«

»Genau dazwischen. Er ist tief, hat aber ein flaches Ufer, jedenfalls bei Hope. Irgendwer hat mir das Schwimmen beigebracht dort, so früh, dass ich mich daran nicht mehr erinnern kann. Was ich genau vor Augen habe, ist, wie die Wasseroberfläche geschwankt hat, also schräg von links oben nach rechts unten, so wie im Kino, wenn die Kamera geneigt wird, und dann kippte das Bild in die Gegenrichtung. Eine Diagonale. Immer hin und her, nicht langsam und nicht schnell.«

»Dann warst du auf einem Boot.«

»Ja, ich war bestimmt auf einem Boot. Vielleicht drei oder vier Jahre alt. Und weil es in dieser Weise schwankte, glaube ich, dass es ein Kanu war.«

Ein Gutteil der Fahrt, an Cottbus vorbei, verlief ohne viele Worte. Wegman lenkte das Mietauto routiniert, aber was er vor sich sah, war keine deutsche Autobahn.

»Ich sitze also vorn.«

»Ja, du sitzt doch vorn.«

»Im Kanu, meine ich. Denn in meiner Erinnerung gibt es

überhaupt kein Boot, keinen Bootskörper, und auch keine anderen Menschen, sondern nur den See. Und durch den See verläuft ein glitzerndes Band, das die Spiegelung der Sonne am Nachmittag sein muss. Oder am Abend. Das Band schwankt aber nicht mit der Oberfläche des Wassers, sondern bleibt gerade stehen, wie eine Verbindung von mir bis zum Horizont, auch wenn ich das Wort nicht gekannt hätte, nicht gekannt habe als kleines Kind. Das heißt, die Fläche, die immer wieder kippt, wird in der Mitte ungleich geteilt.«

»Wieso ungleich?«

»Weil das Boot schwankt. Mal sieht es so aus, als wäre links viel Himmel und rechts wenig, dann andersherum.«

»Nur in dem Moment, wo es zwischendrin mal grade ist, ganz kurz, ist das Band in der Mitte.«

»Ja, Ellie, ganz genau so. Wenn das Boot sich nicht neigt, liegt das glitzernde Band in der Mitte. Das Bild sieht dann aus wie ein aufgeklapptes Buch. Ein Fotobuch.«

»Du kannst dich also doch erinnern.«

»Ich habe nicht gesagt, dass ich mich nicht erinnern kann.«

»Doch.«

»Nein, ich habe gesagt, dass ich nicht viel über mich weiß.«

»Aber du kannst dich erinnern!«

»Ich kann mich an alles erinnern. Die Häuser standen alle unter sehr hohen Nadelbäumen, so dass sie nie in der Sonne lagen oder im Schatten, sondern es war immer beides zugleich, ein Hin und Her, ein Flirren, ein Flackern.«

»Das ist schön.«

»Ja, das war wunderschön. Wir hatten einen großen Toaster aus Edelstahl. Die Pfanne war aus einem rötlichen Metall, so wie bei uns die Badewanne, ein bisschen verbogen oder verbeult. Ich weiß noch genau, wie der Mais roch, wenn er gekocht war. Und der starke Tabak meines Vaters. Die Kartoffeln waren rosa und riesig. Ich sehe das noch vor mir, wie ein Ball geflogen kam und wie ich ihn aufgefangen habe. Ein echter amerikanischer Football, spitz an beiden Seiten. Enden. Einmal hat mich mein Papa mitgenommen ins Schulhaus, wo das Lager war. Dort war er mit anderen dabei, eine riesige Arbeit zu zerlegen und in Container zu packen.«

»Wie kann man eine Arbeit zerlegen?«

»Ach so, das habe ich ja noch gar nicht gesagt. Die Community war von Künstlern gegründet worden, die keine Lust mehr hatten, in der Stadt zu wohnen. Die hießen Fred und Bridget Loeffelholz.«

»Quatsch!«

»Nein, kein Quatsch. Sie waren sehr erfolgreich und stellten in großen Museen aus, was auch sein musste, weil sie gigantische Skulpturen herstellten. Die bestanden aus ganz vielen Einzelteilen. Sie wurden irgendwie zusammengeschweißt oder -geschraubt. Floyd, mein Papa, machte für die die Technik. Er baute Sachen auseinander und wieder zusammen.«

»Seine Arbeit. Das Zerlegen.«

»Ja, auch, aber eine *Arbeit*, so wie ich das Wort eben benutzt habe, ist ein künstlerisches Werk. Das Werk wird zerlegt und wieder zusammengebaut.«

»Aber warum denn?«

»Um es zu transportieren. Von Hope nach Detroit, von Hope nach Paris. In dem Fall – also das Kunstwerk, das ich glaube gesehen zu haben, mit fünf oder so, war wie ein Schiff. Nee … es stand wohl auf Rollen, also eher wie ein Karnevalswagen bei einem Umzug. Mit lauter bunten Leuchten drum herum, gelb und blau und rot. Das nahm eine ganze Halle ein. Es wurde nach einem bestimmten System zerlegt. Die Einzelteile wurden in Container gehoben, mit einem Fahrzeug, das schwere Lasten bewegen kann. Ein Kranwagen. Die Container waren von innen mit Trägerschienen oder Lamellen so ausgestattet, dass das jeweilige Teil ganz genau da reinpasste. Selbst als Kind kapiert man, was für ein ungeheurer Kraftakt das ist. Wie in einem Flugzeughangar, fast.«

»Seid ihr auch mal auf Besuch gefahren, zu deinem Opa?«

»Nie. Ich bin mir ziemlich sicher, dass Floyd seinen Stamm verlassen hatte, um ein neues Leben zu beginnen. Er musste schon viele Jahre bei Fred und Bridget gelebt haben, denn er war der Cheftechniker. Es gab ein ganzes Team für die Transporte. Dass meine Mutter, also, als sie noch nicht meine Mutter war, dort aufgetaucht ist, das war ein absoluter Zufall.«

»Du weißt eigentlich ganz schön viel.«

»Und du willst ganz schön viel wissen.«

»Alles.«

»Alles!«

Sie passierten gerade eine große, blaue Tafel mit weißer Schrift, auf der die Entfernung nach Dresden angezeigt wurde. Es war nicht mehr weit.

Das Mietauto wurde zurückgegeben und ein Taxi bestellt. Sie bezogen ein ärmliches Quartier am Rande von Radebeul, eine Dachkammer mit drei Schrägen, die Ellie entzückte, aber es war auch nicht sie, die sich den Kopf stieß. Im Stockwerk drunter, vom Treppenhaus zugänglich, befand sich ein riesiges, blassgelb gefliestes Gemeinschaftsbad. Das Kind brauchte zum Duschen fast eine halbe Stunde, und dann musste Wegman ihm Dutzende schmaler Zöpfe flechten. Sie erreichten das Festivalgelände am frühen Nachmittag. Es war auf den ersten hundert Metern organisiert wie ein Jahrmarkt oder Flohmarkt, eine lange Passage mit Ständen, abwechselnd Verkauf und Unterhaltung.

Ellie stiefelte auf ein offenes Zelt zu, in dem eine kleine Bühne untergebracht war. Dort spielte eine junge Frau mit langen blonden Haaren selbstgeschriebene Folksongs zur akustischen Gitarre. Sie fasste tief in die Saiten für den Rhythmus und hakelte dann Melodien drüber, die sie gelegentlich abstoppte, um dem Akkord nachzulauschen oder Obertöne drüberperlen zu lassen. Ellie wandte ihren Blick nicht ab von der Sängerin, die sich auch vorstellte, aber Wegman musste sich im Lauf des folgenden Lieds eingestehen, dass er den Namen schon vergessen hatte. Und wie war sie überhaupt auf ein Festival zu Ehren Karl Mays geraten?

Weiter hinten auf der Meile war mehr Platz, und die Stände wurden größer, ja wuchsen sich aus zu Filmsets oder jedenfalls Kulissen. Um eine Bude aus Holzplanken, beschriftet als Bank, waren Flatterbänder gezogen, hinter denen sich Kinder und Erwachsene drängten. Als Wegman und Ellie die Szene halbwegs in den Blick bekamen, hatten sich Bankräuber hinter der Holzfassade verschanzt. Sie schossen aus den Luken, die Fenster darstellen sollten. Nach den gängigen Regeln des Schusswechsels hätten die Hüter des Gesetzes sterben müssen, die ungeschützt draußen standen. Stattdessen versuchten die Räuber zu fliehen und wurden zum Knallen von Platzpatronen niedergestreckt. Zwei Tote vor der Bank, und das Publikum applaudierte. Wegman musste an seinen Würfeltraum denken, mit dem thüringischen Verfassungsschützer als Wildwesthelden mit Pickelhaube.

Es war ein halbes Jahr her, dass die Uwes in ihrem angekokelten Wohnmobil tot aufgefunden worden waren, in Eisenach. Merkwürdig, dachte Wegman, in Deutschland erschießen nicht Polizisten die Bankräuber, sondern die sich selbst. Oder gegenseitig. Überhaupt, das fiel ihm jetzt erst auf, waren sie ja zu Besuch im Freistaat Sachsen. Er musste sich klarmachen, dass all die Kinder, die er hier sah, keine sozialistische Erziehung zum besseren Menschen mehr kennengelernt hatten, oder wenn, dann nur noch die Reste davon. Ellie sah ihn in Gedanken und suchte seine Nähe, mehr als zuvor.

Kurz nach sieben waren sie wieder im Dachquartier. Sie legten sich auf ihre Betten, die eher Pritschen waren, und wunderten sich gemeinsam über die Stille im Haus und auf der Wohnstraße, nur gelegentlich das Ploppen von Autoreifen auf dem Kopfsteinpflaster irgendwo da unten. Bis zur Haustür hatte Ellie berichtet, was sie gesehen hatte, Federschmuck und Cowboyboots und verschmierte Kindermünder und verstörende Ganzkörpertattoos, den Rauch von Waffen und den Rauch vom Grill, tanzende Männer und kämpfende Frauen, US- und Konföderiertenflaggen. Sie konnte sich keinen Reim darauf machen. Jetzt war alles, erst einmal, gesagt, und es schien Wegman, als gefiele auch dem Kind dieser Moment, die natürliche Lautlosigkeit, verdoppelt durch einen ersten Anflug von Festivalmüdigkeit beider, ein hohles Rumpeln in der menschlichen Dachetage, das man aushalten musste oder wenigstens sollte. Bis der Magen sich meldete und eine Mädchenstimme »Pizza!« rief.

Am Morgen waren sie unterwegs ins Gebirge, oder jedenfalls gab es einen steilen Anstieg, die überraschende Kargheit der Landschaft der Beginn einer Reise in eine andere Welt. Ellie trug in Rot und Lila leuchtende Sneaker, als Erinnerung an die überbordenden Angebote dort unten. Sie waren auch nicht allein, sondern das Festivalpublikum zog insgesamt um, ein Treck von Amüsiersüchtigen und Lokalpatrioten, überdrehten Kindern und überforderten Vätern, die Schar der Wandernden gelegentlich von oben geschaut durch einen Reiter. Wegman hatte eine Arena erwartet, ein Naturtheater, aber es war nur ein steiler Fels mit einer Bühne davor, die zu installieren erhebliches Knowhow gebraucht haben musste, denn der Grund vor dem Hohen Stein war extrem uneben. Große grün-gelbe Zelte waren am Fuß des Felsens errichtet worden. Aus diesen kamen wechselnd die Darsteller der Landesbühne, die offenbar Episoden aus dem versponnenen Werk des halbkriminellen Heimatdichters zur Aufführung brachten, unterbrochen durch rituelle Einlagen eines nordamerikanischen Stammes, dessen Name kursierte, aber Wegman konnte ihn nicht zuordnen. Ihn ergriff eine gewisse Unruhe, als Männer mit bronzenen Gesichtern in gefiederter Tracht ihre Tänze aufführten, unterlegt von dissonanter Musik, die er als Beschwörung oder Klage deutete. Wie war das konserviert worden? Oder sogar überliefert? Wer hatte die Zeit zurückgedreht? Gelegentlich sah er sich um nach Ellie, die nun nicht mehr an ihm klebte, sondern sich mitten ins Publikum begeben hatte, gefasste Gesichter, Menschen jeden Alters, die sehr wohl begriffen, dass sie Anteil hatten an einem Geheimnis.

Danach war die Spannung nicht mehr zu halten, und es kam Bewegung in die Menge. Wegman legte seinen Arm um Ellie und lenkte sie hinter die Zelte. Er hatte sich den steileren Zugang ausgesucht, der nicht als Backstage-Bereich gesichert war, und kraxelte mit dem Mädchen am großen Felsen entlang, bis man das Technikerzelt von hinten sah. Niemand schien sich zu fragen, was der schmale Mann mit den schwarzen Haaren und das südamerikanische Mädchen mit den hochgesteckten Zöpfen hierher gebracht hatte. Das Festival war also wirklich amerikanisch: Männer in Jeans, die sich Kommandos zuriefen. Offenbar wurde der originale Teil der Show von eigenen Leuten begleitet. Der Mann und das Kind hatten mehr als zehn Meter vor dem Zelt haltgemacht und sich auf Steine gesetzt, die sie piekten, einige Armeslängen voneinander entfernt. Sie bestaunten die Tastaturen, Scheinwerfer, Stative im dezent erleuchteten Zelt. Jemand war, am Rand und anfangs von beiden unbemerkt, herausgetreten. Sie sahen ihn gleichzeitig, als er sich eine Zigarette anzündete. Tief sog er den Rauch ein und blies blaue Wölkchen in die Landschaft. Der Geruch des scharfen Tabaks gelangte bis zu ihnen. Es war ein älterer Mann in einem dunkelblauen Overall, mit einer starken, geraden Nase, ergraut, die Augen dunkel und funkelnd. Er schien in Gedanken zu sein oder war ruhig geworden durch den Schub von Nikotin. Eben noch in sich versunken, schaute er jetzt Wegman in die Augen, während er seine Zigarette auf den Boden fallen ließ. Er trat sie aus, ohne hinzusehen. Seine Augen wanderten zu Ellie, dann zurück zu ihm, ein, zwei, drei Sekunden lang, ohne jede Regung. Als er sich abwandte und im warmen Licht des Zeltes abtauchte, sah Ellie zu Wegman. Dessen Mund stand offen, es floss ihm Speichel am Mundwinkel herunter, und er zitterte.

»Wieso eigentlich immer *leider*?«, fragte Ellie.

Wegman, am Steuer, überlegte einen Moment, ob er so tun sollte, als wüsste er nicht, was sie meinte. Dann:

»Weil Hope ein Paradies war. Na ja, fast! Alles wurde gemacht für die Kunst, dort. Daran gab es keinen Zweifel. Fred war der Oberhäuptling. Ich wäre da einfach hineingewachsen.«

»Wie heißt nochmal deine Mutter?«

»Hieß.«

»Ach ja.«

»Susanne.«

»Frost?«

»Nicht auf meinem Geburtsschein.«

»Wenn du in Amerika geblieben wärst, wärst du dann in das Reservat gefahren?«

»Um was zu tun?«

»Um deinen Opa kennenzulernen!«

Ellie, das merkte Wegman erst jetzt, versuchte also ihre eigene Geschichte mit seiner abzugleichen. Sein Großvater in einer Reservation im Westen der USA war ihr Großvater oben am Orinoco, der heitere Witwer mit der grünen Gießkanne auf seinem Balkon.

»Da hätte ich aber lange suchen können. Ganz Arizona, New Mexico, Oklahoma …«

»Wieso, dein Papa …« – Wegman wusste, dass Ellie von ihrem Vater, den sie nie bewusst gesehen hatte, als Papa sprach –

»… Ja, das stimmt. Ich hätte ihn dann bestimmt gefragt. Aber ob er es mir gesagt hätte? Du musst bedenken, er war wirklich abgehauen. Er ist nach Hope, weil er da kein Indianer mehr war, glaube ich.«

Auf dem blauen Autobahnschild erschien der Ortsname Berlin.

»Wegman?«

»Ja, Ellie?«

»Du hast doch gesagt, dass du eigentlich gar nichts weißt?«

»Ja, das war auch so. Früher. Einmal aber habe ich eine Quelle gefunden. Eine Quelle der Information.«

»Das Internet!«

»Nein, nicht das Internet. Im Internet findest du über meine Eltern nichts. Ich meine wirklich nichts.«

»Welche Quelle … dann?«

Wegman zögerte.

»Das erzähle ich dir später, okay?«

»Wann denn?«

»Wenn wir auf dem Berliner Ring sind.«

»Okay.«

Ellie war am Grübeln, was das bedeutete. Sollte sie nichts mehr fragen? Sie rang mit sich.

»Wenn du dageblieben wärst, könntest du gar kein Deutsch sprechen, stimmt's?«

»Ja, wenn meine Mutter allein weitergezogen wäre und ich in der Community geblieben wäre, dann wäre ich jetzt Amerikaner. Mit halber Abstammung aus den First Nations.«

Den Begriff hatte Ellie in Radebeul gelernt.

»Wieso, Indianer bist du hier doch auch!«

Wegman musste lachen: »Ja, aber Indianer ist in Deutschland jeder.«

»Wärst du denn lieber kein Deutscher?«

»Doch, ich habe ja großes Glück gehabt. Wenn aber mein Onkel in Bückeburg mich nicht genommen hätte, wäre ich in einem Waisenhaus aufgewachsen.«

»Obwohl du ja Eltern hattest.«

»Ja, trotzdem.«

Er hörte Ellie atmen. Wie schwer es war, über Verletzungen zu reden, ohne sich zu verletzen –

»Ich verstehe das aber nicht.«

»Ach Ellie, das sind Dinge …«

»Nicht für Kinder, stimmt's?!«

»Nein, das wollte ich doch gar nicht sagen.«

Sie schwieg und sah ihn auch nicht von der Seite an. Wegman fuhr wieder sehr gemütlich, um die Zeit zu dehnen.

»Mir ist das später so erklärt worden, dass meine Mutter eine postnatale Depression gehabt haben soll. Das gibt es wirklich. Es ist ein Seelenzustand, bei dem sich die Mutter nach der Geburt nicht als Mutter fühlt. Das Kind ist ihr fremd, und sie nimmt es auch nicht zur Brust.«

»Dann verhungert es ja.«

»Na, das würden dann die anderen nicht zulassen. Es gibt ja auch Trockenmilch und solche Sachen. Ich weiß nicht viel darüber.«

Jetzt sah Ellie ihn von der Seite an. Sie schlug sogar das linke Bein unter, um sich ihm zuzuwenden.

Wegman ahnte, dass sie mit seiner Behauptung haderte, nicht viel zu wissen. Sie dachte immer noch, er wolle sich verbergen.

»Nur, ich habe das nachgelesen, eine postnatale Depression dauert höchstens einige Wochen. Dann kippt die Stimmung um, und die Mutter würde alles tun, um ihr Baby zurückzubekommen. Wenn man ihr es weggenommen hätte, meine ich. In meiner Erinnerung war in Hope alles in Ordnung. Ich würde wirklich nicht behaupten, dass meine Mutter mich nicht gemocht hat. Ich sehe sie noch vor mir.«

»Und was tut sie?«

»Wie – was tut sie?«

»Du siehst sie doch vor dir!«

»Sie … sie macht einen Abguss. In Gips.«

»Was ist das?«

»Ein Produkt aus Kreide oder so. Man vermischt das mit Wasser, dann ist es eine schwere, weiße Paste …«

»Ach so, das kenn ich.«

»Ein Gipsabdruck. Eine Nachformung.«

»Und von was? Ich meine, wovon?«

Wegman schaute in sich hinein, so gut er konnte.

»Von meinem Bein. Von meinem linken Bein.«

»Das ist doch kein Gipsadruck! Du hattest dir was gebrochen!«

»Nein, ich habe mir noch nie irgendetwas gebrochen. Ich bin doch Indianer.«

Sie lachte.

»Aber was macht man mit einem Gipsabdruck von einem Bein? Oder sie hat dich überhaupt ganz nachgeformt.«

»Das könnte sein.«

»Warum macht man das?«

»Was?«

»… von einem Jungen?«

»Der Abdruck ist so etwas wie die äußere Hülle, aber von innen sehr genau. Sehr exakt. Das wird dann irgendwie ausgegossen. So entsteht die Figur.«

»Ein Denkmal?«

Wegman unterdrückte ein Grinsen. Er stellte sich das vor. Manneken Pis auf dem Kollwitzplatz.

»Aber dann hat deine Mama dich doch sehr lieb gehabt, wenn sie ein Denkmal von dir haben wollte!«

»Nein, das war ja nicht für sie. Fred und Bridget haben diese riesigen Skulpturen gemacht, ich hab dir ja davon erzählt. Also so etwas wie Bühnenbilder. Dafür brauchte es auch Figuren, und in Hope wurde immerzu jemand abgegossen. Du kamst zu Besuch, und noch am selben Abend wurdest du abgegipst!«

Er sah zu Ellie hinüber, die ihn begeistert ansah.

»Jetzt verstehe ich, warum du da gern geblieben wärst.«

»Ja, warum?«

Sie sah jetzt wieder auf die Straße hinaus. Sie antwortete nicht.

»Susanne«, sagte sie schließlich halblaut, »also erst wollte sie dich unbedingt mitnehmen, aber dann …«

»… wollte sie mich unbedingt loswerden.«

»Aber vielleicht ist sie daran nicht schuld, wenn sie depressiv war.«

»Ja, das kann sein.«

»Hast du sie später mal gefragt?«

»Was gefragt?«

»Ja, wie das passiert ist?«

»Nein. Aber es gab dazu auch keine Gelegenheit.«

»Du hast sie also nie wiedergesehen.«

»Doch, zweimal vielleicht. Einmal ist sie nach Bückeburg gekommen zu ihrem Bruder.«

»Und zu dir.«

»Das war das Merkwürdige, Ellie. Sie sitzt da im Wohnzimmer über der Apotheke. Sie spricht mit Eike. Ich bin fünfzehn Jahre alt. Ich komme rein, und sie sagt zu mir Guten Tag. Ich setze mich. Es ist ein Sonntag. Es gibt Tee und Gebäck. Sie spricht mit ihm über etwas … über eine Erbschaftssache. Ich bin vierzehn.«

»Du bist fünfzehn.«

»Ja, vierzehn oder fünfzehn. Und sie tut einfach so, als wenn sie mich gar nicht kennt. Nicht kennt und auch nicht kennenlernen möchte.«

»Hast du Mutter zu ihr gesagt? Oder Mama?«

»Ich habe gar nichts gesagt, außer vielleicht Hallo. Eike hat es natürlich geblickt, er hat dann so gemurmelt, wenn ich zum Training müsste, dann könnte ich ruhig gehen. Training, an einem Sonntag! Er wollte, dass ich mich damit nicht weiter quäle.«

»Deshalb konntest du sie nicht fragen.«

»Nein, ich habe nicht gefragt, weil ich gesehen habe, dass es darauf keine Antwort gibt.«

»Oder …«

»Ja?«

»Oder es hat keine Antwort gegeben, weil du nicht gefragt hast.«

»Du bist sehr streng mit mir, Ellie.«

»Oh, tut mir leid. Ich würde nur die Antwort so gerne wissen. Ich glaube, sie war depressiv.«

Wegman hatte eine Kolonne dreier Autos mit Wohnwagen überholt, als auf der Autobahnbeschilderung der Hinweis »Berliner Ring« auftauchte.

»Wir sind auf dem Berliner Ring!«, rief Ellie.

Wegman blieb still bis hinter dem Abzweig.

»Vor vielen Jahren gab es eine Ausstellung mit Fred und Bridget Loeffelholz hier in Berlin. Ich habe damals in Göttingen studiert. Ich bin zur Eröffnung getrampt.«

»Was ist getrampt?«

»Per Autostopp gefahren. Daumen raus. Mitgefahren. Zur Eröffnung. Erst habe ich es mit Fred probiert, weil ich den super fand. Aber er wusste nicht, wer ich war, wirklich überhaupt nicht. Dann also Bridget. Die hat mir erzählt, wie ein deutsches Paar in der Community auftauchte und was dann später geworden ist.«

»Aber wieso ein deutsches Paar?«

»Das ist der andere Teil. In Göttingen gab es einen Dozenten. Da war sehr viel Zufall im Spiel, und weil ich Student der Geschichte war, habe ich immer viel nachgelesen. In der Bibliothek, also der Unibücherei. Dieser Typ, mit Vornamen Hans-Joachim – und der Name war in meiner Kindheit vorgekommen –, der hatte eine Doktorarbeit über Armut in Amerika geschrieben. Die beruhte auf Tonbandinterviews. Und hinten in dem Buch, oder der Doktorarbeit, wurde für das Transkribieren der Tonbänder Susanne Wendt gedankt. Sie hatte das während der Reise immer sofort gemacht, nachts. Von dieser Reise konnte dieser Hans-Joachim ganz wunderbar erzählen. In der Uni-Mensa. Wir haben uns zwei- oder dreimal getroffen. Er hat mir gefallen. Ein toller Typ. Aber leider nicht mein Vater.«

»*Leider* ist wohl dein Lieblingswort.«

»Na gut, nicht mein Vater. Sie hat sich, wie er mir erzählt hat, sofort verknallt und alles in Frage gestellt, die soziologische Arbeit. Sie hat sich diesen Künstlern unterworfen und für die geschuftet, fast ohne Geld – so hat er es gesagt! Er selber ist aber weitergereist und hat das Projekt in der Nähe eines Sägewerks irgendwo im Nordwesten des Landes abgeschlossen. Das konnte ich nachlesen, es war das letzte Kapitel der Studie, die es sogar als Taschenbuch gab. Die Community von Hope kommt darin nicht vor, kein Wunder, denn arm waren wir nun wirklich nicht.«

»Also den hast du gefragt«, sagte Ellie.

Wegman lächelte wehmütig.

»Du weißt also doch eine ganze Menge.«

»Ich weiß am besten …« – er zögerte, denn das Bonmot war vielleicht für eine Elfjährige nicht passend …

»Ich weiß am besten, was ich nicht bin.«

»Und was bist du nicht?«

Bürgerlich, wollte er sagen. Aber was, wenn sie das nicht verstand? Und stimmte es überhaupt?

»Ein Wunschkind«, sagte Wegman.

Das Gleichgewicht der Kräfte beruht manchmal auf Schweigen. Wegman hatte versäumt, Marion zu fragen, wie die gemeinsame Wohnung zu bezahlen sei. Sie war Firmeneigentum, und es gab irgendeine Absprache, dass sie neu erschlossene Immobilien nutzen durfte – zwei Jahre lang, oder hatte sie gesagt drei? Ein Jahr war schon um, und Wegman hatte ein Bücherregal aufgestellt, fünfhundert Bände Geschichte und Politik aus dem kleinen Apartment gerettet, bevor er es aufgab.

Was achthundert Euro für einen Unterschied machten, wenn man sie nicht ausgab! Bedauerlich, weil man darüber nachdenken musste, was mit all dem Geld, das sich ansammelte, zu tun sei. Er machte einen Umweg zur Berliner Sparkasse und richtete ein Konto ein, das einige Zinsen brachte. Hätte Marion irgendwann angemerkt, dass sein Anteil doch fehlte, hätte er ihr einfach alles überwiesen, was zusammengekommen war. Er stellte sich das vor wie eine schwarze Kasse, aber in Weiß.

Einmal in seinem Leben war etwas schiefgegangen. Wegman hatte sich, es war sein siebtes Studiensemester, zum Schatzmeister der Göttinger Jungsozialisten wählen lassen. Das kann jeder, war gesagt worden, das ist eine Kleinigkeit. Recht stolz auf sein Amt stellte er sich vor, eines Tages in den Landtag einzuziehen. Wegman fasste sich ein Herz und fragte die klügste und schönste Frau, die er kannte, ob sie ihn heiraten würde. Einfach so, in der Mensa. Es war Peggy, eine haselnussbraune Medizinstudentin mit einem libanesischen Großvater; sie besaß die wärmsten Augen, die er jemals gesehen hatte. Ihr Mund blieb offen, während er sprach, dann schlich sich ein höhnischer Zug ein. Fast hätte er zurückgezogen, sorry, Peggy, das war nur Spaß. Stattdessen erbat sie sich drei Tage Bedenkzeit, dann sagte sie Nein.

Vier Wochen später stimmte etwas in der Kasse der Jusos nicht. Eine Semesterarbeit wurde ihm als ungenügend zurückgegeben. Er verbrachte die Frühjahrsferien in Therapie. Jeden Tag stieg er den Hang am Ostrand der Innenstadt hinauf und läutete an einer Villa. Die Therapeutin fand für ihn die Formulierung, er habe keine aktive Beziehung zu Geld. Und damit solle er sich einrichten. Sein extremes Bedürfnis nach Sicherheit dürfe er nicht unterschätzen. Er lieh sich den fehlenden Betrag von Eike, füllte die Parteikasse auf, legte den Posten nieder und reichte seine Arbeit über den Bau und die Nutzung von Häusern bei Lemgo im neunzehnten Jahrhundert noch einmal ein, mit einundfünfzig akribischen Fußnoten. Diesmal wurde sie angenommen.

Den Sommer verbrachte er im Archiv des Landtags. Er erstellte sieben neue Zettelkästen mit je zweihundert Karteikarten, bei einem Studentengehalt von fünfzehnhundert Mark. Am letzten Tag sagte ihm die leitende Bibliothekarin, besser als er es gemacht hätte, könne man es gar nicht machen. Falls sich in der Verwaltung des Landtags eine Stelle auftäte, solle er sich bewerben, sie würde ihn unterstützen. Er machte sich auf die Suche nach dem Thema seiner Diplomarbeit. Die neugewählte Schatzmeisterin meldete sich: Das Geld hatte nicht wirklich gefehlt! Es handelte sich um eine Folge fehlerhafter Buchungen. Er war also ein idealer Archivar, vorausgesetzt, es ging nicht um Geld.

In der Berliner Küche gab es eine mit verwegenen Mustern lackierte Blechbox, in der vor langer Zeit Tee verkauft worden war. Dort warfen Marion und Wegman gelegentlich Geldscheine hinein; wer etwas besorgen ging, bediente sich daraus. In den Wochen nach Radebeul war die Box manchmal leer, oder es fanden sich nur noch einige Münzen am Boden. Wegman legte einen Zwanzigeuroschein nach. Am nächsten Tag war er weg. Er versuchte es mit einem Fünfziger. Der reichte für zwei Tage. Was hatte denn Ellie in den zwei Tagen gekauft? Ein Brot. Ein wunderschönes Brot, in der Tat. Das kostete vielleicht vier Euro fünfzig.

»Da ist gar kein Geld mehr in der Teedose«, bemerkte Marion an einem Samstag, als das Wochenende geplant wurde. Er warf einen Seitenblick auf Ellie, die so tat, als habe sie nichts gehört. Ihr gefrorenes Profil.

Am späteren Abend legte er vier Zwanzigeuroscheine nach. Als er am Morgen aus dem Haus ging, waren es noch drei.

Traum einer Hochzeit. Wegman sah eine Hochzeitsgesellschaft vor sich, etwas Exotisches, Kostüme wie in Radebeul, extremer noch, und die Feierlichkeiten sollten gleich beginnen. Die Erwartungen waren hoch. Das Hochzeitspaar galt als ideale Kombination. Wo Wegman an der großen Tafel saß, war nicht gedeckt. Stattdessen waren dort Geldscheine aufgetürmt. Schließlich bemerkte Wegman, dass er selbst der Bräutigam war. Die Augen der Gäste ruhten auf ihm, und es hatte etwas mit dem Geld zu tun, mit der Menge des Geldes. Aber was wurde erwartet? Handelte es sich um eine Mitgift, die er einsacken sollte, oder musste Wegman selbst die Braut auslösen und hatte nicht genug zusammengebracht? Er stand auf, um die Frage mit der Familie zu klären, als er am entgegengesetzten Ende die Braut sah, ein wunderschönes, geschmücktes Mädchen mit kaffeebrauner Haut, fast noch ein Kind, und ihm wurde bewusst, dass er selbst nicht älter war als sie. Er sah sie an, und sein Blick rückte an sie heran wie im Zoom einer Kamera, ihre warmen Augen auf ihn, der das Bild betrachtete, gerichtet. Peggy, hatte er sagen wollen. Aber bevor er es sagen konnte, hörte er jemanden »Ellie« rufen. Es war Marions Stimme im Flur, die ihn weckte.

während er im Reichstagsgebäude unterwegs war vom Büro zum Aquarium, dem Restaurant ohne Namen, fiel ihm ein, dass all diese Leute um ihn herum ebenfalls geträumt haben mussten. Was für ein gewaltiger Berg von Bildern! »Wir alle« – war das Träumen die einzige Tätigkeit, in der Menschen nicht Partei sein konnten? Und war es überhaupt eine Tätigkeit?

Wegman ließ seinen Blick durch das Restaurant schweifen, auf der Suche nach Gesellschaft zum Mittag. Wie hieß dieser gleich noch einmal? Er stellte den inneren Suchlauf an: Abgeordneter, ja; Sozialdemokrat auch; Landesverband mit wenig Einfluss ... Bayern? Nein, ein Bayer war der nicht, sondern ein Schwabe. Nicht ein Schwabe, sondern ein Badener. Oder hießen die jetzt doch Badenser? Egal – Heidelberg, Offenburg, nein, Freiburg auch nicht, Mannheim? Ja, es war der Mannheimer Abgeordnete, der da an der Essensausgabe wartete. »Hallo Rainer«, sagte Wegman, als er sich hinter ihm einreihte. »Wegman«, sang der mehr, als dass er sprach, »wie schön, dich zu sehen!« Indem er die Stimme hörte, fiel ihm ein, dass es dieser Genosse war, der ihn vor vielen Monaten in die Wohnungsfrage verstrickt hatte.

»Bist du denn immer noch im Bauausschuss?«, fing Wegman eher harmlos an, sobald sie mit ihren Tabletts am Tisch saßen.

»Aber sicher. Mein Vater war Maurer, gä?«

»Ist das wahr?«

»Die letzten zwanzig Jahre Polier.«

»Sklavenaufseher!«

Rainer lachte. »Nun ja, er ist halt aufgestiegen, sonst hätte ich wohl nicht studieren dürfen.«

Es gab einen Moment der Stille, das gemeinsame Essen, das klappte nicht mit jedem. Wegman überlegte, ob es zu früh war, die Wohnungen in der Karl-Marx-Allee ins Spiel zu bringen. Und so hatte er ja überhaupt Marion getroffen. Wäre es nicht sehr nett, dies dem Genossen zuerst zu erzählen. Aber dann entschied er sich für die nüchterne Variante, ein Zufallskontakt mit einer größeren Firma, gewisse Aussichten auf ein Dutzend Wohnungen in guter Lage. Rainer lächelte sanft in sich hinein, ohne ihn zu unterbrechen. Offenbar hatte sich Wegman, gegen seine Berufsehre, etwas schwammig ausgedrückt.

»Mir scheint das nicht so kompliziert«, fasste der Mannheimer zusammen, während er den kleinen Löffel in einen schrillroten Pudding stach. »Besser es gibt Wohnungen, als es gibt keine. Hat diese Investmentgesellschaft ein Sekretariat? Möchten die Bewerbungen haben?«

»Auf keinen Fall!«

»Die haben kein Sekretariat?«

»Das ist keine Wohnungsgesellschaft.«

»Das hieße, man könnte die Sache selbst in die Hand nehmen.«

»Ich fürchte nur, wenn man am Ende zwanzig Mietern zusagt und fünfzig absagt, dann gibt es wirklich böses Blut.«

»Soll ich das machen?«

»Kannst du das?«

»Problemlos. Man müsste eigentlich nur wissen, wo die Wohnungen liegen; die Größe, der Zuschnitt, die Kaltmiete.«

»Es wäre gut, wenn die Mieterschaft stabil bliebe. Willst du Leute direkt ansprechen?«

»Ganz gewiss. Keine Ausschreibung, keine Rundmails, so viel ist klar.«

»Also Abgeordnete mit sicherem Wahlkreis oder mit einem Top-Platz auf der Landesliste.«

»Niemand von der FDP.«

»Wieso? Ach so. Glaubst du wirklich, die kommen nicht mehr in den nächsten Bundestag?«

»Wenn dein Kriterium *sicher* ist, würde ich sagen – nein.« Sie grinsten melancholisch vor sich hin.

»Sag mal, Rainer, träumst du?«

»Eigentlich nicht. Oder meinst du im Schlaf?«

»Ja, im Schlaf!«

»Da träumt doch jeder. Ich träume oft von meinem älteren

Bruder, der unter die Räder eines Lastwagens gekommen ist, als ich zehn war.«

»Oh«, entfuhr es Wegman.

»Und du?«

»Ich habe heute Nacht von einer … indischen Hochzeit geträumt. Die Eltern hatten eine beträchtliche Mitgift mitgebracht, aber sie reichte nicht.«

Rainer sah ihn verwundert an. Dann fragte er:

»Sag mal, Wegman, hast du eine Tochter?«

VERSUCH ÜBER GLÜCK. Dies wäre der Moment, um Wegman von der Hinterbühne auf die Vorderbühne zu ziehen. Er sitzt da in seinem Büro und passt auf, dass die Dinge vorankommen und die Nebendinge nicht vergessen werden. Mal ist er der Angestellte, dessen entspannter Freundlichkeit so gut wie niemand widerstehen kann, dann steht er allein vor dem Spiegel und wundert sich über das Rätsel seines Vaters in seinem Körper. Soll er seine Vorgeschichte als Kette von Verhängnissen begreifen, oder ist die Erinnerung an etwas Unbegreifliches sein lautloser Antrieb? Und manchmal sogar ein Vorteil?

Wollte man etwas mitteilen über die Welt und ihre Geschichte, wäre es nicht besser, über Alexander den Großen zu schreiben, über Mahatma Gandhi oder Angela Merkel? Was können wir lernen von denen, die für die Kommas zuständig sind und für die Fußnoten? Oder ist es vielmehr so, dass wir nichts lernen können von denen, die bereits wissen, und deshalb unsere Aufmerksamkeit auf jene richten, die selbst noch am Lernen sind? Oder sollte man sagen am Wachsen?

Wegman ist weder zu beneiden noch zu bedauern. Er wirkt wie eine Figur, die – Arme ausgebreitet – auf einer Kugel steht, einer schweren, blankgeputzten Kugel, die für sie die Welt darstellt. Wegman muss aufpassen, dass er nicht müde wird, denn dann setzt sich die Kugel zunächst unmerklich in Bewegung, und die Richtung, die sie nimmt, muss durch eine minimale Nachjustierung der Fußhaltung ausgeglichen werden, damit sie zu einem Halt kommt. Er lebt mit dem Gewicht der Welt, die nur durch seine tadellose Haltung nicht ins Rollen kommt. Der Spielraum ist gering. Will er nicht stürzen, muss er die Balance bewahren. Dafür ist es besser, den Blick nicht zu senken; er schaut zum Horizont selbst dann, wenn er dort nichts erkennen kann.

Es gibt viele wie ihn. Die Prinzipien sind universell. Das Gegenteil der Liebe ist nicht der Hass, sondern die Schuld. Zu handeln oder nicht zu handeln, keines davon ist moralisch überlegen. Wegman möchte lieben, obwohl er weiß, dass er die Liebe, die ihm genommen worden ist, nicht an anderer Stelle wiederfinden wird. Er hat nicht gewusst, was kommen würde, aber als es kam, hat er bald eingesehen, dass es ein Geschenk ist, eines, das er angenommen hat. Das Geschenk: ein Enigma, weil es nur dann so genannt werden kann, wenn es dem Warentausch entzogen ist.

Allein die Gründerväter der Vereinigten Staaten haben sich so weit vorgewagt, das Streben nach Glück in ihrem Grundgesetz zu verankern, womit es ein Recht wird. Nicht das Glück, sondern das Streben danach. Wegman erklärt sich das so, dass die Unfertigkeit des Staates in allen seinen Organen damit eingestanden wird. Die Siedler aus Europa wissen, dass die Expansion ihres Lebensmodells auf das Schrumpfen der Lebenswelt der anderen abgestellt ist. Jemandem das Glück zu versprechen wäre Leichtsinn gewesen, die politischen und rechtlichen Konsequenzen unvorstellbar. Das Streben aber kann ohne weiteres auch jenen zugestanden werden, die hundert Jahre nach der Niederschrift aus der Sklaverei entlassen werden.

Glück kann die Politik nicht bringen, sondern nur Vorteile

zum Nachteil der anderen. Und doch liegen darin Auffassungen von Glück verborgen. Man ist nicht fortschrittlich oder rückwärtsgewandt, man wird es. Die politische Linke vertritt die Entrechteten, jene, die man nicht teilhaben lässt an der Prosperität einer Gesellschaft. Glück kann nur empfinden, wer die Möglichkeit dazu hat. Die Rechte glaubt letztlich, jeder sei seines Glückes Schmied. Das Glück ist also links kollektiv bedingt; rechts wird das entschieden negiert. Aber auch die Konservativen haben eine Vorstellung der Möglichkeit von Glück. Sie wird individuell errungen, nicht gebracht.

Wegman kann, wenn er nur daran denkt, sein Glück kaum fassen. Es ist ihm unheimlich. Es liegt in der Doppeldeutigkeit des deutschen Wortes, in dem Glück zu haben und glücklich zu sein nicht scharf genug geschieden sind. Da bleiben die Amerikaner im Vorteil, deren Grundgesetz *happiness* andeutet, aber *luck* unerwähnt lässt. Glücklich zu sein schließt die Vorstellung von Reinheit ein; Glück zu haben kann eine schmutzige Angelegenheit werden. Er hätte das gern aufgelöst, aber immer, wenn er darüber nachdenkt, vibriert sein Telefon.

Die Erzählung ist noch nicht zu Ende. Der frühere Plan, Wegman selbst sprechen zu lassen, wurde verworfen. Selbst dann, wenn er die Vorderbühne betritt, ist seine Geschichte nicht wirklich Geschichte. Er hat kein Mandat.

Ellie blieb überzeugt, dass es sich beim Untersuchungsausschuss um ein Gericht handelte. Sie war nicht davon abzubringen, dass man Beate Zschäpe – »diese Schäpe« – vorladen müsse, um sie zu einer Gefängnisstrafe zu verurteilen. Das hatte ihr der ältere Schulkamerad Leander in den Kopf gesetzt, dessen Vater, wie Wegman inzwischen wusste, für die Linke im Berliner Abgeordnetenhaus saß.

Das Mädchen war da nicht allein. Es wimmelte von Leuten, die fanden, der Ausschuss wäre nicht entschlossen genug, lasse Übeltäter unbeschädigt und sich durch ungenaue Aussagen durcheinanderbringen. Für Wegman war es die typische Klemme aufklärerischer Pragmatiker, bedrängt von jakobinischen Moralisten. Egal, wie weit sie kamen, es war immer nicht weit genug. Gerade der moralische Grund, auf dem das Verfahren stattfand, war politisch betrachtet der Boden, der schwankte.

Im Saal saßen jedes Mal Angehörige von Opfern und deren Fürsprecher. Dass etwas im ganz großen Stil schiefgelaufen war, konnte niemand bestreiten. Je forscher die Fragen, desto ratloser die Antworten. Man war herausgetreten aus der Logik der Politik, des Rechts und der Verwaltung. Der Konsens der Parteien im Ausschuss hatte etwas von Flüchtenden. Wenn der Berg Lava spuckt, ist es für den Moment egal, ob man bis gestern verfeindet war.

Es gab niemanden, der Andi Nair aufhielt. Er war, innerhalb weniger Monate, ein Medienstar geworden, die menschliche Verkörperung von Mut und Unverdrossenheit. Wegman hatte das mit einem gewissen Stolz erfüllt. Wie unbedeutend waren sie gewesen, irgendein Büro eines Abgeordneten aus Nienburg II, und nun waren sie die Verteidiger der Schwachen und die Gegner der Starken, bestens gerüstet, um die Herren aller Länder vorzuführen. Der Bundesländer, nämlich.

Sommerpause. Wegman machte es sich bequem in seinem Strandkorb und starrte in die Ferne, ein unbestimmtes Rollen und Flimmern. Drei Tage übte er Aufatmen, zwei Tage Vergessen, dann ließ er sich treiben. Ellie hatte sich einer Rotte norddeutscher Gören angeschlossen. Sie war die Prinzessin aus Berlin, mit dreißig Euro in der Tasche, um alle zum Eis einzuladen. Jeden Tag. Wegman fand die Bestechung der Landbevölkerung lohnend. So hatte er seine Ruhe.

Marion hielt Ferien für überflüssig. Sie ließ ihn mit Ellie vorfahren und kam am Wochenende zu Besuch. Für den Freitag bezahlte Wegman einen lokalen Fremdenführer und Spaßvogel, um den Kindern den Leuchtturm zu zeigen. Das war eine Tageswanderung. Marion fuhr ihr flüsterndes Cabriolet um halb vier in die Tiefgarage der Gemeinde und war zehn Minuten später am Hotel. Das waren zwei Stunden für die beiden allein, eine Viertelstunde für Scherze, eine Viertelstunde, um sich zu beschnuppern, und der Rest für den Rest. Die Vorhänge waren vorgezogen und blähten sich im Seewind. Dahinter, gefiltert, das unglaubliche Glitzern der Ostsee. Sie wussten sehr wohl, dass sie ein schönes Paar waren.

Ein weiteres Bett war in das Zimmer geschoben worden. Wegman betrachtete abwechselnd Marion und Ellie schlafend. Er war um halb sieben aufgewacht und schlich sich dann lautlos aus dem Zimmer. Zweihundert Meter außerhalb der Ortschaft kam ein splitternackter Rentner aus dem Wasser. Ansonsten war er allein. Er schnürte sich seine Turnschuhe am Gürtel fest und stapfte barfuß entlang der Linie, die die Wassergrenze darstellte. Dort gab der Sand kaum nach, und gelegentlich wurden seine Füße geflutet.

Es war ihm eingefallen, nur ein Gedankenspiel, eine Biographie zu verfassen, die *Marion Wrede Bustamente* heißen würde. Ihre Art, mit ihm im Bett zu sein, würde er als »entspannte Routine« beschreiben. Sie war nicht die Frau, die laut schreiend aus dem Panzer der Keuschheit brach. Übertriebene Gesten der Hingabe passten gar nicht zu ihr. Ihre Lässigkeit streifte schon fast die Ironie. Sie schwitzte nicht. Da war durchaus Passion, aber es schien ihm, sie gelte nicht ihm, sondern dem Akt selbst. Sie war eigentlich die ideale Frau für ihn, aber nicht dadurch, dass er sie liebte. War Liebe das richtige Wort?

Er hatte den Ort westlich verlassen, seinen Schatten wie ein Zeiger vor sich. Wegman wollte lange gehen oder lang genug, um zurückzukehren, wenn die beiden schon wach waren oder noch besser soeben beim Frühstück saßen; kein Telefon dabei. Es gab verlassene Sandburgen, überschwemmte Steinchenmosaike, vergessenes Kinderspielzeug am Strand. Zur Linken tauchte ein gewaltiger Baukomplex auf, ein Relikt der Nazizeit in den Dünen. Wenige Strandspaziergänger waren unterwegs. Denen, die ihm am Wasserrand entgegenkamen, wich Wegman frühzeitig aus. Auf keinen Fall wollte er gegrüßt werden, jetzt, wo die Gedanken dabei waren, ihre Konturen zu verlieren. Ihm fiel eine Seidenspinnerei ein, die er einmal in Thailand besucht hatte. Die Maschine, die den Faden produzierte, hatte die volle Länge einer Fabrikhalle eingenommen. Und die Fäden auch.

Und dann spannen sich die Gedanken weiter von Marion, auf dem großen Bett, gestern, im Glitzern der Ostsee durch den hellen Vorhang, der sich im Wind blähte, zu Peggy. Es hatte ein flüchtiges Wiedersehen gegeben, damals, ein verschämtes Lachen beider, eine erneute Begegnung am nächsten Tag – im Foyer der Zentralbibliothek –, ein kurzes Gespräch, eine seelische Prüfung, sie waren beide am Ende ihres Studiums, noch oder wieder allein. Es folgte das halbe Jahr, in dem sie nachholten, was sie verpasst hatten, mühelos dahintreibend, als wären ihnen Flügel gewachsen. Wegman sah sie vor sich, die unergründliche Schwärze der Augen, der unglaubliche dunkle Busch, ihre wie aus Holz geschnitzten Schienbeine, ihre Stimme – sie konnte nicht flüstern, aber ganz leise sprechen, so dass man jede Silbe verstand. Eigentümlicherweise nannte sie ihn bei seinem Nachnamen, und der Frost, wenn sie leise sprach, lief ihm den Rücken runter.

Als Wegman umkehrte, ergriff ihn eine Beunruhigung, und er warf einen Blick zurück, um sicherzugehen, dass sein Schatten ihm folgte. Er verspürte Hunger, und es schien ihm, als wenn die Gedanken im Kopf hochgewandert wären und unter der Schädeldecke drückten. Was das wohl war, das ihm fehlte, dass er an seinem Glück nicht festhalten konnte? Obwohl die

Paare, die er gekannt hatte, auch nicht wirklich ihren großen Moment verlängert hatten in die Zukunft. Viele Ehen schienen wie aus einer riesigen Batterie gespeist, die dennoch irgendwann leer war. War das nun unvermeidlich, oder war die Ehe ein zynisches Bündnis, der Verschleiß der Apparate der Liebe einkalkuliert? War die Eheschließung eine gemeinsam verabredete gegenseitige Täuschung? Hätte er einfach nur Peggy ein zweites Mal fragen müssen, ob sie ihn heiraten würde?

So viel wusste er aus dem Studium der Geschichte der Neuzeit, dass auch die Untätigkeit Folgen hatte. Es war doch nicht so, dass es ihm einfach an Mut fehlte; wie er bei Flo Janssen vorgefühlt hatte, was die Wahl des neuen Bundespräsidenten betraf, war das nicht geradezu kühn zu nennen? Und wie er jetzt mit Andi und Alexi die ganze Republik vorführte? Keinesfalls wurde über ihn, Wegman, behauptet, dass er ängstlich sei. Nicht, dass er wüsste. Es war eher so, er suchte nach dem Satz im Inneren – da fiel ihm ein dummer Scherz ein, »Achtung, hier spricht das Bundesministerium des Innern« –, *Es ist vielleicht so, dass ich mich selbst als ängstlich empfinde.* Er wusste auch, was Bibi Burose fragen würde: »Und ist das jetzt gut oder schlecht?«

Der Ort erschien im Gegenlicht der frühen Sonne wie eine rätselhafte Festung. Das Frühstück rückte näher, und der Druck im Kopf ließ nach. Er hielt an und schrieb mit dem rechten großen Zeh in das Watt: »ängstlich?«, schaute nach rechts und links, ob jemand nah war, nah genug, um das Wort zu lesen, ehe die zischelnden Ausläufer der Brandung beides weggelöscht haben würden, das Wort und das Fragezeichen. Er durfte das nicht vergessen, dass er selbst nicht wusste, ob er ängstlich war oder nicht. Wie gefährlich es doch war, die Antwort zu erzwingen! »Marion, würdest du mich heiraten?«, was in Wirklichkeit bedeuten würde: *Siehste, Wegman, was für ein ungewöhnlich mutiger Mann du bist!* Er dachte, dass es ehrlich wäre einzugestehen, dass er in sich kein Fundament hatte, auf dem schwere Lasten würden ruhen können. Er war eher wie der Sand, auf dem er barfuß ging, scheinbar immer gleich, aber tatsächlich immer neu, gut gewässert, gut belüftet, und es wäre gewiss besser, dachte er, als er die Frühstücksterrasse betrat – Marion und Ellie winkten ihn zum Tisch –, sich in dieser Weise treu zu bleiben und den anderen auch. War es nicht der Amerikaner Thoreau, der gesagt hatte, die größte Aufgabe bestünde darin, den Tag zu gestalten? Immer nur diesen einen Tag.

Am Strand fühlte sich Wegman Frost mit seinem Handy fast wie ein Verbrecher. Niemand anderes hatte eines dabei. Kinder spielten im Sand wie dreißig Jahre zuvor. Erwachsene langweilten sich leidenschaftlich in Strandburgen. Ellie hatte die Gleichaltrigen aussortiert und gefiel sich in diesen Tagen als Oberhaupt einer Gruppe zehnjähriger Mädchen. Marion beanspruchte nach dem Mittagessen das Hotelzimmer für sich und sprach mit ihren Leuten am Telefon. Erst jetzt hatte Wegman begriffen, dass sie für sieben Mitarbeiter die Chefin war; lean management. Davon saßen drei in Berlin, drei in New York und eine in Hongkong. Die machte die IT und war *immer erreichbar*. Marion las das englischsprachige Buch eines Silicon-Valley-Dissidenten in atemberaubender Geschwindigkeit. Das Portrait des Autors auf der Rückseite des Buchs zeigte einen dicklichen Mann mit Dreadlocks, dessen müde Augen den Grad seiner Enttäuschung anzuzeigen schienen.

Man musste auf Ellie nicht mehr aufpassen, sie schwamm ganz ausgezeichnet. Und doch blieb Wegman, solange Marion im Hotelzimmer Büro machte, im Strandkorb sitzen. Gerade war ihm eingefallen, dass er früh am Morgen überlegt hatte, sie zu heiraten. Die Idee verband sich auf eigentümliche Weise mit einem großen weißen Schiff, das wie eine außerirdische Erscheinung, mehr Licht als Gegenstand, am Horizont aufgetaucht war. Sein Telefon rappelte und wies ihn auf eine Nachricht hin, die der scheidende Praktikant aus dem Lippischen hinterlassen hatte. Es war im Büro »alles klar«. Er bat um die baldige Überweisung des kleinen Honorars, das ihm für zwei Wochen Verlängerung zugesagt worden war. Und er wollte »schhlb.« – Wegman verstand das Kürzel nicht – darauf hinweisen, dass beim Abgeordneten John Voigt eine Hausdurchsuchung stattgefunden habe.

Er sah das vor sich, zwei Mannschaftswagen vor dem Haus, das nervöse Läuten einfach überall, jemand macht auf, fünf Uniformierte durch das Jugendstilvestibül ins Treppenhaus, deren Schuhe auf dem roten Kokosboden, eingefasst von Messingstangen, und wenn sie ganz oben ankommen, steht kein Name dran, weder links noch rechts. Wie sollte er das Marion erklären, dass ihre Wohnung – gewiss, durch einen Fehler der Polizei – aufgebrochen worden war, auf der Suche nach Indizien für Verfehlungen eines sozialdemokratischen Abgeordneten? Den er, Wegman, höchstpersönlich in dieses Haus, in die Wohngemeinschaft gegenüber vermittelt hatte.

»Das soll *sicherheitshalber* heißen«, sagte Marion.

Andi Nair rief nicht zurück, aber Alexi meldete sich aus Venedig. Er wusste schon Bescheid.

»Jetzt haben wir aber Glück gehabt, dass er nicht in unserem UA sitzt.«

»Wollte er denn?«

»Doch, aber das ging aus Proporzgründen nicht.«

»Ich weiß noch nicht einmal, was ihm vorgeworfen wird.«

»Besitz von Chrystal Meth, wenn ich es richtig verstanden habe.«

»Sorry, Alexi, da bin ich Laie. Was ist das?«

Die Bild-am-Sonntag, die es zuerst meldete, nannte es eine synthetische Partydroge. Am Montag hat es Der Spiegel.

»Es wird ihn doppelt treffen«, kommentierte Alexi, inzwischen aus Florenz, »als Abgeordneten, der Vorbildfunktion hat, und als Politiker, der sich gegen die Legalisierung weicher Drogen ausgesprochen hat. Eins ist klar, der Bundestag wird seine Immunität aufheben.«

»In der Wohnung ist übrigens nichts gefunden worden.«

»Ich weiß«, antwortete Alexi. »Wenn er geschickt ist oder ein bisschen Glück hat, verpullert sich das in der Ritze.«

Die WG-Tür stand offen, als Marion zurückkam nach Berlin, aber aufgebrochen worden war sie nicht. Es herrschte allgemeine Aufregung, ein Kommen und Gehen. Theo erblickte Marion auf dem Flur und fragte in seiner charmanten sächsischen Art nach Wegman.

Marion, spontan hineingebeten, lehnte dankend ab. Gerade jetzt musste man Abstand wahren! Kaum in ihrer Wohnung, sah sie sich selbst im Spiegel, sie gefiel sich, die leichte Bräunung, die verfilzten Haare, die Sommersprossen, und plötzlich verwarf sie ihre Bedenken und meldete sich in der WG gegenüber: »Theo?«

Die Versammlung fand in der Küche statt. Wie sich herausstellte, lebten sieben Männer in der großen Wohnung, und weil John Voigt nicht da war, waren es in der Küche sechs. Von diesen waren drei dafür, John rauszuwerfen; die anderen drei strikt dagegen. Die Spaltung hatte sogar die beiden Jüngsten erfasst, die ein Paar waren. Der, der für den Rauswurf war, saß auf dem Schoß dessen, der dagegen war. Marion erkannte, dass in dieser Situation das Zünglein an der Waage fehlte, die Richterin, und die war sie.

Marion Wrede Bustamente musste jeden Tag Entscheidungen treffen, keine davon ohne Konsequenzen, und so tat sie sich nicht schwer. Die Männer waren komplett still, als sie sprach. Sie fragte, ob sie die Sache entscheiden solle.

»Logo!«

»Ja.«

»Wer sonst?«

»Bin gespannt.«

Sie machte eine Kunstpause.

»John kann bleiben«, lautete ihr Urteil. Sie haderte damit, ob sie die Bewohner der WG duzen sollte. »Der formale Grund ist der, dass eure mündlich verfasste, wenn auch nicht niedergeschriebene Satzung vorsieht, dass es eine Mehrheit braucht, um jemanden in die WG aufzunehmen, und ebenfalls, um jemanden rauszusetzen. Derjenige, der vielleicht gehen muss, hat seine Rechte nicht eingebüßt. Käme John dazu, würde er wohl kaum gegen sich selbst entscheiden. Die informellen Gründe aber sind noch wichtiger: Man darf nie denjenigen strafen, der bereits in Not ist. Ich finde es auch nicht ganz unwichtig, dass die Polizei nichts gefunden hat. Anders gesagt: John nur deshalb rauszuwerfen, weil die Polizei ihn im Verdacht hatte, wäre eine Form sekundärer Justiz.«

Der auf dem Schoß saß, küsste seinen Partner ausführlich und säuselte dann mit Schlafzimmerblick in Richtung Marion:

»Darf ich fragen, was ist eigentlich Ihr Beruf?«

Marion, wieder zuhaus, bürstete gründlich ihr Haar aus. Bevor sie ins Bett ging, brachte sie Wegman auf den neuesten Stand.

»Und wo ist jetzt John?«

»Was?«

»Ich meine, wo ist John jetzt?«

»Ach so, habe ich das noch gar nicht erwähnt? An der Ostsee!«

Wegman wählte Johns Nummer. Eine halbe Stunde später war der Abgeordnete bei ihm. Es war kurz nach zehn und Ellie schon im Bett. Wegman nahm ihn mit zum Strand und schlug die Richtung ein, die er zuvor früh am Morgen genommen hatte. Im Nordwesten gab es ein diffuses Leuchten, das den Wellen im Widerschein für Bruchteile von Sekunden Glanzlichter aufsetzte. Man sah am Strand noch Konturen, aber die Farben waren fast völlig verloschen.

Am liebsten hätte Wegman gefragt, ob John wirklich verbotene Drogen genommen habe, warum, und was er zu tun gedenke. Immerhin saß John auf einem sicheren rheinischen Wahlkreis, den die Sozialdemokraten nicht wegen einer Dummheit verlieren durften. Aber er schob das auf; die heikelsten Dinge besprach man bekanntlich kurz vor dem Abschied. Stattdessen fragte Wegman, ob John sich erinnern könne, wie sie auf der Schröder-Wallfahrt alle bei seinen Großeltern im Westfälischen untergekommen waren.

»Ihr wart fast noch Kinder«, sagte John.

»Ja, das stimmt. Aber ich wollte früh kein Kind mehr sein. Deshalb bin ich auch mit vierzehn Juso geworden. Flo Janssen hat mit dreizehn – oder war er erst zwölf? – seine erste Wahl … verloren.«

»Es war eine andere Zeit.«

»Es ist immer eine andere Zeit.«

»Ich habe manchmal das Gefühl, ich wäre eine Art Saurier. Niemand kann sich erinnern, woran ich mich erinnern kann.«

Wegman dachte, dass es ihm auch so ging. Er war ganz allein mit seiner Kindheit am tiefen, tiefen See in Idaho.

»Und was ist das, woran du dich erinnerst?«

John antwortete nicht gleich. Es gab da etwas zwischen zwei Strandkörben, die nah aneinandergerückt waren. Sie blieben stehen. Ein Liebespaar im Sand wie aus einem manieristischen Kupferstich. Eine riesige, abgestürzte, zappelnde Fledermaus. Sie tappten weiter, bevor sie bemerkt wurden.

»Der erste Junge, mit dem ich wirklich was hatte, war ein Fabrikantensohn. Wir gingen zur selben Schule in einer Kleinstadt zwischen Köln und Aachen. Er war schon sechzehn, ich fünfzehn. Ein miserabler Schüler, und plötzlich wurde er von seinen Eltern auf ein Internat geschickt, traditionell, riesig, aber auch reformfreudig – weit weg für mich, fast in eurer Gegend.«

»Weserbergland.«

»Ich glaub' ja. Er war seit dem Sommer weg, und im Herbst hat er mich eingeladen. Benedikt. Es waren Ferien, Herbst einundachtzig, und ich konnte da einige Tage bleiben. Man musste als Gast ein paar Mark zahlen, und zwar für das Frühstück. Ganz altertümlich all das und vor dem Internet, klar. Damals hatten die meisten Haushalte nur ein Telefon. Ein Kopierer war rar, fast ein Gerät aus der Zukunft. Männer, wenn sie erfolgreich waren, rauchten teure Zigarren.«

»Ich war dabei«, sprach Wegman halblaut.

»Es gab das Wort *schwul* gar nicht.«

»Doch, das Wort gab es, aber es war bösartig, damals.«

»Jedenfalls wurde ich in keiner Weise vorbereitet auf das, was dann kam. Der Abend vor meiner Rückreise ins Rheinland: Benedikt kündigte an, man gehe normal ins Bett und stehe eine halbe Stunde vor Mitternacht wieder auf. Das sei ein Ritus. Etwas unter Jungen. Jemand hatte den Schlüssel zu einem Dachboden, und da fand das statt.«

»Aber das ist doch ganz normal«, wandte Wegman ein. Er war sich nicht sicher, ob er die Geschichte zu Ende hören wollte.

»Nein, das war überhaupt nicht normal. Es gab Petroleumlampen und Kerzen. Da waren viele Jungen, ein Dutzend oder mehr. In unserem Alter. Und zwei kleinere. Es wurde verkündet, sie seien erwischt worden und müssten bestraft werden. Die waren vielleicht zwölf und sahen nicht sehr glücklich aus. Einer war auf dem Internat und der andere auch ein Besucher.«

»Die Geschichte kenne ich«, sagte Wegman, »das hast du aus einem Buch. Aus einem Film.«

»Nein. Ich war dabei. Ich muss oft daran denken, und ich wünschte, ich könnte die Zeit zurückdrehen. Aber ich bin kein Held und war damals keiner. Es war auch einfach zu heiß. Nicht der Dachboden, meine ich, der war ziemlich kalt. Aber die Szene. Ich glaube, wir waren alle erregt, und dann nahm das seinen Lauf. Die Jungen mussten sich ausziehen. Sie waren auch erregt, aber wider Willen. Es sollte natürlich eine Demütigung sein. Die, die anfangs Wortführer gewesen waren – Benedikt auch –, waren jetzt die Folterknechte. Die Jungen mussten sich vor den anderen küssen. Das war der erste Akt. Dann wurden sie mit Ledergürteln auf den Hintern geschlagen, ziemlich heftig.«

»Muss ich das alles wissen?«

»Dann kam der dritte Akt.«

»Ich kann's mir denken.«

»Es gab zwei Besenstiele. Einer hatte sogar Niveacreme mitgebracht. Das wurde dann Entjungferung genannt. Die Jungen bekamen Mädchennamen. Petra und Andrea. Ich weiß es heute noch. Einige der Älteren hatten die Hand in der Hose. Man konnte den Blick nicht abwenden. Die gequälten Jungen weinten. Bei einem von beiden blutete es. Das war eigentlich das, was zu viel war. Die Ernüchterung kam schnell, und die Kleinen, noch nackt, mussten unter Drohungen schwören, dass sie nichts verraten würden. Im Schlafsaal ist Benedikt dann zu mir gekommen. Ich wusste bis dahin gar nicht, dass ich eine Schwuchtel war.«

»Aber John, solche Sachen passieren doch heute auch. Das kannst du in der Zeitung lesen.«

»Nur damals eben nicht. Wenn dir übel mitgespielt wurde, dann hast du dich geschämt. Das wurde eingekapselt. Vergessen. So gut vergessen wie möglich. Da gab es keine Psychotherapie.«

»Und diese Jungen, was glaubst du, hat es die ruiniert?«

Sie schritten noch lange aus, schweigend. Wegman dachte,

der musste sich das von der Seele reden. Die quälende Geschichte von der anderen Seite. Die Geschichte der Täter. Eine heimliche, männerbündische Homosexualität vor ihrer Emanzipation.

»Ruiniert nicht unbedingt«, kam es plötzlich aus John heraus, als sie schon auf dem Rückweg waren. »Wie man es sieht. Aber dass das wütend macht, dass man verbissen wird, das kann ich mir schon vorstellen. Die Verkapselung hat ihren Preis. Wegman … es war nicht sehr hell auf dem Dachboden damals, und wir waren voll auf Adrenalin. Aber ich habe den Jungen, der geblutet hat, am nächsten Morgen beim Frühstück gesehen. Andrea. Er sah übrigens ziemlich indisch aus. Mehr kann ich nicht sagen.«

Wegman blieb stehen, und John wandte sich zu ihm um. Eine Gesichtshälfte war matt erleuchtet, die andere schwarz. Grinste der? Nein, er grinste nicht, er lächelte verlegen.

»Und muss ich das wirklich wissen?«, fragte Wegman.

»Ich finde schon«, antwortete John.

Es war keineswegs das erste Mal, dass jemand Wegman etwas Beunruhigendes anvertraute. Ein Schulkamerad am Adolfinum hatte mit seiner Schwester geschlafen. Der Kader einer maoistischen Splittergruppe hatte einen Kommilitonen in Peking denunziert. Der Zivildienstleistende einer Kindertagesstätte fuhr zweimal täglich acht Kinder, aber ohne Führerschein. Eine Krankenschwester hatte, noch in Ost-Berlin, einen schwerkranken Arbeiter in einer Nachtwache sterben lassen. All diese Dinge waren Wegman berichtet worden, und er glaubte, dass er allein als Adressat ausgesucht worden war. Wer einen Abgrund in sich hatte, wandte sich, wenn die Gelegenheit kam, unversehens an Wegman Frost.

Aber erst das Nachtgespräch am Ostseestrand brachte in ihm die Frage auf, warum das so war. Möglicherweise physisch? Bekannte man ein Geheimnis eher einem mit tiefbraunen Augen als mit hellblauen? Oder reichte die Wahrscheinlichkeit, ein hoher Grad von Wahrscheinlichkeit, dass jemand verschwiegen sei? Woher aber konnten die anderen wissen, dass er verschwiegen sein würde; die ganze Welt tratschte, so schien es, nur er nicht. Er und einige andere. Nur wer waren die anderen? Man müsste einen Club der Geheimnisträger gründen. So dass man mit seiner Bürde nicht ganz allein war.

Immerhin wusste er auf diese Weise etwas über den Zustand der Welt. Der schöne Schein trog. Menschen stahlen, gingen fremd, booteten andere aus, mogelten bei Prüfungen, setzten Gerüchte in Umlauf. Aber all das war nicht leichterdings getan. Es hinterließ eine tiefe Spur im Gedächtnis, die ätzende Spur des schlechten Gewissens. Das hätte er John Voigt mal fragen sollen, ob er diese haarsträubende Geschichte einem Priester anvertraut hatte. Dafür waren die doch da. Wenn die vor dem Teufel warnten, wussten sie jedenfalls, wovon sie sprachen.

Wenn nun die anderen annahmen, dass er vertrauenswürdig war, was bedeutete das? Glaubten sie, dass er ein Fremdling wäre, der gar nicht wüsste, wen er an wen verraten könnte? Oder sendete er unfreiwillig Signale aus, dass er zu einer Kaste der Verschwiegenen gehörte, wie Ärzte, Anwälte, Therapeuten? Oder war dahinter die Vorstellung seelischer Kapazität verborgen – dass Wegman die Geheimnisse anderer mit sich herumtragen könnte, weil er selbst keine hatte?

»Bin ich, Wegman Frost, ein guter Mensch?«, dachte er für sich selbst.

»Was denkst du?«, fragte Ellie, die soeben *Der Schatz im Silbersee* beiseitegelegt hat. Erst seit Radebeul las sie Indianerromane.

Was war aus den Bekenntnissen gefolgt? Mit der Krankenschwester, die durch Mitleid zur Sterbehelferin geworden war, hatte er einige Male geschlafen. Dann war sie abgetaucht. Der Zivi war nach seinem Dienst in eine andere Stadt gezogen und hatte dort seinen Führerschein gemacht. Genau das hatte Wegman ihm empfohlen. Der verräterische Maoist war plötzlich religiös geworden. Der Kamerad am Adolfinum nahm sich später, im ersten Studienjahr, das Leben. Es schien nichts zu geben, das Wegman aus alldem hätte schließen können.

Aber eines war doch auffällig am Bekenntnis Johns: dass es nicht nur über ihn etwas verraten hatte, sondern auch über Andi Nair. Sogar in verschärftem Maß. Okay, John war Zaungast einer Gruppe von Jungen gewesen, die andere Jungen schwer drangsaliert hatten. Aber wenn es darin zwei Geheimnisse gab, dann war das des Jungen, der Andrea genannt wurde und geblutet hatte, das größere. Was mochte die Absicht John Voigts sein, Wegman in eine solche Sache hineinzuziehen? Er war nicht eigentlich – das erkannte er nach einigen Tagen des Grübelns, dessen Ursache er Ellie nicht wissen ließ – zum Vertrauten geworden, sondern zum Mitwisser. Vielleicht würde Wegman diese Sache gar nicht für sich behalten.

Die Woche der Rückkehr fiel Wegman schwer. Das war schon immer so gewesen. Die Büros fühlten sich in der Parlamentspause anders an, so als gäbe es ein Tuscheln in den Regalen, und der Computerbildschirm würde einem die Zunge herausstrecken, wenn man gerade nicht guckte. Das kommt, hat Bibi Burose ihm erklärt, durch die Abwesenheit der Politik. Das erweckt die Verwaltung zum Leben.

Nur einmal in seinem Leben hat Wegman versucht auszubrechen. Es war am Ende seines ersten Jahres in der Verwaltung des Landtags, mitten im Jahr 2000, er war achtundzwanzig Jahre alt und kam von den schwarzen Augen Peggys nicht los. Er hatte das Gefühl, dass es falsch für ihn wäre, überhaupt irgendwo zu bleiben, an einem Ort oder in einer Institution. Er schickte eine Bewerbung an die Lufthansa und wurde nach Hamburg zu einem Gespräch eingeladen. Dort signalisierte man ihm, dass man das Kabinenpersonal eigentlich nicht aus der Universität rekrutiere. Aber wenn er am Flugverkehr interessiert wäre, es gäbe sehr interessante Stellen in der Verwaltung. In der Verwaltung!

Er wollte nicht Pilot sein, nicht Herr über eine Maschine, nicht jemand, unter dem die Länder zusammenschnurren zu Skizzen. Die Kabine wäre genau richtig gewesen, keine Zeit, aus dem Fenster zu gucken, unter Menschen mit ihren kleinen lauten Ängsten und stillen großen Sorgen, und dann mit nicht mehr als einer Sporttasche in ein Hotel, in Helsinki, Miami, Lagos, Bangkok, und wieder zurück, nein, nicht zurück, sondern immer weiter. Ein internationaler Hobo, kein fester Wohnsitz, volle Wochenschicht plus zwanzig Überstunden, drei Tage Pause hier und drei Nächte dort. Gar nicht mehr Tage zählen und Nächte, das Schema aufgeben, heimisch werden auf der globalen Uhr, die mal rückwärtsläuft und mal vorwärtsspringt.

»Die sitzt in Hongkong«, sagte Rainer beiläufig. Sie waren wohl zufällig, Wegman war sich da nicht ganz sicher, zu viert an einem Sechsertisch zu sitzen gekommen, im Aquarium, und nachdem die anderen bereits aufgesprungen waren, saßen sich Rainer und Wegman schräg gegenüber. Bevor Wegman aus seinem Tagtraum zurückschaltete in den Bundestag, Mitte August, Mitte des Tags, mitten im Gebäude, nahm er sich vor, dass er sich das merken würde, seine Abschweifung zur Bewerbung bei der Lufthansa. Warum er überhaupt in letzter Zeit so viel an früher dachte, an sein erstes Jahrzehnt als Erwachsener.

»Die macht das von Hongkong aus«, probierte der Mannheimer Abgeordnete es noch einmal.

»Und wie?«, fragte Wegman, so eine typische Büro-Trickfrage, wenn man nicht aufgepasst hat.

»Auf Englisch.«

»Und wie klingt das so?«

»Standard. Könnte auch eine Maschine sein: We have so far received applications from seven representatives with families, one only with husband, one single.« Durch Rainers badischen Akzent hörte es sich wie Satire an. »As you know, the first apartments will be ready for lease no earlier than November this year. We could probably accommodate eight more singles, couples and families between November and January. Please make sure the applicants know that we have set them for the Karl-Marx-Allee development. We shall send all of the necessary lease contracts directly to you. – Ungefähr so.«

Wegman ließ sich seine Erleichterung nicht anmerken. »Das klingt ja so, als wenn sie einfach jeden nehmen würden, der sich bewirbt.«

»Warum auch nicht?«

»Hast du die alle angesprochen? So irgendwie nach Proporz?«

»Bisher alles Leute mit sicheren Plätzen. Okaye Leute, weißt du, keine Trickser, keine Hitzköpfe. Von denen auf meiner Liste habe ich bisher elf gefragt, und nur zwei haben abgewinkt. Die sind in der Zwischenzeit gut untergekommen. Von den neun Parteien jetzt sind übrigens vier Sozialdemokraten. Ich denke aber daran, wenn du nichts dagegen hättest, unseren Anteil etwas zu erhöhen. Ich habe so das Gefühl, als wenn das in Hongkong niemanden interessiert, wer zu welcher Fraktion gehört.«

»Aber wieso neun Parteien?«

»Mietparteien!«

Wegman biss sich auf die Zunge. »Rainer, ich glaube, du machst das sehr gut.«

Am Nachmittag beantwortete er mehr als dreißig Mails aus dem Wahlkreis. Die Hälfte davon bestand aus Gratulationen an

Andi Nair zu seiner Rolle im Untersuchungsausschuss. Wegman ergänzte den Pressespiegel mit Berichten aus den zwei Wochen vor der Sitzungspause, die liegengeblieben waren. Die Journalisten delektierten sich noch immer an Nairs höhnischem Fragestil. Das wunderte Wegman, aber er behielt es für sich. Was nicht weiter schwer war, denn Alexi vollendete grade seine Italienreise mit einem Besuch Neapels.

Er schaltete den Hausruf ein, um zu prüfen, ob daraus tatsächlich kein Laut kam. So war es, nicht einmal ein Rauschen. Wegman drehte seinen Schreibtischstuhl zum Fenster. Das ist doch auch merkwürdig, dachte er, wenn man nachdenken will, wendet man seinen Blick nie in die Tiefe des Raums. Jedenfalls er nicht.

Und was war es gewesen, worüber er hatte nachdenken wollen? Ihm fielen Peggys Kegelbrüste ein. Aber konnte man über Brüste nachdenken? Möglicherweise schon. Vielleicht musste man dafür Franzose sein. Dann allerdings würde man gleich ein ganzes Buch darüber schreiben.

Was für ein Buch würde er schreiben? Was wäre das Kriterium für ein Buch: Würde es von etwas handeln, das Menschen irgendwo in der Welt wissen müssten – und nur er, Wegman, könnte es erklären? Viele Menschen, glaubte er, schrieben Erinnerungen an ihr Leben. Aber wieso sollte irgendjemand, den er nicht kannte – jemand in Hongkong –, etwas wissen müssen über sein Leben? Es war vielleicht besser, sich komplett zu vergessen und *Ein Buch der Vermutungen* zu schreiben über alles, was man nicht wusste.

Zwischen zwanzig und dreißig, jetzt fiel es ihm wieder ein! Dieses Wunder mit der deutschen Grenze, damit ging es los. Etwas, womit keiner gerechnet hatte. Fahrten von Göttingen nach Leipzig, noch ohne Autobahnverbindung, damals. Der Wunsch, irgendwie dabei zu sein. Drittes Semester Geschichte, und dies war Geschichte live. Die ersten Kommilitonen mit sächsischem

Zungenschlag, eine davon hatten sie mit zurückgebracht, Pia. Eine echte Blonde, schnelle Zunge, nicht zu fassen. Nein, sie war es nicht, woran er jetzt denken wollte, aber es hatte damit etwas zu tun, mit der Situation von damals. Ein Kleidungsstück fiel ihm ein, eine Windjacke, die man *gewendet* hatte tragen können, den rauen, den dunkleren Stoff nach außen. Viel besser, als sich etwas Neues zu kaufen – es öffnen, von innen nach außen stülpen und das Abgenutzte behalten. Seine eigene Geschichte wie eine zweite Haut tragen. *So wie die anderen sein* –

Natürlich, dass er das nie bemerkt hatte! Dies war das Entscheidende: Kaum war er aus Bückeburg weggezogen, war er nicht mehr das Waisenkind gewesen, das Kind ohne leibliche Eltern jedenfalls. Gleiche Chancen für alle. Die vielen jungen Gesichter. Die Aschenbahn des Lebens vom Start her. Theoretisch ist alles möglich.

Einmal war Flo Janssen ihn besuchen gekommen, aus Hannover, wo er Zahnmedizin studierte, nach der freiwilligen Zeit bei der Bundeswehr. Es gab Dinge, die nur sie beredeten. Er hatte Flo nämlich gefragt, ob man ihn auf seine Herkunft ansprach und ob er bei seiner Bückeburger Linie geblieben sei. »Aber natürlich«, hatte der geantwortet. Er war Wegman weit voraus. Flo musste darüber nicht nachdenken.

Als er abends auf den Zug musste, war noch Zeit, und sie hatten gegenüber des Bahnhofs im Grünen gesessen, nicht weit vom Hotel Gebhards. Der Freund spürte, wie es in Wegman rumorte. Flo war katholisch geblieben und dazu richtig gläubig geworden, kurios genug, in einer Partei ausgemachter Kirchenfeinde, die er gedachte sich gefügig zu machen. »Ich betrachte das Leben als Geschenk«, sagte er. »Es ist mir gegeben worden. Ich bin froh darum, und ich werde etwas daraus machen.«

Wegman hatte ihn zum Gleis gebracht und blieb dort stehen, bis der Interregio sich aufgelöst hatte in Punkte. Oder was es genau war, was man sieht, wenn man fast nichts mehr sieht.

Und es war dieser Moment, der Wegman einfiel, sein leerer Blick auf die Abgeordnetenbüros gegenüber, wo nichts los war, kein Licht an und alle Fenster zu. Es war zu spät gewesen, um zu antworten, weil der Zug schon abgefahren war. »Wenn es nämlich ein Geschenk ist …«, hatte Wegman gedacht. Diesen Satz nie zu Ende gedacht. Aber ihn umso tiefer in sich eingesogen – *geglaubt*, das war das richtige Wort. Geglaubt, vielleicht mehr als alle anderen Menschen auf der ganzen Welt.

Bibi Burose hatte er so lange nicht gesehen, er hätte sie am liebsten alles und alles auf einmal gefragt. Ob sie glaube, dass das Leben ein Geschenk sei; ob sie wisse, was Chrystal Meth mit den Menschen letztlich mache; und ob man eine schwere sexuelle Demütigung mit zwölf Jahren überhaupt jemals verwinden könne. Nicht, dass er ihr diese Fragen wirklich stellen wollte, es war eher so, dass ihm, einige Stunden bevor er Bibi begegnete, bewusst wurde, wie viele Fragen er mit sich herumtrug. »Kannste googeln«, würde Ellie sagen, aber drei Millionen vierhunderttausend Resultate in null Komma sieben Sekunden waren nicht das, was sich Wegman unter einer Antwort vorstellte.

Dass er Ellie an diesem frühen Abend im August nicht würde bei Freunden lassen können, war nicht vorhersehbar gewesen. Also nahm er sie mit in den Volkspark, wo an einem der wackligen Tische eines Freiluftcaféchens Bibi schon wartete; hoffentlich weiß sie, dachte er, dass man das Kind nicht gleich wegschicken darf. Es muss erst einmal die soziale Luft atmen, das Gefühl bekommen, gewollt zu sein. Dann ist es frei.

Bibi, fand Wegman, war etwas streng, aber er hatte es nicht anders erwartet. Sie sah sich die beiden aus der Nähe an. Kaum dass Ellie weg war zum Spielplatz, fragte Bibi: »Sag mal, wenn ihr so unterwegs seid, was sehen die Leute in euch?«

»Vater und Tochter.«

»Und aus eurer Vorgeschichte, könnte es sein, dass du schlicht der Vater bist?«

»Du meinst nicht biologisch-technisch?«

»Doch, natürlich, alles. Alles eingeschlossen. Du wärest Spender bei einer Samenbank und hättest dreißig Kinder. Sie wäre davon eins.«

Wegman musste kichern. »Nein, das ist ausgeschlossen. Sie kommt ganz woanders her.«

»Du kommst auch ganz woanders her.«

»Das verbindet uns.«

»Das kann man wohl sagen. Warum hast du sie nicht früher schon mitgebracht?«

»Ich kenne sie erst ein Jahr. Ihre Mutter hat uns eine Weile allein gelassen, damals, auf dem Kollwitzplatz, und dann hat sie vorgeschlagen, dass wir zusammenziehen.«

»Die Mutter.«

»Nein, ich glaube, es war Ellie. Oder beide quasi gleichzeitig.«

»Und dann seid ihr zusammengezogen, stimmt's?«

»Stimmt.«

»Kanntest du die Mutter schon länger?«

»Marion, ja. Seit dem Tag davor.«

Bibi riss die Augen auf: »Eine Amour fou!«

»Fändest du es eine gute Idee, ihre Mutter zu heiraten?«

»Das ist eine interessante Frage. Wen würdest du zuerst fragen, die Mutter oder das Kind?«

Wegman brauchte einen Moment, um darin den Scherz zu bemerken.

»Ich muss dich mal etwas fragen, Bibi. Es ist ein bisschen ein Tabu.«

»Ein bisschen ein Tabu!«, amüsierte sich die Professorin.

»Nun gut, es berührt ein Tabu. Okay?«

»Okay.«

»Siehst du in Ellie irgendwie, und sei es auch nur in Spuren, ein schwarzes Mädchen?«

»Wenn ich hätte raten sollen, hätte ich gesagt: kreolisch.«

»Kreolisch!«

»Übrigens ist das kein Tabu.«

»Ich bin doch Indianer«, sagte Wegman.

Bibi lächelte verzeihend.

»Du warst ein paarmal in der Karibik, nicht?«

»Ja, und da habe ich beobachtet, dass gerade eine gemischte Gesellschaft blendend damit zurechtkommt, von ihrer Abstammung relativ wenig zu wissen. Im Gegenteil, genau das macht sie frei.«

»Frei von was?«

»Das hätte ich erforschen müssen, habe ich aber nicht.«

»Aber du kannst raten.«

»Denk mal an die Europäer und ihre Stammbäume.«

»Schaumburg-Lippe?«

»Diese Stammbäume signalisieren einen Anspruch auf Herrschaft. Und das haben die Europäer irgendwann, wenn auch nicht unbedingt erfolgreich, auf die ganze Welt übertragen wollen. Es gab aber eine Unmenge Kinder, die nicht in die spanischen und französischen Stammbäume eingetragen werden konnten. Das heißt, inwiefern sie Europäer waren, Sklaven, Indigene, das ging ziemlich schnell verloren. Eigentlich der Beginn ganz neuer Gesellschaften, bis in die Ausformung von Sprachen.«

»Eine Utopie!«

»So weit würde ich nicht gehen. Aber guck dir die USA an, wo die Sklaverei eine Art negativen Stammbaum hinterlassen hat. Man möchte vergessen, aber man kann nicht vergessen.«

»Also, der negative Stammbaum wäre der, dass jeder, der irgendwie noch schwarz aussieht, von Sklaven abstammen muss.«

»Ja, die Fixierung auf *one drop of blood.* Ums Aussehen geht es nicht.«

»Und woher stammt diese amerikanische Fixierung?«

»Aus der jüngeren Geschichte der Sklaverei, der des Südens. Von Liverpool aus gesehen war die Sklaverei auf dem Wege der Abschaffung. Mitte des neunzehnten Jahrhunderts war das eigentlich vorbei. Und plötzlich etabliert sich der Sklavenhandel im großen Stil. Das heißt, alle diese Leute, die man in Afrika gefangen genommen hat, waren innerhalb von Wochen oder Monaten angekommen in Mississippi oder Alabama.«

»Was war jetzt daran genau anders als vorher?«

»Fast alles. Die Ideen der Aufklärung machten das eigentlich unmöglich. Der wirtschaftliche Vorteil aber war schlagartig real, weil man von vornherein wusste, wo die Sklaven hinsollten. Sie waren quasi bestellt. Das ist eben der Unterschied zur frühen Geschichte der Sklaverei, die entlang der Küsten verlief und sich über Generationen hinzog. Die Unterscheidung Herr und Sklave war sogar lebenspraktisch ins Wanken geraten und wurde deshalb von verschiedenen Seiten, von europäischen Wortführern und karibischen Aufständischen, in Frage gestellt. Haiti hat sich dann selbst von der Sklaverei befreit.«

»Je früher also das Unrecht benannt wird, desto weniger schleift es sich in die historische Deutung ein.«

»Ja, oder umgekehrt, wenn ein Unrecht zu lange andauert, wenn es offensichtlich böswillig gegen die Einsichten der Zeit konstruiert ist, wird es nicht mehr wiedergutzumachen sein. Hätte Washington sich fünfzig Jahre vorher von der Sklaverei verabschiedet, wären die Verwerfungen vielleicht jetzt nicht mehr spürbar. Aber sie sind es.«

»Macht denn die kreolische Geschichte die Sklaverei gewissermaßen ungeschehen?«

»Natürlich nicht. Das Gedenken an die Sklaverei ist in manchen karibischen Communities sogar sehr präsent. Aber die

Vorstellung menschlicher Universalität ist nicht über die gleiche Quelle gekommen, die Aufklärung. Rassentheorie und Aufklärung zugleich, eine europäische Paradoxie. Allerdings, der Freiheitsgedanke wurde auch in Europa ausformuliert, die Französische Revolution hat letztlich gesiegt.«

»Der Unterschied im Kern …«

»Der Unterschied im Kern«, sprach Ellie, deren Rückkehr Wegman und Bibi im Eifer der Erörterung entgangen war.

»Noch ein Eis?«, fragte Wegman.

Ellie reagierte nicht. »Der Unterschied im Kern?«, wiederholte sie schließlich.

Bibi sah das Mädchen an, während sie sprach: »Der Unterschied besteht darin, wie man den Menschen sieht. Je weniger Angst im Spiel ist, desto besser.«

»Wenn ich mir Ellie ansehe, bin ich ohne jede Angst«, sagte Wegman.

Ellie war dort, wo sie stand, offenbar angewachsen. Sie bewegte sich nicht. Ihr Körper schien an Volumen zu gewinnen. Sie sah Wegman in die Augen, und sie gab ihn nicht mehr frei. Das Sommerlicht flimmerte. Die Stimmen der vielen anderen, sie traten zurück und bildeten einen vokalen Teppich im Hintergrund.

»Okay, noch ein Eis«, murmelte Ellie.

»Du kennst sie jetzt erst kurz«, sagte Wegman, als sie schon unterwegs war, »aber ich muss dich etwas fragen: Hältst du es für möglich, dass sie klaut?«

»Im Supermarkt etwas Schönes mitnimmt?«

»Nein, das nicht. Zuhaus. Bei uns verschwindet Geld, und zwar gar nicht so wenig.«

»Was würde sie damit anfangen?«, fragte Bibi.

»Ich weiß es nicht. Man sieht es nicht. Nicht, dass sie plötzlich ein neues Handy hätte, das sie nicht erklären könnte. Sie ist sogar ziemlich bescheiden.«

»Aber es verschwindet Geld.«

»Definitiv.«

»Dann gibt sie es jemand anderem«, konnte Bibi so eben noch antworten, bevor Ellie sich zu ihnen setzte.

Als er all die Kinder sah, vielleicht hundertfünfzig, und vorn ein Tisch mit einem Stuhl, dachte Wegman Frost, dass er vorsichtiger hätte sein sollen. Nur weil es Ellies Schule war, hatte er sogleich zugesagt und sich weiter keine Gedanken gemacht, eine Schule in der Nachbarschaft und nicht etwa im Wahlkreis, das hatte er doch nicht ablehnen können. Aber vorbereiten möglicherweise schon.

In der ersten Reihe saß Ellie. Der etwas ältere Junge mit dem halblangen, glatten Haar, der ihr ins Ohr flüsterte, das musste Leander sein. Er mochte dreizehn Jahre alt sein, und einige Schüler, die ganz hinten im Saal standen, manche mit verschränkten Armen, waren wohl schon sechzehn, was nicht zu den einleitenden Worten der Lehrerin passen wollte, dass es sich um eine Veranstaltung für die Unterstufe handele. Der besondere Anlass »ist der Umstand, dass der Bundestag zurzeit die Geschichte rechtsextremistischer Terroristen aufarbeitet und wir einen Angehörigen des Bundestags bei uns haben, der aus erster Hand darüber berichten wird«. Wegman sah erstaunt zu ihr auf – er konnte ihren Blick nicht abpassen, weil sie im Gegenlicht stand –, aber sie korrigierte sich. »Da habe ich mich nicht ganz treffend ausgedrückt, denn Herr Frost ist nicht Abgeordneter im Bundestag, sondern er leitet ein Parteibüro. Parteipolitik soll aber heute keine Rolle spielen.« Wegman brauchte einige Sekunden, um zu bemerken, dass er nun das Wort hatte, und entschloss sich, die Lehrerin nicht zu verbessern. Ein »Parteibüro« – wusste die gar nichts von der Organisation des Bundestags?

Ellie war gewachsen und, ja, sie konnte das bereits, ein Bein über das andere legen und damit wippen. Ihre Locken und ihre Zöpfe rahmten, wild und gezähmt zugleich, ihr langes Gesicht, das aber nicht wirklich lang war, weil es zu ihrem athletischen Körper passte. Ihr Teint war wie eine Kupfermünze unter lauter Zinnpfennigen, und die Spiralen und Kreise, die sie selbst auf ihre Jeans gestickt hatte, ließen sie erscheinen, als wäre sie aus einem Bilderbuch gestiegen, von einem berühmten Illustrator lächelnd hingetuscht. Nichts von dem war für Wegman neu, er sah sie jeden Tag, aber die Wirkung überraschte ihn. Einem solchen Mädchen war ein Wunsch schwerlich abzuschlagen, und deshalb saß er jetzt hier. Um das wörtlich zu denken, blieb ihm keine Zeit, aber er fühlte es. Er würde alle ansehen, aber in Wirklichkeit zu Ellie sprechen. Das musste genügen.

Aber es genügte nicht. Die misslungene Vorstellung war kaum noch einzuholen. Er war eben kein Abgeordneter, also warum war er hier? Und wie sollte es ihm gelingen, Zwölfjährige für die Verwaltung zu interessieren? Und wie sollte er das Erkenntnisinteresse eines Untersuchungsausschusses plausibel machen? Wie ungünstig, dass sein Tisch leer war, ein Stapel von Aktenordnern wäre gut gewesen oder hundertfünfzig Exemplare vom Grundgesetz, hinter denen er sich mühelos hätte verstecken können. Verstecken! Das war das entscheidende Wort. Er würde sich nicht verstecken, nicht hinter dem Gesetz, nicht hinter dem Prozedere.

»Ich bin Wegman Frost«, sagte er, und plötzlich war es ganz still geworden. »Manche sagen, dass ich einen komischen Vornamen habe. Ich bin nicht in Berlin geboren, überhaupt nicht in Deutschland, sondern in einem Kiefernwald irgendwo im Nordwesten Amerikas oder genauer der Vereinigten Staaten. Als ich mit sechs Jahren nach Deutschland kam, wohnten etwa zwei Millionen Türken hier – nein, nicht hier am Prenzlauer Berg, aber in Westdeutschland und in West-Berlin –, viele Familien mit Kindern, so dass ich teils unter Türken groß geworden bin. Viele waren als Industriearbeiter gekommen und haben später Geschäfte aufgemacht: Gemüse, Frisör, Änderungsschneiderei, Gebrauchtwagen. Alles Dienstleistungen, die man wirklich braucht. Einer von ihnen, da vorn, in Kreuzberg, hat damals das Fleisch am Spieß erfunden und es Döner Kebab genannt.

Über die türkischen Mitbürger spreche ich deshalb, weil sie acht Jahre lang von hundsgemeinen Terroristen verfolgt worden sind. Da mieten sich zwei junge Männer ein Wohnmobil, fahren einige hundert Kilometer, laden ihre Fahrräder aus, radeln in die Einkaufsstraße. Nicht in die Fußgängerzone mit Foot Locker und McDonald's, sondern in die Gasse dahinter. Sie schießen irgendeinem jungen Händler, der einen Copyshop betreibt, mitten ins Gesicht, laden ihre Fahrräder wieder ins Wohnmobil und kehren zurück. Sie wohnen zu dritt über einem griechischen Restaurant. Sie berichten es ihrer gemeinsamen Freundin und freuen sich über ihre Heldentat. Manchmal essen sie gemeinsam beim Griechen. Aber nicht, weil sie ihn mögen, sie tun nur freundlich, zur Tarnung. Es sind Neonazis aus Thüringen, die sich in Sachsen verstecken. Sie glauben, besonders tüchtige Deutsche zu sein. Sie leben davon, dass sie Sparkassen überfallen.«

Der Junge, der Leander sein musste, reckte seinen Arm nach oben:

»Und warum hat die Polizei diese Leute nicht einfach festgenommen?«

So ging das also. Nicht anders als im Wahlkreis auch, nur dass Wegman dort immer für den Abgeordneten sprach, nicht für sich selbst, und ganz gewiss nicht für das ganze Parlament. Er war sich noch nicht sicher, ob es besser für ihn war, in den Augen der Kinder nur Herrn Frost oder den ganzen Bundestag darzustellen.

»Das Leben ist nicht wie der *Tatort*, wo alle Fälle nach anderthalb Stunden gelöst sind.« Er sah an den Gesichtern der Jüngsten, dass der Titel der Fernsehserie ihnen nichts sagte. »Es handelt sich nicht um gewöhnliche Verbrechen. Dennoch ist die Frage richtig, und ähnliche Fragen stellen wir den Chefs der Polizei im Untersuchungsausschuss des Bundestags auch. Dass ich *wir* sage, daran merkt ihr, dass mir diese Sache wichtig ist. Tatsächlich sitze ich selbst im Ausschuss in der zweiten Reihe und protokolliere.«

Einer der großen Schüler rief von hinten: »Wie viele Chefs hat denn die Polizei?«

»Die Polizei ist komplizierter organisiert, als man glaubt. Jedes der sechzehn Bundesländer hat eine eigene. Die Morde allerdings haben in fünf Bundesländern stattgefunden.«

»Auch in Berlin?«

Während Wegman weitersprach, stellte er sich das als Film vor, die Aula der Schule von oben gesehen, die Mädchen und Jungen in ihren Pullovern und Hoodies, und er vorn, im blauen Anzug ohne Schlips, allein. War er ein Vortragsredner? War er ihr Lehrer für eine Stunde? Oder war er der Geladene, der sich zu rechtfertigen hatte, und die Schülerschaft spielte Untersuchungsausschuss? Er nahm sich vor, als letzten Satz zu sagen: »Und wir werden das auch herausfinden, das kann ich euch versprechen.« Aber dann klingelte es zur Pause, und die Kinder standen sofort auf, während einige der Jugendlichen spärlich applaudierten. Die Lehrerin bedankte sich. Plötzlich war Wegman allein im Saal. Schulen sind immer gleich, dachte er.

Ein Jugendstilgebäude, das er nur flüchtig kannte – Wegman kam am Seiteneingang heraus, aber auch dieser hatte ein säulengerahmtes Portal und eine Freitreppe, die sich zur Straße hin öffnete wie ein Rüschenkleid. Auf der letzten Stufe, ganz am Rand, saß ein Vater mit seinem Kind, nein, das nicht, aber ein Mann mit langem Haar und einem fleckigen Mantel, und gleich neben ihm eine Schülerin, die sich eine Kapuze über den Kopf gezogen hatte. Man hörte das Klacken von Wegmans Lederschuhen, als er in der Mitte der Freitreppe anhielt. Aber weder das Kind noch der Mann drehten sich zu ihm um. Er ging die Stufen langsam rückwärts wieder hoch, ohne das kuriose Paar aus den Augen zu lassen. Jetzt stand er auf der Innenseite der Doppeltür, deren Fenster geschwungen waren wie eine Papyrusrolle im Schattenriss. Er kam sich wie ein Detektiv vor, als er seinen Popelinemantel mit dem Gürtel schnürte und den Kragen hochstellte. Da schoss Leander an ihm vorbei, riss den anderen Flügel der Schwingtür auf, nahm die Freitreppe zwei Stufen auf einmal abwärts und Ellie bei der Hand. »Du stinkst, Georg«, rief Leander dem Mann zu und lachte dabei. Während Leander links an ihr zerrte, griff sie mit der Rechten in die Tasche ihres gesteppten Anoraks und reichte Georg einen Geldschein. Es war ein Zwanziger.

Andi Nair brillierte in seiner Rolle als Aufklärer, und wenn man die Aufgabe ernst nahm – oder anders gesagt, sich nicht beeilte –, würde man den abschließenden Bericht kurz vor der Bundestagswahl 2013 präsentieren. Alexi stellte seinen Abgeordneten auf die Probe, indem er an einem Novemberabend im Büro im Ton der Beiläufigkeit anmerkte:

»Andi, wenn du nach der Wahl Minister wirst, wo bleiben dann wir?«

»Da macht euch mal keine Sorgen. Dann nehme ich euch mit ins Ministerium.«

»Beide?«

»Beide.«

Das hatte Wegman nicht mitgehört, aber als sie alleine waren, überbrachte Alexi die Nachricht grinsend.

Wegman: »Er sieht sich als Minister!«

Alexi: »Leider gibt es kein Ministerium für Fehler der Vergangenheit.«

Wegman: »Justiz?«

Alexi: »Als Nichtjurist?«

Wegman: »Innen!«

Alexi: »Das kriegt er nicht.« Er hatte sich an Wegmans Schreibtisch niedergelassen und eine Lampe, die ihn blendete, im großen Bogen weggeschwenkt. Wegman sah auf seinen Bildschirm, 18:53. Aber Alexi war schnell. In einer halben Stunde würde alles gesagt sein.

Alexi: »Glaubst du an politischen Fortschritt?«

Wegman: »Na klar.«

Alexi: »Ist für dich der Wechsel von Wulff zu Gauck ein Fortschritt?«

Wegman erschrak ein bisschen, was er versuchte sich nicht anmerken zu lassen.

»Eigentlich nein. Aber er macht seine Sache gut, finde ich.«

»Das finden gerade alle. Ist dir eigentlich klar, warum Christian Wulff abgeräumt wurde?«

»Können wir das schon wissen? Ein Prozess wegen Korruption ist keine Kleinigkeit.«

»Und wer hat diesen eingeleitet?«

»Na, die Staatsanwaltschaft in Celle. Oder war es Hannover? Ich habe den Überblick verloren.«

»Und warum?«

»Islam, Deutschland, Bild-Zeitung. Ich dachte, du hättest eine Theorie dazu gehabt. Du glaubst doch wohl nicht, dass die Staatsanwaltschaft mit der Bild paktiert in Bezug auf den Islam?«

»Wegman, das ist ja wunderbar – eine Verschwörungstheorie! Nein, das glaube ich nicht. Ich glaube aber dennoch, dass die Staatsanwaltschaft Wulff gezielt zu Fall gebracht hat.«

»Und warum?«

Ein Lächeln huschte über Alexis Gesicht. Jetzt hatte er Wegman an der Angel.

»Das ist genau die Frage, bei der ich nicht weiterkomme.«

»Mich wundert, dass du über Wulff nachdenkst.«

»Wegen uns.«

»Wegen uns?«

»Ja. Der Untersuchungsausschuss. Wir bohren in diesen Sachen: Wer hatte die Dienstaufsicht? Warum ist die richtige Spur nicht verfolgt worden? Welche V-Männer waren an der rechtsradikalen Szene dran? Wieso wurden Akten vernichtet?«

»Alexi, natürlich, das sind doch die Fragen, die wir stellen. Ich meine, die wir stellen *müssen.*«

»Mit welchem Ziel, Wegman?«

»Mit dem Ziel, die Sache aufzuklären. Das Mandat unseres Ausschusses reicht sehr weit. Wir dürfen am Ende sogar eine Empfehlung abgeben, was die Zukunft des Verfassungsschutzes betrifft. Wir könnten sagen: Der gehört abgeschafft.«

»Du meinst, wir machen Politik?«

»Wer ist denn der Politikwissenschaftler hier? Machen wir etwa *keine* Politik?«

Der jüngere Kollege saß ihm gegenüber, bleicher als sonst, nach innen gekehrt. Es schien, als hätte Alexi den roten Faden verloren. Aber dann:

»Ich denke an Heinz Fromm. Unser oberster Verfassungsschützer.«

»Gewesen.«

»Ein Sozialdemokrat, und einer von der integren Sorte.«

»Auf jeden Fall.«

»Und wir haben ihn gestürzt.«

»Wir haben ihn doch nicht gestürzt! Er hat um seine Versetzung in den Ruhestand gebeten. Einen Grund gab es auch. Das geht doch nicht an, dass in seiner Behörde nach dem Bekanntwerden des Falls, am Anfang seiner Aufklärung also, Unterlagen vernichtet werden!«

»Ja, Wegman, ich habe diese Empörung mit dir geteilt. Tu ich auch jetzt noch. Aber: Fromm ist weg. Er ist ersetzt worden durch einen …«

»Ja, ich weiß. Das ist ein etwas undurchschaubarer CDU-Typ, ein politischer Beamter. Der war als Nächstes dran, und außerdem haben wir als Ausschuss doch gar keinen Einfluss darauf.«

»Maaßen. Ein ziemlicher Finsterling.«

»Das mag ja sein. Aber was folgt daraus?«

»Vielleicht sind wir ein bisschen zu eifrig. Am Chef des Bundeskriminalamts haben wir auch schon herumgezerrt. Auch der ist ein überaus vernünftiger Sozialdemokrat. Insofern war meine Frage ernst gemeint, ob wir Politik machen. Oder *so* machen wollen. Die Leute mit Gewissen packen ihre Koffer, die anderen bleiben.«

»Und was ist die Verbindung zu Wulff?«

»Die Frage ist systemisch.«

»Hast du mit Andi darüber gesprochen?«

»Nein. Der ist im Fieber. Er glaubt, er jagt die Bösen. Das Böse selbst.«

Wegman war fast dabei zu fragen: »Und ist da nicht auch etwas dran?«, besann sich aber –

»Darf man das nicht glauben?«

»Glauben schon. Aber glauben ist nicht Politik.«

»Du findest, wir müssten strategisch sein.«

»Wir dürfen nicht naiv sein. Es bringt nichts, wenn wir den Rechten in die Hände spielen.«

Wegman verließ den Verwaltungsbau durch den Besuchereingang. Während er nach seinem Handy griff, musste er an Flo Janssens schwarze Limousine denken, wie sie für ihn vorgefahren war. Wie stolz er gewesen war, mit Flo in einem Restaurant zu sitzen und den Kompromiss für die Wahl des nächsten Bundespräsidenten vorzubereiten. Er nahm den Weg an der Kindertagesstätte vorbei, die Fußgängerbrücke über die Spree, hielt in deren Mitte und tippte im Telefon einen Kontakt an. Ellie war gleich dran, er sah sie vor sich, ihren rötlich silbern glänzenden Mund, die Klarheit ihrer Augen.

»Ist deine Mama schon zuhaus?«

»Du kannst sie doch selber anrufen.«

»Nee, ich wollte nur wissen wegen des Essens. Ist etwas im Kühlschrank?«

»Glaub schon.«

»Guckst du fern?«

»Nee, ja, Serie.«

»Okay, Ellie, mach dir dann irgendetwas warm. Ich bin ein bisschen später zuhaus heute.«

»Ja, mach ich.« Schon hatte sie aufgelegt.

Als Wegman das Handy wieder einsteckte, sah er seine Mütze unten in der Spree, wegtreibend. Hundert Prozent Wolle, Kenzo, ein Schmuckstück, Galeries Lafayette. Merkwürdigerweise fiel ihm das Gedicht vom Kirschdieb ein, von Erich Kästner. Nein, Tucholsky. Unsinn, Brecht. Er sollte wieder mehr lesen.

Er sollte vielleicht Brecht lesen oder Rosa Luxemburg oder Hegel. Nein, nicht Hegel. Döblin. Marx. Nein, nicht Marx, Gramsci. Die Briefe aus dem Gefängnis an die Tochter noch einmal lesen. Oder war es ein Sohn gewesen? Hobsbawm, Diderot.

So wie der Sprühregen ihn ansprang und dann plötzlich aussetzte, so kamen auch die Gedanken und verflüchtigten sich wieder. In einer Schneise Richtung Osten standen die Autos im Stau. Er war als Fußgänger schneller. Seine Haare wurden nass. Er ließ sich treiben in Richtung des Bahnhofs Friedrichstraße. Nach Hause und doch nicht nach Hause. Zeit gewinnen. Das Schicksal ergründen. War es sein Schicksal, in der Mitte des Lebens im Nichts zu enden, orientierungslos? Oder war es sein Schicksal, eine Mütze zu verlieren? Würde Alexi ihn ausstechen, mitgehen ins Ministerium, während er zurückblieb? Oder würde Andi, das war doch hochwahrscheinlich, ein fünftes Mal direkt gewählt, alles wie gehabt ... aber was, wenn Andi ihn, Alexi, zum Büroleiter machen würde, den Herrn Doktor –

Was war mit Alexi, woher hatte er diese Intuition, die Stichworte, den Schneid. War er, Wegman, vielleicht doch ein politischer Träumer und Alexi ein wendiger Rationalist? War er ein Zivilist des politischen Kampfes und Alexi ein Krieger? Wie merkwürdig, dass er im Fall Wulff das Politische nicht zu fassen bekam. Für ihn waren es nur Anekdötchen gewesen. Kai Diekmann, kleiner Penis, ha ha ha. Und was, wenn es doch stimmte, wenn es da wirklich eine Verbindung gab zwischen dem Sonntagswort von den Muslimen, die zu Deutschland gehören; nein, nicht den Muslimen, sondern weitreichender, dem Islam selbst, wie eine dritte und bald vielleicht offizielle Religion, und dem Auffliegen der feigen Türkenmörder im Osten? Aber war »Türkenmörder« das richtige Wort oder selbst schon wieder verdächtig und das Ganze sowieso eine dumme Idee, weil Wulff das mit dem Islam im Sommer gesagt hatte, während die Terroristen erst im November aufgeflogen sind? Oder war Wulff, der als etwas beschränkt galt, in Wirklichkeit ein Visionär gewesen? Oder einfach saugut informiert: Jemand aus dem Polizeiapparat hätte das Thüringer Trio auf dem Schirm gehabt und es dem BehPeh gesteckt? Der aber selbst in diesem Amt keine Fahndung auslösen kann. Dann hätte er sich mit Olaf Glaeseker beraten, und der wäre auf diese Islam-Sache gekommen – der Supertrick ... bevor die Naziterroristen hochgehen, sagen wir der ganzen Nation, dass die Türken endgültig dazugehören?

Auf der Hälfte des Wegs, am Rosenthaler Platz, hatte eine große Stehpizzeria eröffnet. Flache Pizza in Stücken, nicht zu groß, man konnte aus zehn Sorten wählen; Getränke im Kühlschrank zum Selbernehmen. Wegman entschied sich für das alkoholfreie Bier. Irgendwie musste er klarer werden. Wie nannte man das, »zu sich kommen«, aber was war er denn jetzt, war er »außer sich«?

Wegman dachte, wie merkwürdig es war, dass er keinen Freund hatte, keinen männlichen Freund, keinen Kumpel. Flo hatte er schon lange verloren, Göttingen, da war keine Niedertracht im Spiel gewesen. Es war eben so gekommen. Bibi war eine gute Freundin und eine kühle Denkerin, aber man konnte sich mit ihr nicht fallenlassen oder was auch immer Menschen taten; nein, nicht Menschen, sondern Männer, wenn sie unter anderen Männern waren. Dummes Zeug reden wie Kinder oder sich aufplustern mit Nichtigkeiten, und zwar so, dachte Wegman, dass man sich durchschaut, also alle sind albern und verklemmt und steckengeblieben auf halber Strecke. Das war es, was ihm jetzt fehlte. Dass er nicht zugeben müsste, die Orientierung verloren zu haben – »das Böse!« –, und dass da jemand wäre, der es ihm ansah und nickte, jemand, der nach Bier roch und nicht vorgab, es besser zu wissen.

Okay, fand Wegman, der sich die Haare mit Papierservietten hatte trocknen wollen und vom Pizzachef wortlos Küchenkrepp gereicht bekam und nun auch schon fast satt und ein bisschen stolz war, dass er nicht nachgegeben hatte, kein Alkohol, mit der Wirkung, dass er sich nicht mehr vorkam wie ein treibendes Partikel in der urbanen Maschine. Es war einfach Wegman in einer Stehpizzeria am Fuße des Bergs, ohne Mütze, aber nicht ohne Kopf, und nun fiel ihm ein, was er wiederlesen sollte, nämlich Hannah Arendt. Wie würde man ihren Zugang zur Welt nennen: warmherzige Erbarmungslosigkeit? Er wollte nicht kalt werden, kalkulierend und zynisch, wissend, dass ihm das noch schlechter stehen würde als zugänglich und im äußersten Fall sogar naiv. Es musste doch irgendjemanden geben, der an das Gute glaubte, oder nicht wirklich das Gute, aber jedenfalls daran, dass das Böse nicht einsickern durfte ins Gemeinwesen, ein schleichendes Gift in der politischen Disziplin. Dies würde er sich merken, allein schon deshalb, weil er den Ausdruck erfunden zu haben glaubte: »Du hast nicht ganz unrecht, Alexi, wir brauchen mehr politische Disziplin!«

Als er hinaustrat auf die Torstraße, war es so neblig, dass man den vierten Stock der Häuserzeile gegenüber schon nicht mehr erkennen konnte. Er sah Ellie in ihrem bunt gestreiften Frotteeschlafanzug vor sich und spürte in sich den starken Drang, sie zu umarmen, bevor sie schlafen ging. Das wäre doch fair, im Tausch für den Zwanziger, der schon wieder fehlte.

John Voigts Immunität war aufgehoben worden, als Wegman ihn in seinem Büro am frühen Abend in gedämpfter Stimmung fand. Er packte einen Diplomatenkoffer.

»Du … du gibst aber nicht auf, oder?«

»Ach Quatsch, nee, aber am Ende der Sitzungswoche fahr ich mal weg.«

»Nach Haus – in den Wahlkreis?«

»Nee, nee, eine Cousine von mir hat da so einen Bauernhof. Ach, den kennst du ja! Wo ihr uns besucht habt, als Schüler.«

»Oh ja, ich erinnere mich genau. Leben deine Großeltern noch?«

»Dann wären sie jetzt über hundert.«

Wegman zögerte, die Stirn in Falten.

»Jetzt sag bitte nicht: Wie schnell die Zeit vergeht!«

»Das habe ich nie gedacht, John. Für mich ist das ganz anders. Ich spüre in mir den Minutenzeiger. Immer.«

»Aber du kannst nicht zufällig in die Zukunft gucken?«

»Ungefähr sechzig Sekunden. Ich lebe in der Gegenwart.«

»Wie schade. Ich wüsste gern, ob ich dies Drogending wieder loswerde.«

»Ob du von den Drogen wieder loskommst?«

John lachte bitter, während er den Messingverschluss seines schwarzen Koffers einschnappen ließ.

»Nein, ob die Berliner Staatsanwaltschaft mich laufen lässt.«

Einige Tage später, die Landschaft war noch kahl und das Licht unbestimmt, fuhr Wegman mit der Bahn nach Hannover, nahm sich dort eine dröhnende Kiste beim Carsharing und quartierte sich eine Stunde später bei Eike ein. Der hatte die Altstadtapotheke verkauft und wohnte jetzt in einem weißen Haus aus den zwanziger Jahren oben am Hang. Wegman fuhr viermal morgens hinunter zum Büro der örtlichen SPD, wo er Veranstaltungen zum Untersuchungsausschuss organisiert hatte. Der Besuch in Ellies Schule war der Anlass gewesen, die Befürchtung, einen politischen Stein zu wälzen, der sich inzwischen aus eigener Kraft bewegte. Die Wähler – vor allem die zukünftigen – sollten verstehen, worum es ging, und die pädagogische Mission half ihm, selbst darüber nachzudenken. Wer hatte das vorausgesehen, war es Bibi Burose gewesen, dass der Erfolg der Parlamentarier ihnen zum Problem werden würde? Je größer auf Dauer das Entsetzen über das Versagen der Behörden, die Rechtsterroristen zu fangen – ja, dass sie noch nicht einmal gesucht worden waren –, desto größer würden auch die Zweifel am Staat. Dabei war es politisch die Aufgabe des Ausschusses, das Vertrauen wiederherzustellen. Man musste die Bürger in dieser Sache auf die Binnenseite ziehen.

Das gelang mehr oder weniger. Am Donnerstagabend kehrte er erschöpft in Eikes Haus zurück, drückte jene Taste seines Telefons, die ihm Ellies Stimme hätte bringen sollen; stattdessen meldete sich John Voigt. Sie scherzten ein wenig und waren kurz davor, wieder aufzulegen, als Wegman einfiel, dass John auf dem Hof der Cousine bei Lemgo sein müsste. Noch am selben Abend fuhr er mit dem dröhnenden Kleinwagen ins Westfälische. Es dämmerte, und als er durch das schmiedeeiserne Tor zum Hof einbog, sah er einen Knecht auf das Auto zukommen, eine Forke über der Schulter – nein, es war eine Landwirtin Mitte dreißig mit kurzen Haaren und Schiebermütze, nicht die Cousine: »Ich bin die Frau.« So stellte sie sich vor.

Wegman wurde herzlich aufgenommen, zünftig bekocht und überredet, die Nacht zu bleiben. Die jungen Bäuerinnen zogen sich nach neun Uhr in die Gute Stube zurück, um eine weitere Folge *Game of Thrones* zu gucken, eine Serie, von der sie sagten, dass sie danach süchtig seien. Bei dem Wort »süchtig« sah Wegman zu John, aber der fing den Blick nicht auf. Müde und dankbar blieb er mit ihm in der Küche sitzen, in der ein gewaltiger gusseiserner Herd eine betörende Wärme verbreitete. Sie tranken sich mit regionalem Bier ins Wochenende. Die Frauen waren längst im Bett, während ihre Gäste auf den Holzbänken saßen, eingelullt von Gefühlen der Vergangenheit.

»Damals wollte ich dich etwas fragen. Als wir hier zu Besuch waren, ist mir aufgefallen, wie nah du deinen Großeltern warst. Nur dass du Sozi warst, das konnten sie nicht verstehen. Und die Frage, die ich am nächsten Tag vergessen habe zu stellen, lautete: Katholisch sein und sozialdemokratisch, schließt sich das nicht aus?«

»Aber natürlich nicht! Hast du noch nie vom Linkskatholizismus gehört?«

»Doch, ich weiß längst, dass es da im ganzen zwanzigsten Jahrhundert eine Verbindung gegeben hat. Aber damals dachte ich, die fortschrittliche Seite wäre immer protestantisch gewesen.«

»Dass man das denkt, liegt an der katholischen Kirche. Jede Reform ist für sie Reformation, also das mögliche Ende ihrer Legitimation. Deshalb muss man vorsichtig sein im Rheinland.«

»Vorsichtig?«

»Ja, man muss sich nach dem sozialen Gefüge richten. Das ist den Leuten das Wichtigste. Glaub doch nicht, dass ich als schwuler Sozialdemokrat in den Bundestag gewählt worden wäre.«

»Was – du bist gar nicht schwul?«

John lachte beschwipst.

»Doch, aber nicht im Wahlkreis.«

Wegman brütete vor sich hin. Dann konnte ja John über die Chrystal-Meth-Geschichte geoutet werden! Und das wiederum würde nicht zu verhindern sein, weil jemanden homosexuell zu nennen längst keine üble Nachrede mehr war. Eher galt das Outen als kleine Nachhilfe in Sachen Emanzipation. Als er mit seinen Gedanken wieder bei dem großen, schweren Mann angekommen war, der über Eck saß, dessen Gesicht überzogen von einem Schweißfilm, hatte John eine Geschichte zu erzählen begonnen, die Wegman schon oft gehört hatte: vom schwulen Jungen, der nicht im Traum daran dachte, auch nur seinen Eltern zu gestehen, was er empfand.

»Leben deine Eltern noch?«

»Oh ja.«

»Und sie …?«

»Die katholische Welt musst du dir wie eine Bühne vorstellen. Hinter der Bühne gibt es eine Hinterbühne. Da werden die Dinge inoffiziell geregelt. Man kann da hinten dies oder jenes tun, zwinker zwinker, aber auf der Bühne selbst – wo es alle sehen – hat alles seine Ordnung. Ein Katholik in der SPD oder ein Sozialdemokrat bei der Eucharistie, das ist noch so grade vorstellbar. Daher kommt ja überhaupt meine Mehrheit. Wäre ich nicht ein passabel guter Katholik, von der Audienz beim Papst bis zum Karneval, würde ich niemals direkt gewählt. Mindestens ein Viertel meiner Stimmen kommen von Katholiken.«

Vielleicht hätte Wegman sich an dieser Stelle verabschieden sollen, schlafen gehen, die Dinge auf sich beruhen lassen. Dieser John war so gefühlsbetont, wenn nicht sentimental. Fast fünfzig und Tränen in den Augen, weil er seinen greisen Eltern nicht sagen konnte, dass er nie, aber auch nie ein Mädchen geliebt hatte. Dass er in Berlin im »Sündenpfuhl« lebte! So drückte John sich aus, der von seinem schwankenden Schicksal zutiefst bewegt war.

Für einen Moment war Wegman versucht, die Aufmerksamkeit auf sich umzuleiten. Ob der ein Ohr haben würde für seine Geschichte als elternloses Kind? Und wenn es zum Schicksalsvergleich käme: Wer würde eher als Opfer erscheinen, er, der sich damit hatte abfinden müssen; oder John, der nichts anderes tun musste, als sich zu – wie nannte man das jetzt nochmal – seiner sexuellen Orientierung zu bekennen? Oder würde John dann von Wegmans Schicksal eingeholt, Eltern, die nicht mehr seine Eltern sein wollten?

John war im Keller, um nach Bier zu suchen, als Wegmans Handy vibrierte, das Geräusch einer fliegenden Hummel. Er zog es über die Tischkante, drehte es in der Hand um und sah gleichzeitig die Uhrzeit – es war schon nach elf – und die Nachricht von Ellie. So spät! War sie etwa in Berlin allein? Drei Nachfragen aus dem Wahlkreis wegen der Seminare zum Untersuchungsausschuss. Eine Nachricht von Alexi, »vor zwei Stunden«, wie ihn das System wissen ließ. »gesehen? spiegel online hat john geoutet«.

Als John wieder erschien, die Augen glasig, hatte er einen Flaschenträger aus moosgrünem Plastik in der linken Hand und sein Handy in der rechten. Er setzte sich jetzt auf einen alten Küchenstuhl, den er durch die Masse seines Leibs verdeckte, öffnete zwei Flaschen Bier, schob eine zu Wegman – der sie stehen ließ – und sagte:

»Das war ein toller Moment, Schröders zweiter Wahlsieg. Unsere Fraktion war echt groß, und ich war zum ersten Mal dabei.«

»Ich auch«, antwortete Wegman.

»Du auch? Ach so, ja richtig, du bist damals in Andi Nairs Büro geholt worden. Mit der Burose als Leiterin, ich kann mich erinnern.«

»Es hat mehr Spaß gemacht zu regieren, als nicht zu regieren.«

»Oh ja, es hat Spaß gemacht zu regieren. Alles war neu, aber die Entdeckung war, dass die Systeme sich nicht groß unterscheiden – Gemeinde, Kreis, Land, ich war schon überall gewesen. Regierung, Verwaltung, Parlament, Ausschüsse, immer wieder von vorn. Aber Berlin war merkwürdig. Der Bundestag war eine Baustelle, weißt du noch?«

»Natürlich.«

»Köln hat einen Ring drum herum und einen Dom in der Mitte. Jeder hat mit jedem zu tun. Und dann plötzlich …«

Wegman, schläfrig, versuchte, John in die Augen zu sehen. Johns Augen, die ihm wie schwere Murmeln im Schädel saßen. Er fragte sich, ob es eine gute Idee gewesen war, zum Bauernhof rauszufahren. Der Genosse ihm gegenüber war schon weit im sechsten Bier, aber schien nicht an Kraft verloren zu haben. Hatte der im Keller etwas genommen?

»Jetzt machen sie mich ein«, hörte er ihn sagen. »Ich bin der Politiker, der gegen die Liberalisierung von Drogen war und selbst welche nimmt …«

»Warum warst du denn dagegen?«

»Weil ich eben eigentlich nicht dafür bin. Anders gesagt, ich habe auch immer Angst davor gehabt. Ich habe das gesehen, es hat Leute auf Trips gebracht.«

»Leute? Auf Trips?«

»Ja, was mir jetzt passiert ist, ist so eine Art Rückfall. Ich wollte das nicht wirklich. Wirklich nicht. Ich kannte das schon, und nein, ich bin nicht dafür, dass wir auf Stoff durchs Leben schießen.«

»Ein Rückfall?«

»Am Anfang, das war für mich das Parlament, aber auch die Clubs. Weißt du, so abgehobene Musik die ganze Nacht, hundertzwanzig Beats pro Sekunde, und dieses Säuseln, alles sehr künstlich. Partygänger, die erst morgens um zwei überhaupt rausgingen. DJs, die praktisch komplett in der Nacht lebten. Die Hinterstuben im Tresor.«

»In einem Tresor?«

»Im Club, Wegman! Der hieß so.«

»Ja, doch, hab ich schon mal gehört.«

»Das hättest du sehen müssen.«

»Wirklich?«

»Nur im ersten Winter, übrigens. Man nimmt dieses Zeug, und wenn es Tag wird, geht es einfach weiter. Es gibt einem absolute Superpower. Aber ich wusste, ich muss da raus. Deshalb bin ich gegen Drogen. Sozusagen gegen mich selbst.«

»Verstehe.«

»Ich habe mich völlig darin verrannt. Dass es plötzlich alles gab.«

»Alles?«

»Ja, die Nächte, die Musik, Männer in Leder. Ich weiß schon, ist nicht deine Welt.«

»Hm.«

»Und im Frühjahr – du musst bedenken, ich hatte ja im Bundestag noch keine Funktion, eigentlich. Viele sitzungsfreie Wochen. Ich habe mich treiben lassen, niemand kannte mich, noch nicht. Ich hatte auch nicht gerade Hemmungen oder so. Ich kam ja aus Köln.«

»Dom in der Mitte.«

»Ja, der fehlte. Einmal habe ich in Berlin einen Priester gesucht. Aber die Beichtstühle waren alle leer.«

»Du wolltest beichten!«

»Es ist einfach komplett aus dem Ruder gelaufen damals. Es

war plötzlich ziemlich warm, und wir sind vom Tresor rüber in den Tiergarten. Einmal über den Potsdamer Platz, Gotham City, alles neu. Zwei Stunden bevor es hell wird. Die schönsten Jungen dort, aus Rumänien, Bulgarien.«

»Ich dachte, es wäre noch dunkel gewesen?«

Da war wieder sein bitteres Lachen.

»Aber mit Meth, das musst du dir vorstellen, als wenn dein Blut kristallin ist. Als wenn du von innen leuchtest. Aber brutal. Die Jungen wollten nicht viel Geld, aber wenn sie zu zweit waren und du allein, dann haben sie es sich genommen. Es gab so eine Art Zusammenschluss, Kohorten, Orgien unter Bedingungen des Kampfes. Es gab auch Kämpfe.«

»Um Geld.«

»Um alles. Die Jungs haben sich verkauft, aber doch nicht für nichts. Die wollten nicht nur an das Geld, die wollten auch an die Drogen. Es gab Männer, die haben die high gemacht, damit die willig waren. Ungeschützter Verkehr, falls du mich verstehst.«

»Ich bin ein braver Mann, John, aber ich lebe nicht in Wolkenkuckucksheim.«

»Und vor Ostern ist es komplett eskaliert. Ich habe das niemandem erzählt, Wegman, nicht mal einem Priester, weil ich keinen gefunden habe. Die Büsche hatten schon erste Blätter, es war noch nicht Morgen, ein Dutzend Ledermänner. Da gehörte ich nicht einmal dazu. Ich war da und gehörte trotzdem nicht dazu. Aber als ich nach Hause kam, hatte ich ein blaues Auge und blutete aus der Nase. Das habe ich aber erst am Nachmittag gesehen, als ich aufwachte. Und bis dahin war es schon in der B. Z., weißt du, dieser bescheuerten Springerzeitung. Ein bulgarischer Stricher halbnackt im Tiergarten mit einer Stichwunde im Bauch. Der war erst sechzehn.«

»Aber doch nicht tot!«

»Kannst du dich nicht erinnern? Der wurde am Morgen gefunden. Er war ganz allein. Du kannst dir vorstellen, die anderen Jungen, die gingen ja auch nicht zur Polizei. Die waren einfach weg.«

»Und hattest du, als du am Nachmittag aufgewacht bist, ein blutiges Messer in deiner Wohnung?«

»So meine ich das nicht. Ich hatte nie ein Messer dabei, natürlich nicht. Ich war nur irgendwie …«

»Irgendwie was?«

»Total high und mittendrin. Es gab keine Grenzen mehr. Und dann ist das alles über mir zusammengeschwappt. Ich kannte keinen persönlich. Aber ich wollte auch nicht erkannt werden, im Nachhinein. Ich bin nie mehr in den Club gegangen. Aber zur Polizei auch nicht. Und dann kam die schreckliche Geschichte mit den Eltern, die ihren Jungen abgeholt haben aus Berlin. In drei Folgen in der B. Z., so weit hatten wir es gebracht: Berliner Schwule auf Drogen vögeln Jungs aus Osteuropa und bringen sie dann auch noch um. Ich konnte mich an fast nichts erinnern, kann ich bis heute nicht. Und ich würde sehr gern von mir sagen, dass ich die Karfreitagnacht nicht dort war, irgendwo zwischen Goldelse und japanischer Botschaft. Aber ich war da.«

Wegman sah John zu, wie er weinte.

»Weißt du, dass Spiegel Online dich geoutet hat?«

John brach in Schluchzen aus, dann fing er sich, trocknete sich mit einem Geschirrtuch, nahm seine MdB-Haltung an:

»Ich muss da jetzt irgendwie durch.«

»Du musst dein Doppelleben beenden, John.«

Was war das, ein Opel? Nein, ein Ford, aber vielleicht doch mit einem kleinen Loch im Auspuff. Das Dröhnen war Wegman auf der Rückfahrt aus dem Westfälischen durchaus lieb, weil es seine Gedanken übertönte. Erst als er auf dem kleinen, schmuddeligen Parkplatz hinter dem Büro den Motor abstellte, kam ihm ein vollständiger Satz in den Sinn: »Wie weit muss es eigentlich einer treiben, um die Partei in den Abgrund zu reißen?«

Er entdeckte am Hintereingang Untertassen, die als Aschenbecher benutzt worden waren. Die wusch er heiß ab, brachte den Müll raus, stapelte die Stühle und rief die Genossin an, die für zwei Stunden bereit war zu kommen, putzen für dreizehn Euro fünfzig die Stunde. Das Geld hinterlegte er abgezählt in einem Briefumschlag mit rotem Aufdruck. Dann verschickte er eine Nachricht an Marion, eine an Ellie, eine an Alexi und fuhr den Hügel hinauf zu Eike. So unscheinbar das Haus an der Straßenecke der Siedlung auch aussah, es hatte noch mehr Platz als das Apothekerhaus in der Innenstadt, die Geschäftsräume abgezogen. Erst jetzt, als er seine schmutzige Wäsche bündelte und in eine Retrotasche von Adidas stopfte, wurde Wegman bewusst, dass er sich in einer Rekonstruktion seines Jugendzimmers befand. Was bin ich, innerlich, dachte Wegman, für ein kleiner Junge geblieben, dass ich das bei meinen Besuchen in den letzten zwei Jahren nicht als außergewöhnlich erkannt habe? Selbst zu Ellie, die ihn einmal begleitet hatte, hatte er gesagt: »Und dies ist meine Bude!«

Bevor er nach unten ging, wo der Geruch von Filterkaffee sich breitmachte, sah er in die anderen Zimmer: das der Mädchen – die Zwillinge hatten immer zusammen gehaust –, Eikes Schlafzimmer, das Bad. Auch dieses, mit quadratischen Kacheln in Hellblau, war ein Remake aus dem Apothekerhaus, oder zumindest eine Anspielung darauf. Als er unten ankam, erkannte er, dass die Bücherregale mitgekommen waren. Dieselbe Raumhöhe oder vom Tischler angepasst? Er kam nicht dazu, Eike zu fragen.

Eike: »Bevor du zurückfährst nach Göttingen …«, sie mussten herzlich lachen, » … nach Berlin, muss ich mit dir etwas klären.«

Er setzte sich aufrecht, um das Offizielle seiner Ansprache zu unterstreichen. »Du bist zu uns gekommen, als du sechs warst oder gerade sieben. Du bist nicht mein leiblicher Sohn, aber du bist der ältere Bruder meiner Mädchen geworden. Ich will dir sagen, dass ich recht stolz bin auf dich, und was du draus gemacht hast. Auf uns alle, wie wir zusammengewachsen sind.« Er machte eine Pause. Wegman sollte dazu etwas sagen können. Aber was? Die Frage zu seinem Zimmer oben, nein, das war zu banal. Er deutete an, dass er sprechen würde, um sich Zeit zu verschaffen.

Wegman: »Wir waren wirklich eine starke Familie. Manchmal mehr wie ein Club, manchmal wie ein Geheimbund.« Eike lachte leise. »Wir haben selten und auch nie ausführlich gesprochen über die Familie, die ihr vor mir wart. Ich kenne den Grabstein Mariannes und ein Foto von ihr über deinem Schreibtisch.« Der nächste Satz wäre gewesen: »Das war alles«, aber Wegman, der Redenschreiber, hatte ihn rechtzeitig als überflüssig erkannt.

Eike: »Ja, das sollte so sein. Ich habe sehr um Marianne getrauert, im Stillen. Als du kamst, waren die Zwillinge drei, und sie war anderthalb Jahre zuvor gestorben. Mir war das sehr lieb, dass du kamst – diese merkwürdige Gleichgültigkeit meiner Schwester gegenüber allem und jedem nicht mitgerechnet –, denn so konnten wir von vorn beginnen. Mit zehn konntest du schon auf die Kleinen aufpassen, ich habe euch manchmal bis in den Abend allein lassen können.«

Wegman: »Du warst also …«

Eike: »Das ist etwas, das man Kindern besser nicht erklärt. Aber ich hatte eine jahrelange Liebschaft in Bösingfeld.«

Wegman: »Eine Tante Helga?«

Eike: »Ja, für euch war sie die Tante Helga. Nur am Telefon.

Sie war die Ehefrau des Apothekers dort, sie hatten sich getrennt, aber wollten sich nicht scheiden lassen. Sie war eine warmherzige Person und hätte hier gut reingepasst. Es sollte nicht sein. Als ihr Mann die Apotheke aufgab und sich den Sitz im Bundestag sicherte – ich weiß nicht, ob du dich daran erinnern kannst –«

Wegman: »Ist er immer noch da?«

Eike: »Nein, nicht mehr. Als er damals nach Bonn ging, ist sie zu meiner großen Verwunderung mitgegangen.«

Wegman: »Ich habe mich natürlich als Erwachsener manchmal gefragt, warum du nicht wieder geheiratet hast. Aber als Kind hat mir nichts gefehlt. Niemand, meine ich.«

Eike: »So habe ich das auch empfunden. Wer weiß, was aus unserer Geheimgesellschaft geworden wäre, wenn jemand dazugekommen wäre.«

Wegman: »Deshalb hatte ich auch Flo als Freund. Der war mit seinem Vater glücklich. Dem fehlte gar nichts.« Eike schmunzelte verwegen. Er dachte wahrscheinlich an den gestikulierenden Minister mit dem halboffenen Mund, dieselbe Figur, die er als Junge in Bückeburg gewesen war.

Eike: »Der Hauskauf hat geklappt, und meine Finanzen sind in trockenen Tüchern. Es wäre gut für mich, wenn ich mir um die Zukunft keine Sorgen machen müsste. Ich habe vor, euch drei als Erben einzusetzen.«

Wegman: »Aber Eike, das ist doch gar nicht nötig! Und ich glaube nicht, dass das meinen Schwestern gefallen würde.«

Eike: »Du widersprichst dir. Denn unter Geschwistern teilt man sich das Erbe auf. Ich habe mit beiden gesprochen, und sie sehen das genauso.« Wegman spürte eine plötzliche Wärme um sein Herz, und vom Kaffee kam das nicht.

Eike: »Das würden sie auch unterschreiben. Dann könnte man es beim Notar hinterlegen, und es wäre später nicht anfechtbar. Nicht, dass ich damit rechne, aber es wäre mir sehr unwohl bei dem Gedanken, dass ihr euch später zerstreiten könntet. Noch einfacher wäre es, wenn ich dich adoptieren würde. Dahinter steht allerdings die Frage, ob dein leiblicher Vater noch …«

»Lebt«, unterbrach ihn Wegman. »Er lebt. Ich habe ihn gesehen.«

»Gesehen?!«, rief Eike.

Wegman zögerte. »Das hätte ich jetzt *so* nicht sagen sollen. Ich *glaube* nur, ihn gesehen zu haben.«

Auf der Rückfahrt überlegte er, wie er Eike danken konnte für alles, was er für ihn getan hatte, und er musste sich eingestehen, dass es keine Form des Danks gab, die das ausdrücken konnte, was Wegman für ihn empfand. Seine mäandernden Gedanken, vorgezeichnet durch die Führung der Landstraßen im Schaumburger Land, brachten ihn schließlich zu dem ältesten Vergleich zurück, mit Flo, der immer von seinem Vater gesprochen hatte und nie darauf gekommen war, ihm dankbar sein zu müssen oder auch nur zu wollen. Gab es das überhaupt, dankbar sein zu *wollen*, oder stand dahinter nicht immer eine Verpflichtung? Jedenfalls war sich Wegman sicher, dass Flo nie darauf gekommen war, Olaf Janssen zu danken, ja, dass es sogar Teil seiner politischen … Statur war, Dinge für gegeben zu halten und noch ein bisschen mehr zu verlangen, wobei dahinter die knifflige Frage stand, ob Flos Art, sich in seiner Kindheit einzurichten … das war nicht richtig ausgedrückt …, seine eigene Kindheit zu deuten, zu dem leichtfüßigen und grinsenden Vizekanzler geführt hatte, der er jetzt mit nicht einmal vierzig Jahren war? Andererseits kloppten andere Liberale die gleichen Sprüche und waren nicht in Windeln spektakulär gerettet worden. Und nun kam ihm die Idee, dass der Vorschlag, ihn zu adoptieren, nicht wörtlich gemeint gewesen war. Dass Eike ihn wohl kaum hatte anstiften wollen, seinen leiblichen Vater in Amerika zu suchen, mit dem angestrebten Ergebnis, dass er nicht mehr am Leben wäre, oder müsste es heißen *sei*? Es musste dennoch eine Absicht dahintergesteckt haben, und diese konnte nur sein, dass Eike ihm hatte sagen wollen, dass er, Wegman, ihm wie ein Sohn war. Auch hier stellte sich, wie bei Flos Hang zur … Undankbarkeit …, die Frage von Ursache und Wirkung. Hatte Eike damit sagen wollen, dass er für ihn schon immer ein Sohn gewesen war, mit den nun erst offenbarten Konsequenzen, oder waren die Beratungen mit Bella und Lisa über die Erbschaft in die Einsicht gemündet, dass Wegman außerhalb der Kernfamilie zu situieren unangemessen, gewissermaßen unnatürlich wäre? War der Schritt, die Erbschaftsverfügung anzunehmen, tatsächlich Wegmans Adoption? Merkwürdig, dass ihn ausgerechnet hier, in Haste, wo er an einer großen Kreuzung hielt, diese Fragen bedrängten. Denn nachdem er Eike, mit den Tränen kämpfend, von der seltsamen Begegnung am Hohen Stein berichtet hatte, war es folgerichtig, wenn nicht unvermeidbar gewesen, dessen großzügigen Vorschlag anzunehmen. Und Wegman korrigierte den Text, den er im Kopf entwarf, und strich die Vokabel »großzügig«. Das war es eben nicht, sondern eigentlich nur das, was für andere Leute natürlich war: Kinder zu haben und alles an sie weiterzugeben. Es war, als hätte es da eine gewisse Anstrengung gegeben, die mit dem Wunsch, wirklich zur Bückeburger Familie zu gehören, zu tun gehabt haben musste, und die enorme Erleichterung, die Wegman auf dem schwarzen Band der Landstraße empfand, konnte nur bedeuten, dass die Geschichte seiner Ankunft in Deutschland erst jetzt zu Ende ging. Merkwürdigerweise führten ihn seine Gedanken zu Ellie, aber bevor diese zu einem ersten Satz geronnen waren, entstand im Unterboden des Autos ein gewaltiges Röhren, das als heftige Vibration im Fahrgastraum zu spüren war, so dass er den kleinen Ford auf einer beleuchteten Abbiegespur, die Warnblinker an, zum Halten brachte. Wegman ließ den Motor laufen und rückte rüber auf den Beifahrersitz, stieg auf der rechten Seite aus und beleuchtete mit dem Handy die schwärzlichen Gebilde auf der Unterseite des Fahrzeugs. Der Auspufftopf hing ein bisschen herunter.

Er überlegte, was zu tun sei, fürchtete sich aber vor dem Warten auf den Abschleppwagen. Davor, dass die überraschende Ordnung seiner Erkenntnisse durcheinanderkommen würde. Er beschloss, einfach weiterzufahren, und zwar auf der Autobahn, denn gerade dort würde man im äußersten Fall am schnellsten Hilfe bekommen, und der Wagen vom Carsharing musste nur hinter die Stadtgrenze Hannovers zurückgebracht werden. Der Lärm unter ihm führte zu einem gänzlichen Stillstand seines Denkens – was war die Verbindung zu Ellie gewesen? –, und er blieb bei seinem Plan und nahm die Ausfahrt Wunstorf-Luthe, ahnend, dass die Straße in die Innenstadt parallel zu den Gleisen verlief. Kurz vorm Bahnhof Seelze brach der Auspufftopf herunter, was das Dröhnen fast unerträglich machte, und er brachte das Auto auf einer Parkspur zwischen zwei Lastwagen zum Stehen. Er verschloss es über einen Befehl des Mobiltelefons und machte sich mit der blauen Tasche, die den weißen Schriftzug trug, auf zu den Gleisen. Dort musste er in der Unterführung sprinten, um die Bahn nach Hannover zu erreichen, die soeben eingefahren war. Allerdings saß er nun ohne Fahrschein im Abteil. Wegman zahlt heute nicht! Er suchte nach der Nummer der Carsharingfirma, drückte einen Knopf und gab dann zu Protokoll, dass das gemietete Fahrzeug liegengeblieben war. Die Agentur bedankte sich und entschuldigte sich. Das sind auch keine Preußen mehr, dachte Wegman, der durch das fahrende Fenster vertraute Signale der Landeshauptstadt entdeckte.

Traum vom Tresor. Es musste ein Spielkasino sein oder ein Spielzeugladen, in dem die Würfel rollten. Wegman sah noch nicht einmal die Hand, die sie warf, und er war sich auch nicht sicher, ob sie nicht von alleine purzelten, einen Mechanismus in sich bargen, der sie stürzend in Bewegung hielt. Weder war es hell noch dunkel, eher schattenlos grau, und jemand lief, die Hände über dem Kopf, um dem permanenten Fallen der schweren Container zu entkommen. Dieses Männchen, das gern geschrien hätte, aber dessen offener Mund stumm war, das war Wegman selbst. Er nahm an, er befinde sich in Mitte, vielleicht nicht wörtlich in diesem Stadtteil, aber in der Mitte Berlins, die man frei geräumt hatte von Mauerresten, Straßen, Plattenbauten, den alten Ministerien – ein riesiger flacher Platz östlich des Reichstags, der Sand festgetreten, fast schwarz, kein Unkraut, nur kantige Spuren von den Einschlägen der purzelnden Kuben. Das musste der Zweck sein, es war eine Stadt für sich, die niemals zur Ruhe kam. Nur einer der Würfel, das Motiv im Negativ – schwarzglänzend und die Augen weiß als Vertiefungen eingelassen –, stand in der Ferne, nicht zu weit, um es nicht zumindest zu wagen, dorthin zu laufen, zumal es gefährlicher war, in der Ebene zu verharren. Er wusste, dass dies der Tresor war, auch wenn es nicht dranstand, und als Wegman hechelnd, aber ohne sich dabei hören zu können, ankam, war bereits eine Wand aufgeklappt, nach oben, ein Dach. Es ist ein Kiosk! Auch wenn es der Tresor ist, ist es ein Kiosk, dachte Wegman, während er, noch zögernd, das Innere des Würfels mit den Augen zu erfassen versuchte. Irgendetwas kam ihm daran bekannt vor. Er sah sich um, ob er sich nicht gänzlich irrte und in Wirklichkeit auf der Main Street einer amerikanischen Kleinstadt befand, gab es da nicht einen deutschen Polizisten ohne Hose? Aber nein, es jagten nur weitere schwarze Ungetüme über die Brachfläche heran, die ihm jetzt noch größer erschienen als zuvor, rasende Gebäude, du bist nicht dumm, Wegman, dachte er, es ist wirklich eine ganze Stadt, das hast du richtig gesehen, und während ein Arm aus dem Dunkel des Inneren nach ihm griff, spürte er den Luftzug einer großen Bühne. Es war John, der ihn hineingezogen hatte, bevor die sechste Wand, die sich zuvor geöffnet hatte, um ihn aufzunehmen, sich nun mit einem Krachen schloss.

Es war ein Haus voller Treppen, Balkone, Flutlichter, Wände aus Glas und Spiegeln. John lief nach oben und Wegman hinterher. Da gab es ein Spektakel, das man nicht verpassen durfte. Auf der dritten Ebene war eine Aussichtsplattform aus Aluminium eingezogen, ein Bullauge in Augenhöhe. Wegman begriff, dass dies die Eins des Würfels darstellte, die Wölbung nach innen die Rückseite des Auges, durch das man hinaussah. Dort draußen waren die anderen Gebäude noch immer in voller Bewegung, behände kippend oder in ratterndem Fall, obwohl das Rattern und das Schlagen möglicherweise aus dem Inneren der Arche kam. Er spürte Druck unter den Sohlen, der Würfel stieg vertikal auf, was er auch durch das runde Fenster beobachten konnte, stoppte aber wie ein Touristenballon in mittlerer Höhe, so dass man so eben das Geschehen überschaute. Da die anderen sich am Boden weiterbewegten, war nun eine Kollision ausgeschlossen. Er war gerettet.

Wegman sah zu John, der dieses seltsame Leuchten in seinen hervortretenden Augen hatte und ziemlich unverschämt grinste. Auf den Treppen und vor den Spiegeln waren Polizisten unterwegs, nein, sie trugen nur Mützen, die an Marinesoldaten erinnerten, und sonst nicht viel, schwarze Lederriemen am Oberkörper und Hosen, die am Hintern ausgeschnitten waren. Und es war kein Schlagen von Würfeln, das Wegman hörte, sondern der metallische Takt einer Diskothek. Da unten, in einer wenig beleuchteten Ecke, wurde jemand ausgepeitscht. »Das ist das Ende der Demokratie!«, rief Wegman John zu, der sich von ihm abwandte, und auch er war auf jene auffällige Weise hinten nackt, und er schrie mit weit offenem Mund, er antwortete, aber

Wegman konnte ihn nicht mehr verstehen, weil erst der Klang verlosch und dann das Bild, während er Ellies Schlafanzug an seiner Wange spürte und sie sagen hörte: »Wegman, du träumst.«

Die Legislaturperiode würde zu Ende gehen, amtlich gesprochen. Man rüstete sich zum Wahlkampf. Eben noch hatten sich die Regierungsparteien sehr geschätzt, plötzlich entdeckten sie tiefe Gräben zwischen sich. Die Opposition machte sich gegenseitig Fratzen. Es war wie eine Rückkehr auf den Schulhof, üble Nachrede, Drohgesten, Gruppenzwang; aus berechenbaren Funktionären wurden zickige Halbstarke. Einer spielte falsch Trompete, der andere trommelte zu laut. Besonders laut trommelte Florian Janssen, der versuchte, den Erfolg der Regierung als eigenen auszugeben, aber das Bild hatte sich, man wusste nicht wie, ungünstig verdreht. Hatte er nicht anfangs der Kanzlerin fast auf dem Schoß gesessen? Jetzt saß sie auf seinem und brachte das Bübchen fast zum Verschwinden.

Sollte man Sonntagsfragen vertrauen? Sie sahen Flos Liberale Partei schon eine Weile zwischen zwei und drei Prozent. Wegman war hin- und hergerissen. Nein, eine solche schreckliche Niederlage gönnte er ihm nicht, auch wenn Florian Janssen schon länger kein Freund mehr war. Andererseits wären dann die Konservativen, selbst wenn die Kanzlerin einen weiteren moderaten Wahlsieg einfahren würde, ohne Partner. Eine Rückkehr der Sozialdemokraten an die Regierung wurde durchaus wahrscheinlich, und so ganz hatte Wegman es aus seinem Kopf nicht löschen können, dass Andi Nair versprochen hatte, er würde »beide« mitnehmen ins Ministerium. Was war es, das ihn, den stillen Macher und Planer, den Worteschmied und Archivar, qualifiziert hätte, Staatssekretär zu werden? Oder wäre eine weniger bedeutende Position im Hintergrund sogar vorzuziehen? In welchem Ministerium überhaupt: Soziales, Verkehr, Landwirtschaft, Finanzen? Wegman musste nur einen Blick über den Flur werfen, Andi Nairs Gesten studieren, die von einem nahezu unumstößlichen Selbstbewusstsein kündeten: Sah er sich als Minister des Innern? Und warum eigentlich nicht? Wer, wenn nicht er, sollte die Geheimdienste unter Kontrolle bekommen?

Der Abschlussbericht war rechtzeitig vor der Sommerpause fertig geworden. Aber man ahnte schon, dass damit die Arbeit nicht getan sein würde.

»Was mich quält«, berichtete Wegman seiner alten Begleiterin Bibi Burose, »ist Kassel. Wir können das nicht aufklären. Das Land Hessen verweigert die Akteneinsicht.«

»Hilf mal nach«, sagte sie.

»Da kommt einer dieser ostdeutschen Glatzköpfe in ein kleines Geschäft, in dem man chatten kann. Also online gehen. Er erschießt einen jungen Mann, dem der Shop gehört, und schon ist er mit seinem Fahrrad auf der Flucht. Der Ermordete wird im Nu gefunden. Niemand im Laden in dem Moment. Aber als der Mord geschah, kurz davor, saß ein V-Mann am Computer. Der ist noch jung. Aus ihm sollte wohl etwas werden. Er wurde beschützt, und er wird jetzt noch beschützt. Vielleicht hatte er den Shop auch schon verlassen. Aber das Zeitfenster dafür wäre schmal, weniger als zwei Minuten.«

»Die Vermutung ist also, dass seine Anwesenheit nicht zufällig war. Ist dieser V-Mann ein Abtrünniger aus der rechten Szene?«

»Abtrünnig oder nicht, er gehört dazu, und er berichtet darüber. Kurz vor der Tat hat er mit einem Rechtsradikalen im Rheinland telefoniert.«

»War er im Ausschuss geladen?«

»Wir haben ihn nicht gekriegt. Er ist geschützt. Seine Vorgesetzten versuchen, die Sache herunterzuspielen, etwas am Rande des Zufalls, angeblich.«

»Du erinnerst mich an einen bitter gewordenen Ermittler.«

»Das stimmt, wir sind in die Rolle von Ermittlern geraten. Oder das war sogar unsere Aufgabe, die des Ausschusses, zu ermitteln, und zwar gegen Leute, die selbst ermitteln. Oder vielmehr hätten sollen.«

»Aber lass mich daran erinnern: Die Polizei braucht einen Täter, der Staatsanwalt braucht eine Verurteilung, der Richter Gerechtigkeit, die Opfer brauchen Genugtuung. Je größer aber das Verbrechen, desto geringer die Wahrscheinlichkeit, dass der Täter als Beispiel taugt. Er weist über das System hinaus.«

»Ah – Bibi! Systemtheoretisch willst du sagen, dass die vollständige Aufklärung ein frommer Wunsch bleibt und dass man der Erfüllung dieses Wunsches keinen Glauben schenken soll.«

»Eigentlich schade, Wegman, dass du nicht an der Uni geblieben bist.«

»Danke, Bibi. Wenn du mich nicht für hohl hältst, kann es so schlimm um mich nicht stehen.«

»Jedes Verbrechen hinterlässt irgendeine Spur von Misstrauen bei irgendwem. Das eine Extrem ist der verbitterte Ermittler, dem *sein Fall* weggenommen wurde. Hätte ich weitergemacht, sagt er sich, wäre die Sache ans Licht gekommen. Das andere Extrem ist der aufgeklärte Fall, im reinsten Sinne das Attentat. Jemand ist schließlich verurteilt worden. Die Sache ist abgeschlossen. Aber da gibt es eine Menge Leute, die glauben das nicht.«

»Spinner.«

»Ja, auch, die Grenzen sind fließend. Das Verbrechen lebt in ihren Köpfen weiter, und der Urgrund eines niemals zu löschenden Zweifels bleibt, dass der Staat in das Verbrechen verwickelt ist. Der CIA hat Kennedys Ermordung geplant – nach diesem Muster.«

»Du willst hoffentlich nicht sagen, dass der Untersuchungsausschuss Verschwörungstheorien Vorschub leistet?«

»Hm. – Nein, aber ich würde durchaus vorschlagen, das Bild als symmetrisch zu betrachten: Der verbitterte Ermittler und der eifernde Verschwörungstheoretiker, das sind Zwillinge.«

»Und es gibt keine Wahrheit?«

»Oh doch, eine Wahrheit gibt es. Aber niemanden, der sie kennt.«

Solche Gespräche überforderten Wegman. Er war nah dran, Bibi vom Würfeltraum zu berichten. Sie würde dann das Innenleben des Würfels als Gesellschaft beschreiben, und schon wäre sie in der Falle. Sie hätte vergessen, würde er sagen, dass man irgendwann einmal aufwacht. Ach nein, darauf würde sie nicht hereinfallen.

Aber dann verfolgte ihn der Clou mit dem Erwachen. Wenn das Gegenteil des Traums das Erwachen war, war der Tag die Gegenwelt. Natürlich gab es für Bibi keine Gegenwelt, aber letztlich war sie doch nur eine Professorin aus Bielefeld und nicht das Orakel von Delphi. Vielleicht war die Legislaturperiode der Traum, und die Wahlen wären das Erwachen? Wenn es die Wahrheit gab, aber niemand sie kannte, wozu war all das Fragen gut gewesen?

Recht sollte sie behalten: Der Bericht, den der Ausschuss schließlich dem Bundestag übergab, wurde vielfach gepriesen und stechend kritisiert. Und es war sogar richtig, dass fast alle denkbaren Fragen gestellt und nur wenige davon erschöpfend beantwortet worden waren. Lag das nicht sogar in der Natur des Fragens selbst?

Vielleicht hatte sich der Ausschuss, die beobachtenden Journalisten inklusive, forttragen lassen von der Einigkeit der Abgeordneten, Licht in diese Sache bringen zu wollen. Vielleicht war der Ausschuss der Traum und das Ende des Ausschusses das Erwachen. Jetzt war jeder wieder für sich selbst verantwortlich, oder anders gesagt, es waren wieder die anderen schuld. Das große Fingerzeigen der Politik. Nur der Präsident schwebte darüber.

Der Pastor fand für jede Gelegenheit die angemessenen Worte. Immerhin, das hatte geklappt.

SEINEN WAHLKREIS GEWANN Andreas Nair zum fünften Mal direkt, einige tausend Stimmen mehr als vier Jahre zuvor. Wegman Frost, der ein Lob des Abgeordneten vermisste, erteilte sich selbst eines. Das war eben gute Arbeit im Wahlkreis, dachte er sich, und Alexi, der ihm stumm zuprostete – er hatte auch den Sekt mitgebracht –, erriet vielleicht seinen Gedanken. Fast war einer rechtsradikalen Partei der Einzug in den Bundestag geglückt, den Alexi vorhergesagt hatte. Andi Nair saß in seinem Bürozimmer hinter verschlossener Tür und telefonierte den ganzen Tag.

Während man die Rechten, die es beinahe geschafft hatten, zu Gewinnern stilisierte, wurde Florian Janssen, dessen Liberale gleichauf lagen, als Verlierer verhöhnt. Wegman schrieb ihm eine einfühlsame Textnachricht, aber bekam keine Antwort. Er fragte Alexi, ob er mitkommen wolle, den Büros der FDP einen Besuch abzustatten. Der zuckte nur mit den Schultern. Also ging Wegman allein und traf dort auf einige freundliche Gesichter.

So sah das also aus, wenn eine Ära zu Ende geht. Sie zogen aus, aber sie zogen nirgendwohin. Wegman wagte nicht zu fragen, nach welcher Logik die Papiere aus manchen Aktenordnern im Schredder verschwanden, während andere Ordner in Umzugskisten sortiert wurden. Jemand war damit beschäftigt, die Festplatten der Computer auszutauschen. Aufkleber und Wimpel aus dem Wahlkampf, alles blau und gelb, füllten einen ganzen Karton, auf den mit einem fetten Edding »weg!« geschrieben stand.

Wegman konnte sich daran erinnern, wie der Kanzler Schmidt

gestürzt worden war, zum Entsetzen seines Ziehvaters Eike; ja dieses Entsetzen war es, woran er sich erinnerte. Ein Rest von Hoffnung war bis zuletzt geblieben, dass die Liberalen wieder umkehren würden, aus politischen oder aus taktischen Gründen. Ihre Ministerien jedenfalls hatten sie lange fest im Griff gehabt. Wegman konnte den Außenminister aufrufen, aus dem kindlichen Gedächtnis, mit seinem weichen Gesicht und der weichen Diktion, und den Minister für Wirtschaft in seiner unmittelbaren, schon fast animalischen Art. Es hatte einen liberalen Innenminister gegeben, ein Aufrechter, die Stimme der Vernunft, oder war das übertrieben, nein, war es nicht, und das hatten die Sozialdemokraten tatsächlich lernen müssen, dem Staatsapparat selbst zu misstrauen und nicht nur zu hoffen, ihn für ihre Zwecke zu nutzen. Aber dann war irgendetwas schiefgelaufen. Da gab es einen, der antisemitische Flugblätter verteilt und bald als Fallschirmspringer abgestürzt war, absichtlich wahrscheinlich, da hatte die liberale Partei bereits ihre Wurzeln verloren und sich jungen, forschen Ehrgeizlingen unterworfen, von denen Flo Janssen der letzte in einer Reihe gewesen war.

Es fühlte sich an wie das Ende einer Zeit, die weit zurückreichte bis in Wegmans Kindheit. Möglicherweise waren die Ikonen der Bundesrepublik ihm viel näher als anderen Mitspielern seiner Generation, von denen die meisten erst mit der rotgrünen Regierung politisch geworden waren, dafür oder dagegen. Wegman war immer dran gewesen, er hatte im Stern-Magazin geblättert, bevor er flüssig lesen konnte. Und erst jetzt, auf dem Rückweg von den Büros der Liberalen, die geschockt und gelähmt ihre Sachen ordneten, wurde ihm klar, warum er überhaupt im Büro eines Abgeordneten gelandet war, dessen Interessen die inneren Angelegenheiten der Republik betrafen. Es war so etwas wie der Wunsch, in der Sorge um das eigene Haus seine Form zu finden, eine Genugtuung in der väterlichen Rolle, oder wenn nicht Genugtuung, dann Entschlossenheit. Nie, niemals würde man sich das Haus noch einmal anzünden lassen.

WOHER SOLL MAN ahnen, in welcher Zeit man lebt: ob es eine Zeit des Anfangs ist oder eine Zeit des Endes, eine der Hoffnung oder des Defätismus, eine laute oder eine leise? Wegman hat Marion gefragt, spät am Abend, so unauffällig wie möglich. Ihre Antwort lautete: »Wir leben in einer Zeit der Finanzen, aber nicht des Geldes; einer der Kommunikation, aber nicht des Wissens.«

Beim Frühstück hat er es mit Ellie versucht, als Marion schon aus dem Haus war. »Was glaubst du, Ellie, in was für einer Zeit wir leben?« Sie sah ihn ironisch an, berührte ihr Handy, griff danach und zeigte es Wegman. Das Display las sich 08:20. Eine Zeit der Kommunikation!, dachte Wegman.

Und dann war sie sehr ernst geworden und fragte: »Glaubst du, dass die Schäpe für immer im Gefängnis bleibt?« Wegman zögerte. »Leander sagt, dass sie vielleicht mit Brandstiftung davonkommt.«

»Das kommt mir nicht wahrscheinlich vor. Die steckt da mit drin. Die Richter werden das alles herausfinden, auch wenn sie schweigt.«

Ellie überlegte, wie sie nachhaken könnte, kam nicht drauf, berührte noch einmal ihr Handy. Wegman sah die Zahlen, jetzt auf dem Kopf stehend, weiß auf schwarz in einer großen, modernen, aber auch gefälligen Schrift. Es leuchtete 08:25, und noch hatten die Weihnachtsferien nicht begonnen.

In zwei Tagen sollte das dritte Kabinett der Kanzlerin vereidigt werden. Andi Nairs einzige Chance, die Sache in die eigene Richtung zu wenden, war Wegmans inoffizielle Sondierung bei den Grünen gewesen. Er war vorgeschickt worden, um die erst einmal vagen Umrisse einer linken Koalition zu zeichnen. Alexi hatte den Plan skizziert:

»Die Sozialdemokraten führen eine Linksregierung an. Sie öffnen sich weiter dem ökologischen Umbau. Die Grünen und die Linken setzen auf ihre Gemeinsamkeiten, besonders ihre Abscheu vor dem Fremdenhass und ihren Kampf gegen die Diskriminierung von Frauen. Was den Auslandseinsatz der Bundeswehr angeht, müssen die Linken Kompromisse machen; man kommt ihnen aber entgegen, indem man den Rückzug aus den Krisengebieten der Welt zumindest durchspielt. Sozialdemokraten und Grüne bleiben der Bürgerrechtsbewegung der späten DDR verbunden, erkennen jedoch an, dass die Einbindung der Linken ins Regieren östlicher Bundesländer, inklusive Berlin, die beste Möglichkeit gewesen ist, Entfremdungsgefühlen vorzubauen. Die Ministerien sind reine Verhandlungssache; Außen, Innen und Finanzen werden von der SPD beansprucht, so wie die Kanzlerschaft auch. Wir erinnern daran, dass die erste und zweite Bundesregierung im rot-grünen Modell den Wandel der Gesellschaft vorangebracht hat, aber viele gemeinsame Vorhaben – auch der Ausstieg aus der Atomkraft – unvollendet sind. Den Entschlüssen der CDU nach dem Unglück von Fukushima ist nur bedingt zu trauen; hier könnten die Grünen ihre Kernkompetenz zur Geltung bringen.«

Zur Sondierung bei den Linken, noch inoffiziell, hatte man eine linke Sozialdemokratin geschickt, und die Schmuseangebote wurden beantwortet. Als zwei Tage später alle zusammenkamen, war Wegman dabei. Er sollte für Andi ein Auge auf die Grünen haben, Alexi auf die Linken. Es herrschte aber Misstrauen und Beklommenheit.

»Jetzt haben wir die Riesenchance gehabt, eine konservative Volkspartei in die Opposition zu schicken, und dann diese Verzagtheit. Ich kann mir das nicht erklären«, jammerte Wegman, in Alexis Türrahmen stehend. Der sah für eine Weile an die Decke. Dann antwortete er: »Ich glaube, es liegt an uns. Die Sozialdemokraten sind oft verraten worden. Es fehlt uns da an …«

»Biegsamkeit.«

»Jovialität.«

»Jovialität!«

»Na ja, guck dir doch deinen Freund Janssen an. Für den war Politik ein Taschenspielertrick.«

»Glaubst du das wirklich?«

»Nein, ich weiß es.«

Eine Woche vor Weihnachten war das schwarz-rote Kabinett vereidigt. Andi Nair, den man übergangen hatte, gab sich große Mühe, keine Enttäuschung zu zeigen. Ihre neuen Verträge als wissenschaftliche Mitarbeiter im Bundestagsbüro hatten beide schon unterschrieben.

Wegman traf Bibi noch einmal vor Weihnachten beim Elsässer. Dieses Mal hatte sie keinen Baum dabei, aber ein Buch, das im Laden als Geschenk verpackt worden war. Wegman öffnete es sofort. Es war von Hannah Arendt und hieß *Über die Revolution*. Er blätterte zum Inhaltsverzeichnis. Das würde er lesen, als Nächstes. Man muss wirklich etwas tun, dachte er, um nicht zu verblöden. Aber das behielt er für sich.

»Was die SPD betrifft«, sagte sie später, »– es ist so schön, dass in diesem Lokal keine Musik gespielt wird –, würde ich unterscheiden zwischen einer Krise und einer misslichen Situation oder sagen wir einer historischen Klemme. Schröder hat recht gehabt, das große Abspecken war unvermeidlich. Guck dir Frankreich an im Vergleich, ein kameralistischer Staat von Privilegierten, die sich gegenseitig die Butter vom Brot nehmen.

Ist das Sparen erst einmal Staatsräson, kann man sich ja wieder nach links lehnen. Und doch, wer hätte gedacht, dass die verkrachte SED auf der politischen Landkarte listig links von der SPD, als zeitgenössische USPD, aufersteht wie Phönix aus der Asche?«

Wegman senkte die Stimme. »Ich darf dir das gar nicht sagen, aber tatsächlich haben wir eine Linkskoalition sondiert.«

»Und woran ist sie gescheitert?«

»Darüber denke ich nach und Alexi Meier-Stein ebenfalls.«

»An euren Gespenstern, würde ich sagen. An der Feindschaft zwischen Gerhard Schröder und Oskar Lafontaine.«

Wegman, beschäftigt mit einem vorzüglichen Rinderfilet, wartete die Ausführung ab, die aber nicht kam. Schließlich sah er zu Bibi auf, die selbst auf ihrem Teller die Überbleibsel eines Flammkuchens zu bändigen versuchte. Er hatte das Gefühl, sie zum ersten Mal zu sehen, eine Frau Ende vierzig mit großen moosgrünen Augen und einem weichen Kinn, die selbst für einen Moment vergessen hatte, wo sie war, ein bisschen melancholisch vielleicht, oder nein, eine Spur traurig. Ob sie ihm zustimmen würde, wenn er sie fragte? Oder war traurig nicht das richtige Wort? Sie war enttäuscht, was sie niemals zugeben dürfte, weil in ihrer Theorie der Gesellschaft alles seinen Platz hatte, und sei es der Umstand – Wegman dachte, es sei gewiss dieser –, dass sie einen Menschen, mit dem sie ihr Leben hätte verbringen können, nicht gefunden hatte und vielleicht auch nicht finden würde. Das war indiskret, und er versuchte, den Gedanken wegzuwischen, aber genau in dem Moment fiel ihm ein, dass sie etwas gesagt hatte, was gänzlich von ihren Denkfiguren abstach, etwas über die Feindschaft zweier Männer, die beide nicht im Bundestag saßen und auch nicht Teil einer zukünftigen Regierung sein würden.

»Wie meinst du das?«, fragte er.

»Hast du mal etwas von einem Andenpakt gehört?«, fragte sie.

»Doch, schon, aber das hat mit uns nichts zu tun. Das gehört zur CDU.«

»Das stimmt. Da stehen einige noch eher junge Männer beieinander, in einem Jumbojet über Chile oder Argentinien, und sie verschwören sich. Sie schließen sich zusammen zu einem Männerbund. Sie versprechen sich gegenseitig, sich nie direkt zu bekämpfen. Stattdessen werden sie, denken sie, die wichtigen Posten unter sich aufteilen.«

»Doch, doch«, antwortete Wegman etwas müde. Die CDU interessierte ihn im Moment überhaupt nicht.

»Und was ist dabei herausgekommen?« Bibi legte eine rhetorische Pause ein. »Nicht viel. Eine ostdeutsche Pastorentochter, die nicht mit ihnen verschworen war, hat sie beiseitegefegt, einen nach dem anderen.«

»Ich bin kein Anhänger der These, dass Christian Wulff Bundespräsident geworden ist, weil die Kanzlerin ihn kaltstellen wollte.«

»Kaltstellen ist für diesen Posten auch nicht das richtige Wort. Dennoch war er der letzte der Verschwörer, der einen gewissen Glanz hatte, eine Bildoberfläche. Der hatte seine Wahlen gewonnen, er war einige Jahre jünger als sie. Falls er dachte, er könne sie als Chefin der Partei in Frage stellen, war diese etwas traumhafte Beförderung ein sicherer Weg, ihn davon abzubringen.«

»Während die anderen Paktierer bereits untergegangen waren.«

»Darauf will ich hinaus – was glaubst du, warum?«

»Oh, du meinst …«

»Ja, sie mussten untergehen, weil ihr Pakt um eine Leerstelle gebaut war. Die Leitung der Regierung kann nicht jemandem übereignet werden. Sie muss erkämpft werden.«

»Aber das hat Schröder doch getan!«

Diesen Satz hatte Wegman etwas zu laut gesprochen. Das Restaurant war gut besucht, und sie fingen sich Blicke von den Nebentischen ein. Bibi spürte das und wartete. Wegman prüfte, ob nicht politische Feinde in der Nähe waren. Dabei bemerkte er einen älteren Herrn mit Bart, der in der hintersten Ecke des Lokals alleine saß. Er hatte seinen Mantel nicht abgelegt. Wegman konnte sich nicht entsinnen, wo er diesen Mann schon einmal gesehen hatte. Er war erleichtert von der Wendung des Gesprächs. Klar, die Kanzlerschaft musste erkämpft werden.

»Schröder«, sprach Bibi weiter, »war ein Kämpfer seiner Natur nach. Aber er wusste auch etwas von der Gunst der Stunde. Er hat seine Ansprüche angemeldet und dann mehrmals den Strebern und Hitzköpfen den Vortritt gelassen. Let's face it, Helmut Kohl hatte die Republik fest im Griff. Schröder hat exakt erspürt, wann die Macht der Gewohnheit sich anzufühlen begann wie Lähmung, wann die Müdigkeit einsetzte.«

»Er wollte vorher schon, man hat ihn nur nicht gelassen.«

»Alle Kandidaten vor und nach Schröder sind verbrannt worden. Jeder von ihnen hat nur einmal kandidiert. Das muss doch etwas bedeuten.«

»Nämlich was?«

»Entweder, dass die SPD nur pro forma mit einem Kandidaten antritt. Müsste sie ja nicht. Oder dass sie an ein Wunder glaubt. Vielleicht sogar beides zugleich. Das war lange verdeckt, eine Art Geheimnis, und jetzt liegt es offen, denn Peer Steinbrück ist in die Wahl gegangen mit einem Ziel, das er kaum erreichen konnte. Aber er ist nicht Teil der Regierung, die diese Woche vereidigt worden ist. Das hat er sogar vorher gesagt, das heißt, er hat seine Rolle als Opfer öffentlich angenommen.«

»Und Lafontaine?«

»Lafontaine hat sich 1990 schlichtweg geirrt. Er dachte, der Osten wäre voller Utopisten, die den Arbeiter-und-Bauern-Staat überführen wollten in eine noch bessere Gesellschaft. Dann hat er sich zurückgezogen auf keynesianische Wirtschaftspolitik, auf Staatsdirigismus, letztlich. Er dachte sich Schröder als trojanisches Pferd, und drin säßen seine Leute. Immerhin, er dachte irgendetwas.«

»Was ich nicht versteh, ist das mit dem Andenpakt. Was haben wir damit zu tun?«

»Ihr seid das Gegenteil davon. Eine Menge begabter Männer, die sich spinnefeind sind. Alle vier Jahre wird einer geopfert.«

»Also?«

»Also was?«

Es vergingen einige Minuten, in denen sie verschlagen grinsend versuchten, eine Begegnung der Blicke zu vermeiden.

»Dann ist es also der Fehler, dass es Männer sind«, wagte Wegman schließlich. »Denn das wäre das Einzige, was die Andenverschwörer mit unseren verbrannten Genies verbindet.«

»Brillant, Wegman, brillant! Das Schisma der Sozialdemokratie ist doch eher theoretisch und kann immer wieder überwunden werden – in einer Person. Die Türen müssen sich öffnen. Es kommt mir vor, als wenn das Raucherzimmer so vernebelt ist, dass ihr das Einfachste nicht erkennen könnt: Die Kanzlerin ist eine Frau, und sie kommt aus dem Osten.«

»Und nach so einer sollen wir auch suchen?«

Bibi unterdrückte ein Lachen. Zugleich hörte Wegman den Wirt am Nachbartisch sagen: »Es ist ja auch unsere letzte Woche hier …«

Er sah Bibi überrascht an. Die sagte in gefasstem Ernst: »Suchen natürlich nicht.«

»Wieso die letzte Woche hier?«, murmelte er.

»Ach so, weißt du nicht, dass sie schließen?«, antwortete Bibi. Wegman schob seinen Teller von sich. Er berührte ihren, und es gab einen steinernen Schlag.

»Nicht suchen«, fuhr sie fort. »Soziale Geschehnisse sind willkürlich. Deshalb sind die Regelungen von Verfahren so wichtig.«

»Aber die Kanzlerkandidatur ist doch geregelt. Es hat ein ganzer Parteitag darüber abgestimmt.«

»Die haben ein großes Stammrestaurant in Colmar. Dies war das Berliner Experiment. Stell dir vor, der Kollwitzplatz ist zu teuer geworden.«

»Und wieso nicht suchen?«

»Im Sinne von *Jugend musiziert*? Die Begegnung ist immer zufällig, oder statistisch programmiert, wie auch immer man es ausdrückt. Es ist ja nicht so, dass sich die Schüler ihre Lehrer aussuchen oder die Bettler ihre Spender. Mein Vorschlag ist nicht, interne Verfahren durch eine edle Kür zu ersetzen.«

In diesem Moment wusste Wegman, wer im hintersten Winkel des Restaurants saß. Es war derselbe Mann, der als Bettler Georg vor der Schule gesessen hatte.

»Glaubst du, Bibi, dass wir in einer Zeit des Endes oder einer des Anfangs leben?«

»Da es Weihnachten wird und du mich nach dem Glauben fragst: Ich glaube, dass eine Epoche zu Ende geht. Ohne Vorwarnung beginnt eine neue. Du musst dich rüsten, Wegman, deinen Blick schärfen für die Zeichen der Zeit.«

»Die Zeichen der Zeit?«

Bibi sah ihm ruhig in die Augen. Der Anflug eines Lächelns, aber sie sagte nichts.

Es war der siebenundzwanzigste Dezember, als Marion sich an Wegman wandte, die Stimme senkte und ihn wissen ließ, dass sie eine Weile ins Büro Hongkong werde wechseln müssen. Dort stünden große Entscheidungen an, die sie aus der Ferne nicht treffen könne. Es eile, für den zweiten Januar war ein Flug gebucht.

Wegman dachte sogleich an Ellie, aber er wusste, dass das zuerst Gesagte immer als das Wichtigste galt. Er pegelte sich ein auf Marions versöhnlichen Ton und sagte: »Ich werde dich sehr vermissen.« Ihm kam eine Szene aus der Kindheit in den Sinn, als er mit dem Schlitten hügelabwärts geschossen und gestürzt war. Ach, er hatte an das große Glück ohnehin nicht geglaubt.

Bevor irgendein Detail besprochen war – ging es um Wochen, ging es um Monate? –, kam Ellie zurück, die Wangen rot, entflammt für Leander, mit dem sie sich auf dem Kollwitzplatz vergnügt hatte. Sie wusste von nichts.

Am Abend wurde das Mädchen mit deutlichen Worten ins Bett geschickt, Marion machte Feuer im Kamin, und für eine Stunde schien es, als würde alles von Neuem beginnen. In die Nacht hinein erklärte sie ihm, dass alle Manager Nomaden seien. Die Vorstellung einer vernetzten Welt, in der alle überall und gleichzeitig sein könnten, wäre eine romantische Illusion. Sie würde sich erst einmal für ein halbes Jahr in Hongkong einrichten, um irgendeine Stabilität zu schaffen für Ellie, aber nein, sie könne Wegman unmöglich versprechen, dass sie danach zurückziehen würden nach Berlin.

Es ist also alles vorbei, war der Satz, der Wegman in den Sinn kam. Aber Marion saß neben ihm auf dem Sofa, nackt unter der Kaschmirdecke, die sie um sich gelegt hatte wie einen Poncho. Nichts passte so wenig zu ihr wie ein Klischee. Es tropfte an ihr ab. Er überlegte, goss Wein in ihr Glas und seines; sie stießen miteinander an und sahen sich in die Augen. Schelmisch sah sie aus, wie merkwürdig, dass er an dieses Wort nie gedacht hatte. Deshalb war sie so erfolgreich in ihrem Beruf. Augenzwinkern für einen Millionendeal.

»Wir hätten heiraten sollen«, hörte Wegman sich schließlich sagen.

»Wenn du in der Vergangenheit leben willst, Wegman, dann kannst du das tun. Für mich ist das nichts.«

»Wir werden heiraten«, sprach Wegman wie in Trance.

»Na, das ist doch was«, antwortete sie.

»Es gibt da keinen anderen Mann, oder?«

Marion lachte leise. »Doch. Wenn du es wissen willst. Das geht zurück in meine New Yorker Zeit, als ich plötzlich sehr einsam war. Er heißt Otis und war ein sehr guter Ersatz für Matteo.

Physisch, meine ich. Seit wir beide uns kennen, war er dreimal in Berlin, jeweils für einen Tag und eine Nacht. Wenn es so sein soll, dann gebe ich ihn auf.«

»Was hat er, was ich nicht habe?«

»Dass er mich nicht heiraten will. Er ist verheiratet. Ostküste, ein Boston Brahmin. Und er will nicht, sogar auf keinen Fall, der Vater eines Mädchens sein; eines Mädchens, meine ich, dass nicht zu seiner Familie gehört.«

»Will ich denn Ellies Vater sein?«

»Das weißt du nicht, Wegman? Das weißt du nicht?«

Es ist eine Hausdurchsuchung im Gang. Der Mieter ist nicht zuhaus. Man hat sich gewaltsam Einlass verschafft. Man hat keine Eile. Der Reporter des Heimatblattes ist den Polizisten durch die offene Tür gefolgt und macht Fotos. Niemand hindert ihn daran. Im Gegenteil, irgendjemand hat ihn gerufen.

Der Leitende Staatsanwalt im Niedersächsischen langweilt sich etwas. Und schlimmer noch, es ist der Februar 2014, und ihm steht ein Misserfolg ins Haus. Immerhin haben die Ermittlungen wegen Vorteilsnahme durch ihn, ja, durch Rolf Rettich, einen Bundespräsidenten zu Fall gebracht. Das Verfahren, aufgeblasen zur Bestechlichkeit, lief erst einmal gut. Läuft gut, das meint für den Staatsanwalt, dass sich aus einem Konvolut von Verdachtsmomenten mindestens eines als triftig erweist. Oder dass dem bald Angeklagten die Sache über den Kopf wächst. Dass er zwanzig große Lappen herausrückt und das Verfahren eingestellt wird. Aber der Alt-BP hat Nein gesagt. Er besteht auf einem Freispruch.

Die Immunität des MdB, dessen Wohnung durchsucht wird, musste gar nicht erst aufgehoben werden. Einige Tage zuvor hat der sein Mandat niedergelegt. In Hannover beraumt Staatsanwalt Rettich eine Pressekonferenz an. Er wird dabei ein Wort benutzen, für das es, in diesem Moment, keine Evidenz gibt. Es ist ein Wort aus dem Strafgesetzbuch. Mit diesem Wort wird er den MdB zerstören und alles, was dieser geschaffen hat. Das weiß Dr. Rettich.

Es steht nämlich schlecht für ihn im Fall des Alt-BP. Eine Viertelhundertschaft von Staatsanwälten hat man ein Jahr lang damit beschäftigt, allen Gerüchten nachzugehen, als ginge es darum, eine Verschwörung gegen Verfassungsorgane auszuheben. Der Druck war groß, denn man erhebt keine Anklage gegen einen Präsidenten wegen nichts. Nur weil die Bild-Zeitung glaubt oder zu glauben vorgibt, es habe für lau ein kuscheliges Bett an der Nordsee gegeben oder eine Schweinshaxe auf dem Oktoberfest, die vom Ministerpräsidenten des Landes Niedersachsen, der er damals war, verschlungen, aber nicht bezahlt worden sei. Das muss dann auch stimmen. Aber der Prozess vor dem Landesgericht geht bald zu Ende. Die Vorwürfe entpuppen sich als Verstiegenheiten, windige Konstruktionen schlecht getarnter Reporter, die die Staatsanwaltschaft sich zu eigen gemacht hat.

Da kommt ihm der MdB aus Schaum- oder Nienburg gerade recht. Das ist ja nicht irgendwer: ein hochmütiger, scharfzüngiger Abgeordneter, der die Politik, die Polizei, die Geheimdienste öffentlich vorgeführt hat; der Sohn eines Zugezogenen aus dem Fernen Osten, der sich vorgenommen hatte, die Bundesrepublik Deutschland schlechtzumachen. Das weiß der Leitende Staatsanwalt, dass auch Leute wie er gemeint sind. Der Staat sei blind auf dem rechten Auge, das ist es, was der MdB unter großem Beifall der bürgerlichen Presse Woche für Woche in Berlin insinuiert hat. Dass Rettich dort nicht selbst vorgeführt wurde, liegt möglicherweise nur daran, dass die ostdeutschen Terroristen keine türkischen Kleinunternehmer in Hannover oder Wolfsburg erschossen haben. Also Pech für den MdB, der sich mit einer Kreditkarte, die seinen Namen trägt, in Kanada Heftchen mit Bildern Minderjähriger bestellt hat. Pech, dass er in Niedersachsen beheimatet ist. Dass die Heftchen nicht unter den Paragrafen 184b fallen, ahnt der Staatsanwalt sehr wohl. Wohl keine Pornografie, aber vielleicht ein Grenzfall. So wird er es sagen. Damit ist das Wort in der Welt. Die Bilder von der Hausdurchsuchung dazu. Vernichten wird das diesen Andreas Nair allemal. Dieser Schmutzfink von der SPD. Ein Typ, den Rettich nicht ausstehen kann, obwohl er natürlich weiß, dass es schlimmere gibt. Die kommen dann später dran. Rettich ist Staatsanwalt per Berufung und Passion. Er ist verheiratet und hat drei Kinder.

ABER NOCH IST es nicht so weit. Soeben ist Weihnachten vorbei. Die ersten Tannen sind bereits auf die Straße gebracht worden, mit ihren Resten von Kerzenwachs und Lametta. Obwohl man sich von diesem Baum für immer verabschiedet, wird er aufrecht gestellt, an die Hauswand gelehnt; dann kommt ein zweiter dazu und ein dritter, ein Ersatzwald mitten in der Stadt und auf Zeit. Die Berliner Stadtreinigung holt die Bäume erst im Januar.

Natürlich gibt es keine Tage *zwischen den Jahren*, aber es fällt leichter zurückzuschauen als voraus. Eines der erfolgreichen Bücher des Jahres 2013 heißt *1913*, was das letzte Jahr vor dem Krieg meint, als man das Trommeln schon hört. Viele junge Leute, Arztsöhne, Theologiestudenten, Dichter freuen sich mächtig über einen kommenden patriotischen Krieg, der ihre Epoche – oder die ihrer Väter – beenden wird. Neben den letzten Exemplaren entdeckt Wegman bei Dussmann den Stapel eines neuen Buches, das *1914* heißt.

Still wartet er auf den Augenblick, in dem Marion ihrer Tochter den neuen Lebensplan erklären wird. Es sind nur noch fünf Tage bis zum Abflug, früher Nachmittag, bläuliches Licht in der dunkelblauen Sitzgruppe vor dem Kamin, der nicht in Betrieb ist. Eine Kerze hat Marion angezündet, nein zwei, und dann stellt sie eine dritte dazu. Sie gibt Wegman kein Zeichen, er verfolgt das von der Küche her und kommt dann herüber. Anders als erwartet, präsentiert sie Ellie nicht das, was Wegman als den letzten Stand bezeichnet hätte. In Marions Darstellung muss sie für einige Monate nach Hongkong, wahrscheinlich für die erste Hälfte des Jahres, sagt sie, und sie sieht dabei nur das Mädchen an. Ellie trägt einen roten Strickpullover mit kleinen weißen Elchen drauf. Marion lässt ihr die Wahl: Es gibt in Hongkong eine Internationale Schule, sogar mehr als eine, sagt sie. Das andere Modell wäre, sie bliebe erst einmal in Berlin.

»Wieso erst einmal?«, fragt Ellie.

»Damit will ich sagen«, antwortet Marion, ohne zu flattern, »dass du dich nicht absolut festlegen musst. Wegman wäre … Wegman ist für dich da. Du kannst – oder ihr könnt – mich auch besuchen. In den Osterferien, zum Beispiel.«

»Du kommst bis Juni nicht zurück?«

»Es ist eine sehr lange Flugreise, aber es ist möglich.«

»Hast du denn dort eine Wohnung?«

»Aber Ellie, das weißt du doch. Unsere Firma hat immer Wohnungen. Wir können auch wechseln, von einem Tag auf den anderen. Uns vergrößern, zum Beispiel.«

»Müssen wir dann hier raus, Wegman und ich?«

»Nein, hier bleibt alles, wie es ist.«

Ellie schaut zu Wegman. Ihr Blick sendet eine ungefilterte Wärme aus, als wäre er ein Hund. Sie wendet ihre Augen nicht ab, während sich ihre Lippen schon bewegen, aber stumm. Er denkt, dass sie nach Worten sucht, die ihre Mutter nicht verletzen. Als dann ihre Stimme erklingt, ist es plötzlich die einer Erwachsenen. Das Mädchen schaut seine Mutter an.

»Ich würde es gern in Berlin probieren«, sagt es.

Marion nickt so, als würde sie selbst noch zögern, mehrmals, lächelt und zündet die dritte Kerze an.

Schon bald ist die Wohnung in schönster Unordnung, mit einem offenen Koffer neben der Garderobe, Büchern zum Auswählen auf dem Sofa. Weiße Blusen auf Drahtbügeln hängen an Türklinken. Als ginge es nicht anders, wird Marions I-Pad in der Küche nachgeladen, zwischen Kühlschrank und Toaster. Wegman kommt mit einer riesigen Tüte vom Drogeriemarkt zurück, bestückt zuerst die Küche, füllt dann die Besenkammer auf. Auf dem Weg zum Bad kommt ihm Ellie entgegen, die wortlos hinter ihrer halboffenen Zimmertür verschwindet. Sie presst ein Frotteehandtuch an ihren Körper. Wegman zwingt sich, den Kopf nicht nach ihr umzudrehen.

Beim Abendessen wünscht sie sich für Silvester Raketen, so richtige große bunte, das hat sie Leander versprochen. Marion stellt die Bedingung, dass Wegman dabei ist, wenn sie in den Himmel geschossen werden. Wegman sagt zu Ellie, sie könne dafür die fünfzig Euro aus der Haushaltskasse nehmen. Sie blickt verschämt auf ihren Teller. Und sie solle bitte auch eine *Sonne* kaufen, ein Feuerwerk, erläutert er, das spiralförmig am Boden läuft.

»Läuft?«

»Abbrennt. Sehr schön und sehr hell.«

Bei der nächsten Gelegenheit in der Küche wirft Wegman einen Blick in die Dose, die als Haushaltskasse dient. Sie ist leer. Eine Stunde später ist der Fünfzigeuroschein dahin zurückgekehrt.

Am Silvesterabend geht Ellie um halb zehn ins Bett und schläft, oder sie tut so. Kurz vor elf ist sie wieder da. Eine halbe Stunde vor Mitternacht brechen sie mit den Raketen, einer leeren Weinflasche, einer Gartenschaufel und zwei Feuerzeugen in Richtung Kollwitzplatz auf. Leander darf das Loch graben, in dem die Weinflasche zur Hälfte versenkt werden soll, angeschrägt. Der Junge muss sich anstrengen, denn der Boden ist leicht gefroren. Er darf auch die erste Rakete zünden, aber gibt das Feuerzeug an Ellie weiter. Die Rakete, heulend im steilen Flug, springt hoch über dem Platz auf und schüttet, geordnet zu kleineren Schirmen, ihren Funkenregen aus, grün und dann gold und ganz oben violett, bevor alles verlischt. Weder hören noch sehen sie, wo die leere Hülse auf die Erde stürzt.

Während die Raketen am Rande gezündet werden, weit weg von anderen Mitternachtsbesuchern, wählt Wegman für die Sonne einen Ort nahe der Mitte des Platzes. Auf einer Bank sitzt ein bärtiger Mann in einem schweren Mantel. Er hat sein Handy laut gestellt, aus dem ein Lokalradio zu hören ist. Eine quietschende Frauenstimme verkündet, es seien noch vier Minuten und zwanzig Sekunden bis Mitternacht. Zu seinen Füßen steht der Pappbecher mit dem Signet eines Coffeeshops. Während Leander die Lunte der Sonne in Brand setzt, steht Ellie vor dem Mann und spricht mit ihm. In dem Moment fällt Wegman ein, dass er mit Ellie auf dieser Bank gesessen hat, als sie sich gerade kennengelernt hatten. Es war damals Sommer. Es ist überhaupt nur zwei Jahre her, zweieinhalb. Sie hatte ihm, in noch wackligem Deutsch, versucht zu erklären, dass ihr Vater im World Trade Center gestorben war. Der Funke der Sonne rast von innen nach außen. Es sieht so aus, als würden sich winzige Geysire öffnen, die Gold spuckten. Im warmen, fluiden Licht des Feuerwerks sieht Wegman Leander stehen. Ein glücklicher Junge, denkt Wegman. Er dreht sich nach Ellie um, die sich bückt und Münzen in den Kaffeebecher fallen lässt. Sie macht es so, dass sie sich vor dem Alten verbeugt.

»Wer ist denn das?«, fragt Wegman, als sie wieder bei der kleinen Gruppe ist, während die Sonne mit einem grellen Zucken erlischt.

»Das ist Georg. Er ist ein sorbischer Dichter.«

»Ein Dichter – und woher kennst du ihn?«

»Jeder in Prenzlberg kennt Georg. Er hat einmal vor unserer Schule Gedichte verkauft.«

»Und wie sind die?«

»Weiß nicht«, sagt Ellie, und man spürt ihre Erleichterung, die Situation gemeistert zu haben. »Die sind auf Sorbisch. Das versteht man nicht.«

»Ach«, fällt Wegman dazu ein. Aber er besinnt sich. Bevor er sich mit Ellie und Leander in Bewegung setzt, dreht er sich um und ruft: »Ihnen ein gutes neues Jahr, Georg!«

Der Mann gibt sein Handy von der rechten Hand in die linke, schaltet es dabei stumm und hebt die freie Hand zum Gruß.

Ellie war ein geduldiges Schlüsselkind gewesen, aber der plötzliche Umzug ihrer Mutter bekam ihr nicht gut. Innerhalb von zehn Tagen probierte sie alles aus, was Verlust und Krise signalisieren konnte: Den einen Abend aß sie nicht; den anderen weinte sie; dann beendete sie brüsk ein Gespräch, das sie mit ihrer Mutter am Telefon führte. Einmal schlich sie sich nach zweiundzwanzig Uhr aus dem Haus und blieb eine Stunde lang weg, wobei sie nach der Rückkehr demonstrativ Wechselgeld in die Haushaltskasse einzahlte. Danach war es mit dem Verschwinden von Geldscheinen ganz und gar vorbei.

Sie ließ ihre Zimmertür offen, doch Wegman verbot sich hineinzusehen. Er wollte alles vermeiden, was ihn als Autoritätsperson auf den Plan gerufen hätte. Dann aber gab er seiner Neugier doch nach und sah mit stillem Schrecken, dass Ellie sich auf ihrem Bett aufs Seltsamste in Position gebracht hatte. Sie stützte sich mit den Händen, die aussahen wie um hundertachtzig Grad gedreht, und am anderen Ende mit den Füßen ab, die Zehen in die Bettdecke gebohrt, eine Flickendecke, die aus New York stammte. Dort war sie vor fast dreizehn Jahren geboren worden. Ihr Körper – dessen höchste Stelle der Bauchnabel, das T-Shirt hochgerutscht, so dass man ihn sah – war fast bewegungslos gespannt zu einem Bogen. So nannte man das wohl, Brücke oder Bogen.

Noch hielt Wegman still gegenüber Marion. Denn er fürchtete, dass sie aus der Ferne das Experiment beenden würde. Ellie war nicht nur der Mensch, den er unbedingt in seiner Nähe haben wollte. Sie war auch wie ein Pfand, eine Garantie dafür, dass die Versprechungen vom Dezember nicht Makulatur waren. Sie würden letztlich als Familie überall und nirgendwo wohnen. Er durfte das Mädchen nicht verlieren.

Mitte des Monats war auf den grauen Fliesen des Bads ein Slip liegen geblieben, ein Kinderslip mit Koalabärmotiven, und darin ein tiefroter Fleck. Der verband sich aufs Eigentümlichste mit den schmalen roten Rändern des grauen Musters, so als wäre hier nun endlich die Quelle der Farbe zu sehen: geometrische Formen, mit Blut gezogen.

Vor seinem Büro fand Wegman Neujahrsgrüße oder eigentlich Präsente, mehr als ein Dutzend, Champagner, Wein, Konfekt, Kaviar, und alle mit Karten, vorgedruckt und selbst geschrieben, Kinderzeichnungen dabei. Er hatte alles hastig in sein Büro geräumt und dann mittels Stichproben festgestellt, dass es Familien von Bundestagsabgeordneten waren, die sich für ihre Wohnungen in der Karl-Marx-Allee bedankten. Das war es nicht, was er sich unter Diskretion vorgestellt hatte. Dennoch empfand er eine gewisse Rührung.

In der nächsten sitzungsfreien Woche fragte er Ellie, ob sie ihn im Büro besuchen wolle; sie sagte zögernd zu. Als am Nachmittag der Anruf vom Empfang kam, »'ne Ellie hier unten«, erschrak Wegman. Dann besann er sich, dass er sie eingeladen hatte. Nair saß in seinem Büro auf der anderen Seite hinter verschlossener Tür, was zur Gewohnheit geworden war, und Alexi hatte sich krank gemeldet, so dass Wegman mit Ellie das Büro für sich allein hatte. Er zeigte ihr sein Zeitungsarchiv und die Organisation des Bundestags, so wie der Computer sie hergab. Sie war entzückt von den Präsenten und glaubte, dass jeder Büroleiter am Anfang des Jahres in dieser Weise beschenkt würde.

»Nur wie«, fragte Wegman, »schaffen wir all das nach Haus?«

»Wie hast du das denn letztes Jahr gemacht?«

»Ach letztes Jahr, da war es weniger. Einiges habe ich wohl verschenkt. Aber dieses Jahr würde ich sagen, wir gucken uns das mal alles zuhause an?«

Er war sich in diesem Moment nicht ganz sicher. Sollte sie den Zusammenhang überhaupt verstehen? Es war ja schließlich etwas, das mit ihrer Mutter zu tun hatte. Aber er unterließ es sie einzuweihen, aus Furcht vor ihrem Gerechtigkeitssinn.

»Dann brauchen wir eine Schubkarre, einen Bollerwagen oder zwei riesige Rucksäcke.«

»Hm.«

»Oder du bringst jeden Tag ein bisschen mit nach Haus.«

»Am besten wäre, man hätte solche Einkaufstüten, weißt du, die ganz großen aus Papier, die man jetzt in den Boutiquen bekommt.«

Sie sah sehr hübsch aus, wie sie aus dem Fenster sah und überlegte. »Meinst du, wenn ich fragen würde, die würden mir welche geben?«

Wegman zeichnete ihr einen Plan: Reichstag, Brandenburger Tor, Unter den Linden, Friedrichstraße. »Frag nicht dort, wo sie kleine Gegenstände verkaufen, nicht bei Apple oder beim Juwelier. Wenn du ein Schaufenster siehst mit sehr eleganten Klamotten und richtig teuer, da kannst du es versuchen.«

Die Tragetaschen blieben einige Tage wie Bodenskulpturen in der Wohnung stehen, Zeichen von Ellies Geschick, denn sie hatte bei Karl Lagerfeld drei, bei Evelin Brandt fünf bekommen. Wegman sichtete die Gruß- und Dankeskarten, drei aus dem Wahlkreis, alle anderen aus der Karl-Marx-Allee. Der Anteil der Sozialdemokraten – einige der Namen musste er im Laptop suchen – lag inzwischen bei zwei Dritteln, und zu seiner Überraschung hatte der MdB aus Mannheim selbst eine kleine Wohnung dort bezogen. Oder einer Geliebten diese verschafft?

Ellie hatte sich eine Packung o. b.-Mini gekauft und im Badezimmer aufgestellt. Im Laufe des Januars bekam sie Boden unter den Füßen. In der Aula, wo Wegman der einsame Sprecher gewesen war, wurden drei Stücke zu elektronischer Musik aufgeführt, und Ellie erschien als moderne Tänzerin in einem Dutzend, ohne Solo und Allüren. Allerdings war sie etwas größer als die anderen Mädchen, so groß wie Leander als einziger Junge der Truppe. Ihre Haare waren geflochten und die Zöpfe hochgesteckt.

Es waren dreizehn Zöpfe, was Wegman, der aus der vierten Reihe zuschaute, wusste, weil er sie am frühen Nachmittag dieses Sonnabends selbst geflochten hatte, auf dem Rand der freistehenden Badewanne sitzend. Ellie hatte ihm ab und zu eine Anweisung gegeben, aber war sonst still gewesen, glühend vor Erwartung. Wegman wusste, wie es geht, denn er hatte in Bückeburg seinen Zwillingsschwestern auch schon mit dem Flechten geholfen. Dem Tanz der jungen Truppe folgte er bewegt, aber unaufmerksam. Statt des Bildes auf der Bühne sah er Ellies Nacken vor sich und seine eigenen Hände, ihr Haar Handgriff für Handgriff verwandelnd in Schmuck. Unter der abgedimmten Halogenleuchte an der Decke des Bads, die Marion hatte anbringen lassen: gelbgoldenes Licht. In Amerika sagen sie vielleicht in den Familien »I love you«, hatte Wegman für sich gedacht. Um wie viel schöner aber war es, ganz still das Ticken der Sekunden zu spüren wie einen Pulsschlag, den zwei Menschen teilen.

Es ist leichter, in einer Partei aufzusteigen, deren Einfluss wächst, als in einer, deren Einfluss schrumpft. Auch lässt der Ehrgeiz nach, wenn sich aus der Meinungsführerschaft im Parlament kein Regierungsamt ergibt und es so auszusehen beginnt, als würde die Chance nie mehr wiederkehren. John Voigt war Sprecher seiner Fraktion gewesen, einer mit Statur, Esprit und Durchhaltevermögen, ein Netzwerker. Diese Bezeichnung hatte man den Sozialdemokraten mitgegeben, die sich weder im konservativen Lager der Partei organisiert hatten noch im progressiven.

Die Berliner Staatsanwaltschaft hatte seinen Fall zu den Akten gelegt, und so war er im Sommer vor der Wahl wieder ein regulärer Abgeordneter. Die Rheinländer hatten ihn auf einem aussichtsreichen Platz ihrer Landesliste bestätigt, und diesen brauchte John Voigt, um in den Bundestag zurückzukehren. Denn er gewann seinen Wahlkreis nicht mehr. So musste er nicht viel dafür tun, in die zweite Reihe zurückzutreten, oder war es die dritte? Mit siebenundvierzig Jahren war er ein Außenseiter geworden, jemand, den viele mochten, aber es gab niemanden mehr, der ihm ganz und gar vertraute. Demütig spielte er seine Rolle als berühmt-berüchtigter Hinterbänkler, seiner Partei dankbar, dass sie ihn bei der Drogengeschichte nicht fallengelassen, im Gegenteil, sogar unterstützt hatte mit einem guten Anwalt. Er fing an, darüber nachzudenken, was sein Beruf sein könnte über den Bundestag hinaus.

Andi Nair war vier Jahre länger Abgeordneter gewesen als John Voigt und einige Jahre jünger zudem. Alles hatte darauf hingedeutet, dass er für seine Rolle im Untersuchungsausschuss belohnt werden würde, mehr als das – dass die Sozialdemokraten ihn auf den Schild heben würden, den lanzeschwingenden Ritter gegen Staatsgespenster und Naziteufel. Dass er in seine frühere Rolle als Vorsitzender des Innenausschusses zurückkehren würde, mindestens. Was aber nicht eintrat. Hätte jemand

Wegman gefragt, wie das sein könne, hätte er gesagt: Das kann eigentlich gar nicht sein. Gern hätte er Bibi Burose darein verwickelt, aber der Elsässer hatte geschlossen, und Ersatz war noch nicht gefunden. Nein, nicht dies war der Grund, warum er sie am Anfang des Jahres 2014 nicht mehr sah. Sie hatte den Leibniz-Preis gewonnen und musste in Bielefeld so viel Geld verteilen, dass sie das Pendeln nach Berlin vorerst aufgab.

Wahrscheinlich war Wegman Frost nicht ganz so aufmerksam, wie er hätte sein müssen. Seine Funktion als Muttervater lenkte ihn ab. Dann aber, mitten in einer Sitzungswoche, war Alexi Meier-Stein wieder da. Die Krankmeldung war schon am Freitag zuvor ausgelaufen.

»Ich komme auch nur, um mich für immer zu verabschieden«, rief er, mit dem Kiekser der Glücklichen in der Stimme, aus dem Nebenzimmer. Er warf bereits Hefte, Kabel, Stifte in einen großen Botenrucksack aus schwarzem Wachstuch. Seine Kündigung lag auf Wegmans Schreibtisch, dessen Verwunderung umschlug in Entsetzen, als Alexi ihm offenbarte, sein Traum sei wahr geworden, er habe eine Juniorprofessur bekommen – in Bielefeld. Während er seinen Rucksack füllte, wobei er auch die rote Kaffeetasse mit der Aufschrift »Super Genosse« nicht vergaß, lief eine Abstimmung im Reichstag. Dafür war, selbstverständlich, MdB Nair im Sitzungssaal. Wegman war sich sicher, dass Alexi die Rückkehr Andis abwarten würde, aber der schlug die Stulpe seines Rucksacks mehrfach um, wasserdicht, und gab seinem Büroleiter die Hand zum Abschied. Sie war feucht.

Allein, schaltete Wegman den Hausruf ein. Ein Redner, den er nicht zuordnen konnte, verteidigte die Verlängerung des Bundeswehrmandats in Mali. Wegman beobachtete die Kollegen in den gläsernen Büros gegenüber, nein, er starrte nur hinaus. Eine halbe Stunde blieb er nahezu regungslos stehen, bis der Bundestagspräsident die Debatte dieses Sitzungstags für beendet erklärte. Er schaltete den Hausruf aus, nahm Alexis Kündigung, verließ sein Zimmer und ging bis zum Ende des Gangs, kopierte das Schreiben, faltete die Kopie und steckte sie in die seidene Innentasche seines Jacketts; auf dem Rückweg begegnete er Andi Nair, der aus dem Parlament zurückkam.

»Ich muss mit dir sprechen«, sagte Wegman leise.

»Jetzt nicht«, antwortete Andi, während er die Tür hinter sich anlehnte, die Wegman sogleich wieder aufstieß.

»Es muss sein. Alexi hat gekündigt.«

»Zu wann?«

»Er ist schon weg.« Wegman trat ins Zimmer hinein und legte, sich weit vorbeugend und mit gestrecktem Arm, das Original der Kündigung vor den Abgeordneten. Er tastete sich rückwärts zur Tür.

Andi Nair, am Schreibtisch, verbarg sein Gesicht in den Händen.

Ellie schlürfte laut ihren Kakao an jenem Morgen im Februar. Über ihre Tasse hinweg beobachtete sie Wegman, der sein I-Pad schräg auf die Gummiunterlage gestellt hatte. Die Tastatur sah aus wie Spielzeug, aber sie war auf irgendeinem Weg mit der Elektronik verbunden, die sich hinter dem Bildschirm verbarg. So richtig gefiel es ihr nicht, dass er seinen Bürotag am Frühstückstisch begann, aber was sollte sie sagen? Schließlich hatte sie soeben, vom Klo aus, eine SMS an Leander geschickt.

»Ist etwas nicht in Ordnung?«, fragte sie plötzlich, in der Stimmlage ihrer Mutter. Wegman war weiß im Gesicht geworden und starrte auf den kleinen Bildschirm. Die Arme waren ihm links und rechts heruntergefallen wie Prothesen.

»Du kommst allein zur Schule?«, fragte er fast tonlos, und Ellie verkniff sich ein Grinsen. Zur Schule begleitet worden war sie zuletzt am Anfang der zweiten Klasse westlich vom Central

Park. Sie beobachtete ihn, wie er hastig die Schuhe schnürte, sich den Mantel überwarf, das I-Pad in seiner schwarzen Aktentasche versenkte. Auf halbem Weg nach draußen drehte er um, ging wie ferngesteuert auf sie zu und streichelte ihr vorsichtig über ihre Zopffrisur.

»Bis heute Abend«, sagte er, in einem Versuch, sich zu fassen, an der Tür.

»Bitte komm zurück«, rief sie, als die Tür zufiel. Sie wurde mit dem Schlüssel wieder geöffnet. Wegman rang sich ein Lächeln ab.

»Ja, Ellie, ich komme zurück. Es wird vielleicht spät. Du kannst mich jederzeit anrufen.«

Wegman eilte vor zur großen Allee, winkte ein Taxi heran, nannte vom Rücksitz sein Ziel, Bundestag, Paul-Löbe-Haus, Eingang Süd, bekam aber keine Antwort, während sich der weiße Mercedes in Gang setzte. Aus den Lautsprechern hinter ihm kam lautstark Antenne Brandenburg. Beim Halt an der Torstraße begannen die Nachrichten. Der Fahrer schaltete sie ab.

»Das Radio – wieder an!«

»Det is immer detselbe, nur 'ne Stunde späta«, maulte der Mann am Steuer. Er drückte noch einmal auf den Knopf, aber sie hatten zehn Sekunden verloren. Bis zum Wetter kam der Name Andreas Nair nicht vor.

»Wa?«, fragte der Fahrer, der seine weise Einsicht bestätigt haben wollte. Sein Passagier reagierte nicht. Wegman sprach erst, als das Auto am Reichstag dabei war, falsch einzubiegen. An der Pforte verlangsamte Wegman den Schritt, nahm sich zusammen, hielt dem Diensthabenden wie gedankenverloren seinen Hausausweis hin.

Im dritten Stock und drei Minuten später stand Wegman Frost, noch im Mantel, in Nairs Tür.

»Was ist los, Andi?«

»Ich gebe mein Bundestagsmandat auf.«

»Das hast du mir geschrieben. Aber was ist los?«

»Es wird heißen, aus gesundheitlichen Gründen.«

»Muss ich mir um dich Sorgen machen?«

»Nein.«

Andi sah ihn an, halb noch der glühende Kämpfer, der er gewesen war, und halb schon versteinert.

»Nein.«

»Ist schon irgendetwas raus, weiß die Fraktion Bescheid?«

»Die Fraktion ja. Aber die Presse nicht. Ich dachte an eine Erklärung um elf Uhr.«

»Kann ich sie sehen?«

»Sehen? Das Schriftliche musst du machen. MdB Andreas Nair gibt sein Bundestagsmandat mit sofortiger Wirkung aus gesundheitlichen Gründen auf. Das war's. Auf Rückfragen keine Auskunft.«

Wegman hängte in seinem Büro den Mantel auf. Er schloss beide Türen, die zum Flur, die Sichtachse zu Andi, und die zu Alexis Zimmer, das nicht mehr Alexis war. Noch keine Minute am Schreibtisch, läutete das Telefon, eher ein Schnarren.

»Frost, Büro Nair?«

»Hier ist John. Ich höre, eure Bude brennt.«

»Hat das schon die Runde gemacht? Kann man noch irgendwie zurück?«

Der Anrufer schnaufte. »Geht vielleicht nicht. Wenn ich dir irgendwie aushelfen kann, wenn du im Bundestag bleiben willst, gebe ich dir einen Anstellungsvertrag, etwas ganz Kleines, aber formal nicht anfechtbar. Heute noch, wenn du willst.«

»John, das Problem ist, dass ich keine Ahnung habe, was los ist. Und weil Alexi sich schon aus dem Staub gemacht hat, habe ich den Eindruck, ich bin der Letzte, der nichts weiß. Und Andi sagt es nicht. Gesundheitliche Gründe, was soll denn das sein?«

»Wegman. Kannst du dich erinnern an die Geschichte, die ich dir an der Ostsee erzählt habe?«

»Natürlich.«

»Ich will mich jetzt nicht irgendwie brüsten, aber es sollte eine Warnung sein.«

»Eine Warnung!«

»Ja.«

»Eine Warnung wovor? Was habe ich mit diesen merkwürdigen Jungsgeschichten zu tun?«

»Gar nichts. Ebendeshalb die Warnung.«

»Mein Gott, John, du bist selbst geoutet worden. Das kann doch nicht so schlimm sein. Dann muss man eben, die Hamburger Fassung, sagen: Ich lasse mich nicht erpressen. Oder die Berliner Version: Und det is jut so.«

»Ja, das stimmt. Hast du dir mal die Fassade des Reichstags angeguckt? Ich meine so richtig, mit Fernglas?«

»Nein. Warum?«

»Da gibt es Putti.«

»Putti? So Engelchen?«

»Wenn du so willst. Nackte Jungs.«

»Das ist mir neu.«

»Alles ist neu. Pass auf dich auf.« John hatte aufgelegt.

Wegman rief bei der Verwaltung an. Wie sollte man jetzt eine Auskunft bekommen, ohne Alarm zu schlagen?

»Herr Brakmann, ich wurde soeben gefragt, wie Folgendes zu regeln wäre: Wenn ein MdB zurücktritt oder stirbt, erlöschen dann damit sogleich die Verträge der wissenschaftlichen Mitarbeiter?«

»Herr Wegman« – der Anrufer korrigierte den Verwaltungsmann nicht, in der Hoffnung, halbwegs anonym zu bleiben –, »es ist auf keinen Fall so, dass ein Bundestagsbüro einfach erlischt. Nur, zu bedenken bleibt, dass jemand über die Landesliste nachrücken wird, und der neue Abgeordnete, oder die …, muss Sie nicht übernehmen.«

»Mich?«

»Nur als Beispiel! Muss die wissenschaftlichen Mitarbeiter nicht übernehmen. Allerdings wird es meistens so gehandhabt, weil die Nachrückenden neu sind. Es ist immer besser, wenn der Laden schon läuft.«

Wegman verfasste die Pressemeldung und schickte sie an Andi im Nebenzimmer.

»Danke« – Wegman erschrak. Er hatte nicht einmal bemerkt, wie die Tür zum verwaisten Vorzimmer geöffnet worden war. Im Türrahmen stand Andi Nair.

»Danke«, sagte der. »Es war eine gute Zeit mit euch. Mit dir. Wie du dich für den Ausschuss ins Zeug gelegt hast, das werde ich nie vergessen.«

»Ja«, antwortete Wegman, so melancholisch wie möglich. »Wir haben die politisch-juridische Landschaft so richtig umgepflügt.«

»Das geht natürlich nicht ohne Opfer«, antwortete der Abgeordnete, als würde er mit sich selbst sprechen.

»Nein?«, fragte Wegman. Wenn es heiß wird, nicht zu viel sagen – das hatte er in den vielen Jahren gelernt.

»Versuch mal, woanders in diesem Laden unterzukommen. Am besten heute noch.«

»Wie wär's, wenn wir die Pressemitteilung auf morgen verschieben?«

»Lieber nicht. Ich bin vor Mittag noch hier raus. Falls dir bekannt ist, wie man mit einem Knopfdruck den Speicher löscht, fühl dich frei. Mein Passwort ist *Loccum*.«

»Loccum! Da haben wir uns kennengelernt.«

»Ich weiß.«

»Du hast über die missglückte Einwanderungspolitik der Bundesrepublik gesprochen.«

»Mein Thema. Ist mein Thema geblieben.« Damit schien er leer zu sein, als hätte jemand im Hirncomputer schon den Stecker gezogen. Andi ging auf Wegman zu und gab ihm über den

Schreibtisch hinweg die Hand. Wegman drückte sie fest. Dessen Hand war trocken. Dann war Andi aus der Tür, ohne noch etwas zu sagen.

Die Pressemitteilung war seit zwei Minuten raus, als das Telefon schnarrte. An der Kennung sah Wegman, dass es Andi Nairs privates Handy war.

»Ja?«

»Wegman, sorry, da ist noch der ältere Laptop, ein schwarzer, den habe ich in der Schublade vergessen. Ich glaube, im linken Container die zweite von unten.«

»Soll ich gucken, ob er da ist?«

»Nein, ja. Ich bin schon draußen.«

Wegman legte den Hörer beiseite und lief zu Andis Schreibtisch. In der Schublade fand er einen Lenovo-Laptop.

»Gefunden. Aber ohne Kabel.«

»Ist egal. Der sollte da nicht liegen bleiben.«

»Kann ich ihn dir bringen? Wo bist du denn?«

»Nein, besser nicht. Versenke ihn in einer Mülltonne oder so.«

»Mache ich mich damit strafbar?«

»Auf keinen Fall. Es wäre ein Freundschaftsdienst.«

Wegman hörte sich sagen: »Okay«, legte auf und ärgerte sich. Das war ein Ende, mit dem er nicht gerechnet hatte. Der Büroleiter als Schurke. Und wenn es Andi zu riskant war, einen Laptop aus seinem Büro zu holen, warum sollte es für ihn nicht gefährlich sein, mit dem Ding unter dem Arm durch die Gänge des Bundestags zu laufen? Sollte er ihn in seine Aktentasche tun? Oder gerade nicht? Wegman klappte den Laptop auf und drückte auf den kleinen stählernen An-aus-Knopf. Es passierte nichts.

Fünf Minuten später war er unterwegs. Er würde das Ding in Johns Büro abgeben. Der war Abgeordneter, der war immun. Wieder immun. Der schien zu wissen, was los war, und dann würde er auch wissen, was zu tun wäre. Bevor er bei Johns

Büro ankam, hatte er Zurufe vernommen, er hörte seinen Namen in den Kellergängen, einmal, zweimal, und dann aus der anderen Richtung wieder. Waren es Kollegen, die ihn trösten wollten? War es die Polizei des Bundestags? War er eingekreist? Kurz vor Johns Büro drehte er um.

Auf dem Rückweg, in einer unterirdischen Passage, sah er die Tür zu einer Toilette. Sie war eher klein und im Gebäudekomplex unwahrscheinlich platziert. Er öffnete die Tür nur wenige Zentimeter und entdeckte niemanden. Die WC-Kabinen waren offen. Wegman legte den Laptop auf den gekachelten Waschbeckenrand und blickte sich im Spiegel an. Er schwitzte. Er sah gehetzt aus. Er zwang sich, ruhiger zu werden. Und dann bemerkte er auf der Rückwand des kleinen Raums mitten in der Wand ein Fach. Oder eigentlich nur einen weißlackierten metallischen Deckel. Der hatte einen Plastikverschluss, der sich durch eine Vierteldrehung öffnen ließ. Dahinter war eine Wassersperre. Für den Laptop war genug Platz. Aber was wäre, wenn die Tür genau in diesem Moment aufginge? Wie lange brauchte man dafür, eine Minute? Nein, in dieser einen Minute würde niemand die Tür öffnen, dachte sich Wegman, als könnte er es erzwingen. Er passte den Laptop hinein, der ein wenig nach unten rutschte und diagonal stecken blieb. Er verschloss den Deckel und sprang in die Toilettenkabine daneben, als die Tür zur Passage sich öffnete.

Einige Minuten später wusch er sich das Gesicht. Er blieb vor dem Spiegel stehen, wartend, dass die Röte nachlassen würde. Dann machte er sich auf den Weg.

»Nein«, sagte Marion in der Ferne. Man hörte ihr die Müdigkeit eines Arbeitstags an. Gelegentlich zerschlug ein gläsernes Glucksen eine Silbe. Er hatte Mühe, sich zu konzentrieren.

»Das leuchtet mir nicht ein. Dein Vorgesetzter oder Arbeitgeber macht sich davon und nennt den Grund nicht, ich meine, nicht den wirklichen. Das ist sehr gefährlich, und du musst jetzt an dich denken.«

»Ich habe hier mehr als hundertzwanzig Anfragen aus dem Wahlkreis. Ich kann doch nicht einfach türmen.«

»...ein?«

»Bitte?«

»Nein? Dann sag mir mal, was du hundertzwanzig Mal antworten willst. Was auch immer du schreibst, in drei Tagen oder drei Stunden wird das Makulatur sein. Das Allerwichtigste für dich ist jetzt, dass du da rausspringst, bevor die Decke runterkommt.«

»Es gibt keine Erdbeben in Deutschland, soweit ich weiß.«

»Wegman, mir ist nicht nach Blödelei.«

»Entschuldigung. Aber für mich ist die Frage viel drängender, wie ich im Bundestag oder im weitesten Sinne im Netzwerk der politischen Verwaltung überleben kann.«

»Du denkst wie ein Angestellter ...«

»... ich *bin* doch ein Angestellter.«

»Auf Zeit, und die Zeit endet. Du kannst das sowieso nicht verlängern. Du musst eher an einen Neuanfang denken. Wenn du bleibst, wenn du jetzt bleibst, ziehst du den Skandal auf dich. Und Nair rennt davon, ohne dir auch nur zu sagen, was Sache ist? Wie willst du denn ...«

Das gläserne Glucksen verband sich zu einer irren Melodie. Dann war die Verbindung wieder da, oder jedenfalls ein gewisses Rauschen.

»Wegman?«

»Ja.«

»Wie willst du denn das Ellie erklären?«

Wegman versprach Marion, eine Lösung zu finden. Dann versuchte er sich an der Mail-Antwort für alle Anfragen aus dem

Wahlkreis. Es war schließlich sein Beruf, eine Sprachregelung zu finden.

»Nach der sehr erschöpfenden Arbeit für den Untersuchungsausschuss zum Rechtsterrorismus …«

Aber nein. Dann würde ja jeder fragen: Warum macht der Abgeordnete nicht eine Kur?

»Der Abgeordnete Andreas Nair beendet nach vier erfolgreichen Legislaturperioden seine Mitarbeit im Bundestag …«

Aber warum hatte er sich dann ein fünftes Mal wählen lassen?

»Das Büro des Abgeordneten bedauert, im Moment keine genaueren Auskünfte zur Gesundheit Andi Nairs machen zu können …«

Und das war, wie Wegman zu spüren begann, das Problem: Er hatte immer Sprachregelungen für *andere* gefunden. In dieser Stunde war er allein. Die dritte Formel war banal und kalt, gewiss, aber gelogen war es nicht. In den nächsten zwei Stunden montierte er diesen Satz in hundertsechsundzwanzig Mails, verbunden mit persönlichen Anreden und passenden Grußformeln.

Dann begann er zu packen. Er musste an die Kollegen von der FDP denken, mit ihren Aktenkartons im Herbst. Die waren jedenfalls ehrenhaft abgewählt worden. Sehr unangenehm, aber letztlich eine der vielen Geschichten, die das Leben schreibt. Eine Niederlage im politischen Wettbewerb, mehr nicht.

Zusammengefaltet zwischen Schrank und Wand fand er zwei der großen Einkaufstaschen, die Ellie in der Friedrichstraße abgestaubt hatte. Er faltete sie auf. Da standen sie mit ihren riesigen Mündern. Er stapelte alles hinein, was ihm gehörte. Das war gar nicht so wenig, nach all den Jahren: ein weißes Hemd in Reserve, zwei ausgemusterte Handys, der Füllfederhalter und die Ersatzpatronen, Kinderzeichnungen aus dem Wahlkreis. Der Duden »auf der Grundlage der neuen amtlichen

Rechtschreibregeln«. War das überhaupt seiner? Und der ihm so vertraute Laptop – gehörte der ihm oder dem Bundestag? Der Fraktion, der Partei? Er packte alles ein. Wegman dachte, das Büro muss von persönlichen Sachen frei sein, aber es soll nicht so aussehen, als sei es geräumt worden. Jemand würde sich an seine Stelle setzen, auf seinen Stuhl, ein Fremder, und sofort übernehmen. Ein Geist.

Er grübelte eine Weile, ob nicht Marion recht hatte. War es nicht doch besser zu kündigen, um nicht mit Andi Nair unterzugehen? Oder war das alles komplette Hysterie? Vielleicht musste er nur die Nennung des Nachrückers abwarten und ganz freundlich seine Dienste anbieten? Und wenn es richtig war zu kündigen, wie kündigte man einen Vertrag mit einem Abgeordneten, der bereits keiner mehr war? Es war dies, was ihn wild ansprang, dass er zurückgelassen worden war mit diesem Kuddelmuddel, mit Verfahrensfragen, die sich lähmend in seine Gefühle senkten. Er war verlassen worden! Er war wieder verlassen worden! Dies war es, was ihn … wie nannte man das … Er stand am Fenster und beobachtete zum letzten Mal die Genossen im Gebäudeflügel gegenüber. Sie taten das Übliche. Sie gingen ihren Geschäften nach. Sie horteten Papier und warfen es weg. Dies war es, was ihn … wütend machte, nein, das falsche Wort, und doch das richtige Wort, etwas, was er sich zu denken verboten hatte, er war mitten im Wald geboren worden, ein halber Indianer, und nein, er wollte nicht wütend sein, ein tobender Mann, so wie sein Vater, der …

Das Telefon läutete. Wegman ging zum Schreibtisch, sah die Bückeburger Nummer auf dem Display, setzte sich und wartete, bis der Anrufer aufgegeben hatte. Dann kam ihm eine Idee, eine ganz kleine Idee, merkwürdig, dass er daran noch nicht gedacht hatte. Er richtete im Mail-System eine automatische Antwort ein. »Das Abgeordnetenbüro von Andreas Nair ist zurzeit nicht besetzt«, und …? Nichts und. Er nahm sich seinen Mantel, die beiden Einkaufstaschen von Evelin Brandt, schloss seine Bürotür ab, schloss sie wieder auf, setzte sich im Mantel an den Computer. Es dauerte eine Weile, bis er herausgefunden hatte, wie man den Bildschirmschoner löscht. Dieser bestand aus einem Foto, das Ellie beim modernen Tanz zeigte. Er loggte sich noch einmal ein … Nein, er würde keine private Mail im System des Bundestags hinterlassen, als letzte Spur. Das Handy aber musste er suchen; es lag unten in einer der beiden Kartontaschen. Er tippte eine Nachricht an Marion ein – wissend, dass sie schlief –: »Eine Weile zu 3 in HK? Dein W«.

Zwei schwere Koffer wurden am Frankfurter Flughafen verladen, ohne dass Wegman oder Ellie sich darum kümmern mussten. Sie hatten mit ihren Rucksäcken und ihrem Proviant zwei Schalensitze im Wartebereich eines entlegenen Terminalarms eingenommen, erschöpft vom Überlegen und Packen und den Abschieden in Berlin. Es war noch eine Stunde bis zum Abflug nach Hongkong, Ellie in ihrem Sitz zusammengesackt, abwesend oder schlafend. Wegman aber war unruhig, stand auf und machte die Runde, bis zum Schalter, prüfend, ob der Abflug immer noch als pünktlich angezeigt wurde, und dann zum Fernseher am anderen Ende, dessen Ton stumm geschaltet war, ein Nachrichtensender in deutscher Sprache; während er sich alle paar Sekunden umdrehte zu Ellie, deren Schutz ihm anvertraut war.

Er wandte soeben seinen Kopf zurück zum Fernseher, als er das Foto einer gewaltsam aufgebrochenen Wohnung sah, ein Polizist vor der Schwelle, und als Nächstes wurde ein Portrait eingeblendet, für zwei oder drei Sekunden. Es war das Bild von Andi Nair. Wegman krampfte sich der Magen zusammen, während er die Tickerzeile mitlas. Erst jetzt fiel ihm der Laptop ein, den er in einem Toilettenraum versteckt hatte. Zwischen dem Jakob-Kaiser-Haus und dem Reichstag? Und wo dort genau? Ihn sprangen Wut und Furcht gleichzeitig an. Was hatte Andi sich nur dabei gedacht – jetzt, gestern, überhaupt, in den letzten elf oder zwölf Jahren? War das nicht die große Schwäche des Abgeordneten, dass er so stolz und unnahbar gewesen war, aber schnell gereizt, wenn ihn jemand in Frage stellte? Warum hatte er, Wegman, das ausgeblendet, warum hatte er auf John Voigt nicht gehört, der es doch wissen musste, selbst mit einem Fuß über dem Abgrund. Aber John hatte wenigstens den Drogengebrauch sogleich zugegeben und sich die Solidarität seiner Partei gesichert. Und John war noch da, während Andi, wie sollte man es sagen – geflüchtet war?

Wegman ging zurück zu den Sitzreihen der Wartenden, drückte sich ans Fenster, hinter dem das riesige Flugzeug zu sehen war, und wählte Johns Nummer, die private, die er in seinem Handy eingespeichert fand. Es sprang die Ansage an, mit seinem rheinischen Singsang. Wegman sprach nicht auf die Mailbox. Selbst die Spur seiner Telefonnummer zu hinterlassen, kam ihm plötzlich töricht vor. Sollte er die Sache mit dem Laptop ruhen lassen bis Hongkong?

Hongkong – die Assistentin von Capital Real – die Wohnungen in der Karl-Marx-Allee – die Dankesgeschenke der Mieter in seinem Büro – Rainer! Er würde Hilfe bei Rainer suchen. Wegman wählte die Nummer der Telefonzentrale des Bundestags, ließ sich zum Mannheimer Abgeordneten durchstellen und fragte diesen, als er sich meldete: »Bist du allein?« Würde er ihm aus einer schrecklichen Klemme helfen? Rainer sagte nicht: »Wenn es legal ist.« Er sagte: »Wenn ich *kann*.«

Bevor das Flugzeug abhob, gab es eine Ansage, die Wegman kaum verstand. Es ging um die Vorschrift irgendeiner Regierung. Dann rasten zwei Stewardessen durch den Mittelgang, Spraydosen wie Fackeln über die Passagiere haltend. Aus den Dosen kam ein feuchter Nebel, der die Sitzenden keuchend und hustend zurückließ. Ellie hatte rote Augen.

»Spinnen die?«

»So schnell geht das, Ellie. Jetzt sind wir schon halbe Chinesen.«

Als das Flugzeug die Grenze Europas erreichte, war es bereits tiefe Nacht. Jedenfalls war ein Abendessen gebracht worden. Sie hatten nur noch Sitze ganz hinten buchen können, zu nah an den Toiletten. Dort, allerdings, wurden die Sitzreihen schmaler, so dass die beiden keinen Nachbarn hatten. Das Mädchen saß am Fenster.

Wegman spürte das Röhren von Motoren, den Wind in den Fensterluken, das Rauschen der Klimaanlage, und immer wieder erreichte ihn das knallende Sauggeräusch einer Toilettenspülung. Er driftete in einen Halbschlaf oder Wachtraum, und er stellte sich diese Reise vor wie die letzten Sekunden vor dem Tod, die den Lebensfilm rückwärts zeigen. Das Flugzeug war in Wirklichkeit ein Kino, und die Geräusche waren die von Projektoren. Es wurde ein Film gezeigt über Marion, die in einer Opiumhöhle Geschäfte machte, über John, der mit einem Ruderboot die Ostsee zu überqueren versuchte, über Eike, der weißes Pulver in winzigen Portionen auf die Schale einer Apothekerwaage häufte, über Alexi, der sich eingerichtet hatte in einem Turm, der aus Elfenbein geschnitzt war und viele kleine ovale Fensterchen hatte wie ein Flugzeug.

Er sah Leander weinen, hemmungslos, in der Wohnung vor dem Kamin, und auf dem blauen Sofa Ellie mit dem Kopf in den Händen und neben ihr, mit der gleichen Geste, Andi Nair. Er hatte etwas Unverzeihliches getan. Hatte er Leander angefasst in einer Weise, die einen Jungen wütend macht? War der Junge überhaupt wütend, und nicht ganz einfach verzweifelt? Und war der Mann neben Ellie, der nicht mehr weiterwusste, weil er den Jungen nicht trösten konnte, nicht doch eher Wegman? Und wer war nun eigentlich Wegman, wenn man ihn von anderen Männern in ähnlicher Lage nicht unterscheiden konnte? Hatte er die Deutung von Bibi Burose überhört, die, wie ihm schien, aus dem Off sprach: »Jeder Mensch ist Teil der Gesellschaft und bezieht sich auf Systeme von Macht, Leistung und Anerkennung, die ihm in der Kindheit als lohnend dargestellt worden sind. Auch dann, wenn sie in der späteren Lebenspraxis gar nicht mehr existieren.«

Aber wieso Kindheit, dachte Wegman, der das Klappern von Flaschen auf dem Wagen der Filmbegleiterin hörte. *Filmbegleiterin* war wohl das falsche Wort. Neben ihm Ellie, die auf die Rückseite des Vordersitzes starrte. Wegman beugte sich zu ihr hinüber, um auf den Bildschirm sehen zu können. Es war eine Folge von *Harry Potter.*

»Mister?«

»Oh, nothing for me. But Coca-Cola for the girl. No ice, please.«

»Was machst du in Hongkong?«, fragte Ellie.

»Was ich machen werde in Hongkong?«

»Ja?«

»Chinesisch lernen.«

»Wirklich?«

»Und du?«

»Ich gehe zur Schule. Aber was machst du?«

»Ich hole dich von der Schule ab.«

»Niemand holt mich von der Schule ab.«

»Na gut, ich schreibe ein Buch.«

»Über dein Leben?«

»Nein, das wäre zu langweilig. Ich schreibe über ... ich könnte ein Buch über das Jahr 1915 schreiben.«

»Wieso denn 1915?«

»Es war das zweite Kriegsjahr des Ersten Weltkriegs. Die jungen Männer waren losgestürmt, nach Belgien, nach Frankreich.

Sie dachten, dieser Krieg wäre notwendig. Sie wollten Helden sein in einer Zukunft, Menschen einer neuen Zeit. Und dann saßen sie in den Gräben fest. Manche sind jämmerlich an Giftgas erstickt. Aber es war zu spät, sie waren mitten im Krieg, den sie gewinnen sollten, egal was es kostet, auch das eigene Leben.«

»Weißt du, Mama sagt immer …«

»Ja?«

»Mama sagt, er war im einundsiebzigsten Stockwerk.«

Wegman erschrak über den Gedankensprung.

»War er das nicht?«

»Doch. Sie sagt, er war bestimmt gleich tot.«

»Das ist ja auch wahrscheinlich.«

»Das ist mir egal, ob es wahrscheinlich ist.«

Ellie hatte Tränen in den Augen, und Wegman legte seinen Arm um sie.

»Du glaubst es nicht.«

»Ich glaube nicht, dass man einfach tot ist. Ich glaube, dass man das weiß und dass man an das denkt, was man verliert.«

»Das ist alles.«

»Nein, das ist nicht alles.«

»Ich meinte, man verliert alles.«

»Ja. Genau. Ich glaube, mein Papa hat daran gedacht, dass er uns verliert. Mama und mich. Ich war noch ein Baby.«

»Ja, erst ein halbes Jahr alt. Denkst du oft daran, was dein Papa zuletzt gedacht hat?«

»Ja.« Sie versuchte, ihr Weinen zu unterdrücken.

»Wenn du die Zeit hättest, ein Buch zu schreiben, Ellie, würdest du darüber schreiben?«

»Kein Buch. Es müsste ein Lied sein, nur Klavier und Schlagzeug. Oder Drumcomputer.«

»Und der Text, wie würde der gehen?«

»Kein Text, nur der Song. Wir würden danach tanzen.«

»Wer würde dazu tanzen?«

»Ich und Leander.«

»Was würde der Tanz darstellen? Wäre es ein dunkler Tanz, ein Tanz über den Tod?«

»Nein. Er würde das zeigen, was mein Papa zuletzt gedacht hat.«

Fern am Horizont zeigte sich das erste Tageslicht als rosafarbener Schimmer, mathematisch und unstofflich. Sie hatten sich zu zweit ins Fenster gelehnt, und eine Träne fiel auf Ellies Brust; er hätte nicht gewusst zu sagen, ob seine oder ihre.

UM ZEHN UHR morgens zogen Wegman und Ellie ihre Koffer auf Rollen durch die Passkontrolle, den Zoll – der sich für sie nicht interessierte –, durch eine automatisch sich öffnende Glastür ins Foyer, wo eine ganze Traube von Männern mit Schildern wartete, die sie hochhielten: »Hilton«, »Mr. Resnik«, »Sony Visuals«. Einer der Fahrer stürzte auf sie zu und rief: »Mr. Frost? Miss Ellie?«, während auf dem Schild, das er inzwischen kopfüber unter dem Arm hielt, »Ellie & Wegman« in Marions Handschrift geschrieben stand. Der Fahrer, ein kleiner, agiler Mann, nahm dem Mädchen den Koffer ab und eilte voraus zur Tiefgarage, ein Weg von weiteren zehn Minuten. Ab und zu drehte sich Wegman nach Ellie um. Sie trottete träumend hinterher. Das Auto war ein schwerer, mokkafarbener Honda, der mit seinen schmal geschnittenen, dunklen Fenstern und riesigen Reifen so aussah, als sei er für den Einsatz in einem Bürgerkrieg gebaut worden. Auf die Hintertüren, klein und sachlich, war in einem abgetönten Weißton lackiert: Capital Real.

Ellie auf dem Rücksitz schlief sofort ein; Wegman musste ihr den Gurt anlegen, weil vorn ein Warnsignal mit Blinklicht anzeigte, dass dies noch nicht geschehen war. Er fragte den Fahrer, ob er die Adresse wisse, was dieser beflissen bestätigte, und er lachte dazu. Als sie auf der großen Straße unterwegs waren nach Kowloon, hatte Wegman auf dem Handy Empfang. Rainer hatte fünf Textnachrichten geschickt, von denen jede nur einen Buchstaben enthielt: »S – P – R – E – E«.

»Better no sleep!«, rief der Fahrer in den Rückspiegel. »Wait to nighttime!«

Marions Apartment, im sechzehnten Stock eines Hochhauses, bestand aus einer weißglitzernden Wohnküche und zwei kleinen Zimmern, das eine mit einem Bett, das andere mit einer Schlafcouch. Der Fahrer hatte eine Luftmatratze dabei, die in einem bunten Karton verpackt war, und eine Pumpe dazu.

»Blow up!«, rief er, was vielleicht eine Frage sein sollte, aber Wegman entließ ihn höflich und bekam dabei die Wohnungsschlüssel überreicht.

»Wo willst du schlafen?«, fragte Wegman, aber Ellie war auf der Couch schon zusammengesackt. Er zog ihr die Schuhe aus und deckte sie zu. Marion kam zur Mittagszeit für eine halbe Stunde und hinterließ Adressen und Zeiten für den Rest des Tages sowie zwei in Hongkong registrierte Smartphones von Huawei. Marions Nummer und die von Faye Wong waren schon eingespeichert, der einzigen Mitarbeiterin vor Ort. Für den Notfall.

Am frühen Nachmittag weckte Wegman Ellie, und sie nahmen den Fahrstuhl zur Schule, die im selben Hochhaus etwas höher zwei Stockwerke einnahm. Das Mädchen war fast nicht ansprechbar und roch ein bisschen, was Wegman auffiel, als er an der Rezeption neben ihr stand. Ellie wurde mit großer Freundlichkeit aufgenommen, was bei der Höhe des Schulgeldes nicht verwunderlich war. Wegman bezahlte mit seiner Kreditkarte drei Monate im Voraus.

»Are you the father?« Er sah Ellie an; sie nickte müde. Er wurde auf der Karteikarte des Sekretariats eingetragen.

Wieder unten drängte er Ellie, die weiterschlafen wollte, zu duschen. Danach war sie »voll fit«, um Besorgungen zu machen. Sie kauften Reis, Mineralwasser, Gemüse und Wein in einem Straßengeschäft, dessen Lage Marion aufgezeichnet hatte. Dann ließen sie sich mit der Menge der Leute treiben in Richtung Hafen. Wegman hatte einen roten Schirm dabei, den er aufklappte, obwohl es nicht regnete. Die Sonne schien hier der Erde näher zu sein.

Am Hafen war mehr Platz als in der Innenstadt. Kleine Gruppen hatten sich hier und dort mit ihrem Picknick eingerichtet. In der Ferne eine Klasse von Schülern, Kinder mit farbigen Rucksäcken, sieben oder acht Jahre alt. Die Klasse bewegte sich auf sie zu. Ellie, ihr neues Handy gezückt, war stehen geblieben, Wegman zehn Meter voraus, mit seinem hellroten Regenschirm. Die Jungen fingen an zu laufen, während die Mädchen zurückblieben, und Wegman bemerkte spät, dass er das Ziel der Aufmerksamkeit war. Eine Lehrerin rief die Jungen zurück, aber sie hörten nicht. Sie hatten ihn eingekreist, lachend, kreischend, und sie zeigten hoch amüsiert mit dem Finger auf ihn. Einige von ihnen riefen einen Namen, O-land, O-land, O-land! War er für sie ein Holländer? Oder dachten sie, er wäre der neue französische Präsident Hollande?

Bald hatten die Lehrerinnen die Horde unter Ermahnungen weitergetrieben. Wegman sah sich um zu Ellie, die auf den Bildschirm schaute und lachte.

Wegman liess sich die Haare kurz schneiden und kaufte einen Hut mit breiter Krempe. Den roten Schirm nahm er nicht mehr mit nach draußen. Es war schon fast März. An der linken Hand trug er einen goldenen Ring.

In Hannover wurde der Alt-Bundespräsident Christian Wulff freigesprochen. In Berlin tobte ein Kampf um Nair, von dem es hieß, er sei gewarnt worden. Mit der gleichen Akkuratesse, die ein Jahr zuvor den rechtsradikalen Mördern gegolten hatte, wurde nun untersucht, wer den prominenten Abgeordneten hatte wissen lassen, dass die Ankläger Niedersachsens sich vorgenommen hatten, ihn zu ruinieren. Nair hatte in Berlin eine Pressekonferenz gegeben. Davon waren Filmschnipsel geblieben, die auf allen deutschen Sendern zirkulierten. Sie zeigten einen intelligenten, verschreckten, geheimnisvollen Mann mit Schlips und Kragen, mit spitzen Worten im Nichts stochernd. Sozialdemokratische Parteibonzen erklärten, einer wie er gehöre nicht in den Bundestag. Das fand Wegman erstaunlich insofern, als Nair sein Mandat bereits niedergelegt hatte. Die ganz Eifrigen stürmten dann in die Talkshows, um es noch einmal zu sagen.

Von einer Studentin der chinesischen Literatur ließ sich Wegman Frost die alten Schriftzeichen beibringen. Er konnte den Osten, den Süden, den Westen und den Norden; die Städte, die nach den Himmelsrichtungen hießen: Tokio, Nanjing, Xi'an und Beijing. Oben, unten, links und rechts. Die Hand, den Mund. Das Land, das Meer. Er fand die Vorstellung durchaus anziehend, sich für eine Weile im Kreis zu bewegen. Zhōng hieß *die Mitte*.

Er hatte viel Zeit, ging zu Fuß, fuhr mit der Schnellbahn, besuchte die Museen, die Foyers und Dachgärten berühmter Banken. Er beschnupperte die Garküchen auf den Gehsteigen und begaffte die Schattenboxer im Park. Um siebzehn Uhr war er immer zuhaus, pünktlich, um mit Ellie Deutsch zu üben. Sie sollte es nicht vergessen und mehr noch, darin wachsen, ihrem Alter gemäß.

Der Umzug war schnell gemacht: Sie zogen ins Apartment nebenan. Capital Real gehörte im Haus die ganze Etage. Die neue Wohnung hatte ein gewaltiges Wohnzimmer mit Küche, was auf dem lokalen Immobilienmarkt Lounge genannt wurde, vier weitere Zimmer und zwei Bäder. Es gab Fenster nach Norden und nach Osten. Am Vormittag widmete sich Wegman der Studie *Über die Revolution*, dem Geschenk von Bibi. Er vermisste eine Widmung. Wie nannte man das – politische Philosophie? Leicht zu lesen war das nicht. Er brauchte mehrere Wochen bis zur letzten Seite des Buchs. Es war ein Mittwoch, als er ein wenig verschlief und in der Lounge Marion und Ellie in bester Laune fand, ein Lied für ihn schmetternd, zweistimmig. In einen hellgrün glänzenden Kuchen waren zweiundvierzig winzige, lavendelfarbige Kerzen gepflanzt. Sie brannten.